人民共和國文化與文學叢書

五 編

李 怡 主編

第 17 冊

從「魯藝」到「魯院」
——中國當代作家培養制度研究

畢紅霞 著

花木蘭文化事業有限公司

國家圖書館出版品預行編目資料

從「魯藝」到「魯院」——中國當代作家培養制度研究／畢紅霞
著 — 初版 — 新北市：花木蘭文化事業有限公司，2017〔民
106〕
目 2+174 面；19×26 公分
（人民共和國文化與文學叢書 五編；第 17 冊）
ISBN 978-986-485-088-4（精裝）
1. 中國當代文學 2. 機關團體
820.8   106013289

特邀編委（以姓氏筆畫為序）：

ISBN-978-986-485-088-4

9 789864 850884

吳義勤　孟繁華　張 檸
張志忠　張清華　陳思和
陳曉明　程光煒　劉福春
（臺灣）宋如珊
（日本）岩佐昌暲
（新西蘭）王一燕
（澳大利亞）鄭 怡

人民共和國文化與文學叢書
五 編 第十七冊　　　ISBN：978-986-485-088-4

從「魯藝」到「魯院」
——中國當代作家培養制度研究

作 者　畢紅霞
主 編　李 怡
企 劃　北京師範大學民國歷史文化與文學研究中心
　　　　四川大學現代中國文化與文學研究中心
總 編 輯　杜潔祥
副總編輯　楊嘉樂
編 輯　許郁翎、王 筑　美術編輯　陳逸婷
印 刷　普羅文化出版廣告事業
出 版　花木蘭文化事業有限公司
社 長　高小娟
聯絡地址　235 新北市中和區中安街七二號十三樓
　　　　　電話：02-2923-1455／傳眞：02-2923-1452
網 址　http://www.huamulan.tw 信箱 hml810518@gmail.com
初 版　2017 年 9 月
全書字數　152848 字
定 價　五編30冊（精裝）台幣56,000元　　　版權所有‧請勿翻印

從「魯藝」到「魯院」
——中國當代作家培養制度研究

畢紅霞 著

作者簡介

畢紅霞，女，湖北浠水人，1976 年 6 月出生。1998 年本科畢業於中國人民大學；2001 ～ 2004 年就讀於廈門大學中文系，師從林丹婭老師學習女性文學，獲文學碩士學位；2009 年考入北京大學中文系，跟隨李楊老師學習和研究中國當代文學，2013 年獲文學博士學位。曾經在中國浙江省和廣東省高校工作，在南開大學文學院博士後流動站做過研究工作，目前就職於北京聯合大學師範學院中文系。主要研究方向為中國現當代文學和文化。

提　　要

　　知識分子問題一直是中共文藝政策的一個核心關注點，並隨不同時代的領導意圖波動調整。「作家」作為新中國知識分子的一個群體，更具有其特殊性。受到蘇聯「作家是人類靈魂的工程師」觀念影響，新中國成立初期，「作家」被認定為一種特殊的「身份」和「資格」。為了對其進行有效管理，1949 年成立了文聯、作協等體制。這個體制很大程度上是一個過濾機制，篩選掉「不合格」的作家，組織和管理體制內作家；同時也配套了相應的儲存體系：「培養」後備力量。1950 年成立的「中央文學研究所」、1954 年改建的「中國作協文學講習所」（1957 年停辦）以及 1980 年恢復辦學的「文學講習所」和 1984 年改建的「魯迅文學院」這樣的機構就執行著這樣的功能。它的傳統還可以追溯到 1938 年在延安時期成立的「延安魯迅藝術學院」。雖然很多人認為「作家」無需培養，但是這樣的機構作為一種制度建設在新中國至今依然存在，卻不是我們簡單以價值評判能作出回答的問題。

　　本文受到福柯《規訓與懲罰》等著作對「監獄」等機構研究的啟發；依託布迪厄「文學場」、傑姆遜「形式的意識形態」等理論；運用雷蒙德‧威廉斯「文化社會學」等方法來分析中國當代「作家培養」機構從建國以來的變遷，希望能夠揭示其中各種複雜關係的衝突、交接；同時也呈現出它在不同時代涵蓋的「意識形態」要素。

　　全文按時期分為五章，整體上梳理了當代「作家培養」機構在不同時代的變遷，以及不同時代「作家培養」模式的特性與共性。第一章作為一個前景，考察了延安時期「延安魯迅藝術學院」的創立和《講話》傳統「幽靈」般的存在。第二章主要分析了上世紀五十年代丁玲執掌的「中央文學研究所」和縮小規模後的「文學講習所」的成敗得失。第三章則是考察這些機構被撤銷後的上世紀六七十年代當代「作家培養」的更激進模式。第四章圍繞新時期的「文學講習所」和「魯迅文學院」展開，分析其在 1980 年代「文學熱」氛圍下的體制建構和學員情感結構。第五章對「魯迅文學院」受 90 年代「市場經濟」衝擊以及新世紀之後的「再度輝煌」狀況進行細緻分析，試圖通過同一機構在不同時代的辦學調整和受者反饋呈現文學與社會的複雜關係。

　　本文無意於對當代「作家培養」機構進行沿革史的考察，也不主張截然將文學研究以內部／外部進行區分，因為借助於對當代不同時期「作家培養」制度的考察，筆者發現這些「培養」機構、「培養」模式的存在本身已充分演繹了「形式即內容」的原理。如果說從上世紀三四十年代到七十年代，當代「作家培養」具有明確的政治指向性，主要進行的是「工農兵作家培養」的探索；那麼時至今日它依然存在的事實分明向我們昭示著很多人不願意正視的一個命題即：「文學本身就是一種權力」。

當代的意識與現代的質地——
《人民共和國文化與文學叢書》第五編引言

李　怡

　　我們對當代批評有一個理所當然的期待：當代意識。甚至這個需要已經流行開來，成為其他時期文學研究的一個追求目標：民國時期的文學乃至古代文學都不斷聲稱要體現「當代意識」。

　　這沒有問題。但是當代意識究竟是什麼？有時候卻含混不清。比如，當代意識是對當代特徵的維護和強調嗎？是不是應該體現出對當代歷史與當代生存方式本身的反省和批判？前些年德國漢學家顧彬對中國當代文學的批評引發了中國批評家的不滿——中國當代文學怎麼能夠被稱作「垃圾」呢？怎麼能夠用作家是否熟悉外語作為文學才能的衡量標準呢？

　　顧彬的論證似乎有它不夠周全之處，尤其經過媒體的渲染與刻意擴大之後，本來的意義不大能夠看清楚了。但是，批評家們的自我辯護卻有更多值得懷疑之處——顧彬說現代文學是五糧液，當代文學是二鍋頭，我們的當代學者不以為然，竭力證明當代文學已經發酵成為五糧液了！其實，引起顧彬批評的重要緣由他說得很清楚：一大批當代作家「為錢寫作」，利欲薰心。有時候，爭奪名分比創作更重要，有時候，在沒有任何作品的時候已經構思如何進入文學史了！我們不妨想一想，顧彬所論是不是大家心知肚明的事實呢？

　　不僅當代創作界存在嚴重的問題，我們當代評論界的「紅包批評」也已然是公開的事實。當代文學創作已經被各級組織納入到行政目標之中，以雄厚的資本保駕護航，向魯迅文學獎、茅盾文學獎發起一輪又一輪的衝鋒，各

級組織攜帶大筆資金到北京、上海，與中國作協、中國文聯合辦「作品研討會」，批評家魚貫入場，首先簽到，領取數量可觀的車馬費，忙碌不堪的批評家甚至已經來不及看完作品，聲稱太忙，在出租車上翻了翻書，然後盛讚封面設計就很好，作品的取名也相當棒！

　　當代造成這樣的局面都與我們的怯弱和欲望有關，有很多的禁忌我們不敢觸碰，我們是一個意識形態規則嚴厲的社會，也是一個人情網絡嚴密的社會，我們都在為此設立充足的理由：我本人無所謂，但是我還有老婆孩子呀！此理開路，還有什麼是不可以理解的呢！一切的讓步、妥協，一切的怯弱和圓滑，都有了「正常展開」的程序，最後，種種原本用來批評他人的墮落故事其實每個人都有份了。當然，我這裡並不是批評他人，同樣是在反省自己，更重要的是提醒一個不能忽略的事實：

　　　　中國當代文學技巧上的發達了，成熟了，據說現代漢語到這個
　　　　時代已經前所未有的成型，但這樣的「發達」也伴隨著作家精神世
　　　　界的模糊與自我偽飾。而且這種模糊、虛偽不是個別的、少數的，
　　　　而是有相當面積的。所謂「當代意識」的批評不能不正視這一點，
　　　　甚至我覺得承認這個基本現實應當是當代文學批評的首要前提。

　　因為當代文學藝術的這種「成熟」，我們往往會看輕民國時期現代作家的粗糙和蹣跚，其實要從當代詩歌語言藝術的角度取笑胡適的放腳詩是容易的，批評現代小說的文白夾雜也不難，甚至發現魯迅式的外文翻譯完全已經被今天的翻譯文學界所超越也有充足的理由。但是，平心而論，所有現代作家的這些缺陷和遺憾都不能掩飾他們精神世界的光彩——他們遠比當代作家更尊重自己的精神理想，也更敢於維護自己的信仰，體驗穿梭於人情世故之間，他們更習慣於堅守自己倔強的個性，總之，現代是質樸的，有時候也是簡單的，但是質樸與簡單的背後卻有著某種可以更多信賴的精神，這才是中國知識分子進入現代世界之後的更為健康的精神形式，我將之稱作「現代質地」，當代生活在現代漢語「前所未有」的成熟之外，更有「前所未有」的歷史境遇——包括思想改造、文攻武衛、市場經濟，我們似乎已經承受不起如此駁雜的歷史變遷，猶如賈平凹《廢都》中的莊之蝶，早已經離棄了「知識分子」的靈魂，換上了遊刃有餘的「文人」的外套，顧炎武引前人語：「一為文人，便不足觀」，林語堂也說：「做文可，做人亦可，做文人不可。」但問題是，我們都不得不身陷這麼一個「莊之蝶時代」，在這裡，從「知識分子」

演變為「文人」恰恰是可能順理成章的。

在這個意義上，今天談論所謂「當代性」，這不能不引起更深一層的複雜思考，特別是反省；同樣，以逝去了的民國為典型的「現代」，也並非離我們「當代」如此遙遠，與大家無關，至少還能夠提供某種自我精神的借鏡。在今天，所謂的批評的「當代意識」，就是應該理直氣壯地增加對當代的反思和批判，同時，也需要認同、銜接、和再造「現代的質地」。回到「現代」，才可能有真正健康的「當代」。

人民共和國文學研究，我以為這應當是一個思想的基礎。

目次

前　言

　　始於上世紀三四十年代的「作家培養」制度無疑是最具中國特色的文藝制度之一，時至今日，作家無法「培養」也無需「培養」幾乎成為文學業界內外的共識，但大多數中國第一流的當代作家都有過被「培養」的經歷。而以「魯迅文學院」為代表的中國「作家培養」機構仍然在運作之中。畢業於「解放軍藝術學院」這一準「作家培養」機構的莫言成為中國第一個「諾貝爾文學獎」得主更為這一「不可理喻」的文藝制度塗抹了神奇色彩。與文聯、作協制度一樣，包括「作家培養」在內的始於「新民主主義」階段延安時期的「作家培養」制度曾經在中國現當代文藝史上產生過巨大的影響。時至今日，仍未退出歷史的舞臺。其是非曲折、功過教訓都有待總結和反思。

　　用李楊先生的話來說，這些革命傳統對於今天的我們而言無論是負債還是遺產，都是無法迴避的「幽靈」。「既然幽靈無法逃避，我們唯一能做的就是『學會和幽靈一起生活』」，﹝註1﹞只有這樣，我們才可能學會『真正的生活』」。

　　對文學制度的研究已成為近年當代文學研究的熱點，與八十年代文學熱中的內部研究不同，有關文學制度的研究不僅受到福柯、布迪厄等後結構主義的影響亦可視為傳統社會歷史批評的借屍還魂。

　　本文的研究得益於洪子誠先生所代表的一種新型文學史寫作模式。正如錢理群先生所言，洪子誠的《中國當代文學史》「不再把歷史考察與敘述的重心放在對文學作品與文學現象的價值評判」﹝註2﹞上，而主要揭示的是中國當

﹝註1﹞ 李楊：《「經」與「權」：〈講話〉的辯證法與「幽靈政治學」》，《中國現代文學研究叢刊》，2003 年第 1 期。
﹝註2﹞ 錢理群：《中國文學史寫作筆談：讀洪子誠〈當代文學史〉後》，文學評論，2000 年第 1 期。

代文學尤其上世紀 50～70 年代文學體制化的歷史。自洪子誠先生《中國當代文學概說》、《當代文學史》等著作出版以來，關於當代文學生產機制的研究就日益增多。其中有對制度的整體研究，比如王本朝《中國當代文學制度研究》，李潔非、楊劼《共和國文學生產方式》，張鈞《中國當代文學制度研究（1949～1976）》，陳偉軍《傳媒視域中的文學──建國後十七年小說的生產機制與傳播方式》和初清華《新時期文學場域研究》等。還有從具體報刊、會議和獎項角度開展的研究，比如：斯炎偉《全國第一次文代會與新中國文學體制的建構》；袁向東《民族文學的建構──以〈人民文學〉（1949～1966）為例》；范國英《茅盾文學獎的文學制度研究》、《新時期以來文學制度研究──以茅盾文學獎為中心的考察》；李紅強《人民文學》十七年（1949～1966）；鄭納新《新時期〈人民文學〉與「人民文學」》；武新軍《意識形態結構與中國當代文學──〈文藝報〉（1949～1989）研究》等。通過具體作品生產進行研究的則有錢振文《〈紅岩〉是怎樣煉成的──國家文學的生產和消費》等。

　　有些研究，在方法論的意義上尤為明顯，如邵燕君的《傾斜的文學場──當代文學生產機制的市場化轉型》借用布迪厄的「文學場」理論，以英國「伯明翰學派」的「文化研究」為主要方法，「從文學期刊、出版、評獎、批評、作家等組成文學生產機制的幾個環節入手，具體分析它們在『市場化』轉型過程中發生的『制度上的變化』，以及這些變化對當代文學的樣貌、成規以及未來走向產生的內在影響。」〔註3〕類似的研究，大大拓展了現當代文學的研究領域，使現當代文學呈現出許多被傳統研究方法所遮蔽的不同側面，豐富了文學研究的社會學內涵。

　　目前，直接觸及當代「作家培養」制度的研究比較少。但為人所見的成果已具有可喜的特點與創獲，觸及到一些重要的個案，或把握到某一個時期、某一個方面的歷史狀況。邢小群《丁玲與文學研究所的興衰》主要研究丁玲與「中央文學研究所」的關係，書中提供了大量非常寶貴的訪談材料。北京大學中文系 2010 屆碩士生何興中的畢業論文《文學講習所與新時期文學規劃》研究的是「新時期」「文學講習所」，涉及王安憶等成功「培養」個案。從具體對「工農作家」的「培養」角度展開的有任麗青《上海工人階級文藝新軍的形成──暨工人小說家論》，她詳細考察了 50～70 年代上海工人「作家培

〔註 3〕邵燕君：《傾斜的文學場──當代文學生產機制的市場化轉型》，江蘇文藝出版社，2003 年。

養」體制的過程和成果。而清華大學周文的碩士論文《十七年文學體制對工農作家的培養——以陳登科爲例》，則主要是依據陳登科這一個個案探討十七年「工農作家培養」制度的具體實施和悖論性困境。

　　本書在上述研究基礎上選取中國現當代文學史不同時期的 4 個「培養」機構：1930 年代的「延安魯迅藝術學院」、1950 年代的「中央文學研究所」和「文學講習所」、1980 年代的「魯迅文學院」作爲個案，討論中國當代「作家培養」制度這一 20 世紀中國文學基本制度的前世今生，以期揭示中國共產黨在領導民主革命、社會主義革命和新文化建設中對文學的功能定位和創造新型作家群體的制度努力，以及這一制度的歷史演變及其在不同歷史時期所具有的意義，爲中國現當代文學史寫作提供新的觀照角度與敘述線索。

第一章 從「小魯藝」到「大魯藝」
（延安時期）

第一節 作為背景的《講話》

　　1949 年 7 月 2 日至 19 日，「第一次文代會」在北平召開，會上成立了「中華全國文學藝術界聯合會」。7 月 23 日，「文聯」下屬協會「中華全國文藝界協會」即 1953 年 9 月改名的現「中國作家協會」成立。「作協」是「文聯」下屬各協會當中地位最高的，名義是群眾性團體，其實是國家、執政黨管理、控制文藝界的機構。「作協」直接受中共中央宣傳部領導，對作家進行有效管理和控制。除了管理現有作家之外，它還有一個任務就是「培養」新的符合新生政權要求的青年作家和文學理論批評工作者。成立伊始，「全國文聯」就將「創辦文學院」列入 1950 年的工作計劃。1949 年 10 月 24 日，由「全國文協」創作部草擬了《創辦文學院建議書》上報文化部。

　　《建議書》明確指出文學院要培養作家，而且要幫助兩類青年文學工作者進行提高的工作：一類是已有豐富實際生活經驗，但還沒有寫出好作品的；另一類就是已經寫出一些作品，但是作品的思想性藝術性還比較低的。文學院要幫助他們提高，從政治和藝術上組織他們系統的學習，同時還可以組織他們從事集體創作。總之，要在黨和政府有計劃的領導下培養文學人才。

　　這樣的思路顯然是對 1942 年毛澤東《在延安文藝座談會上的講話》精神的直接繼承。成立專門的文學院，「在黨和政府有計劃的領導下培養文學人才」，與毛澤東在延安時期對「新社會——新文化」的構想及實踐緊密相關。

20 世紀 40 年代初期，在《新民主主義的政治和新民主主義的文化》〔註 1〕中，毛澤東不僅確認了中共文化的現代轉型繼承者和領導者的地位，而且通過鑒別和選擇，指明了所要斷裂和延續的各種傳統，重新規劃文化秩序，實現了「民族的科學的大眾的」新文化圖景。在此基礎上，《講話》進一步完成了對於中國新文學和新文化的設想。

作家歐陽山說他參加「延安文藝座談會」實際上是帶著問題去的，其中一個問題是「如果一方面把文學活動跟中國革命活動聯繫起來，一方面又把文學創作跟人民群眾隔離開來，那麼這個目的怎麼能夠達到呢？」他認為不僅自己困惑，其他作家也認為這是「一個長期沒有解決的中國文學藝術界的共同的根本問題。」〔註 2〕而毛澤東《講話》的開頭部分正是論述此問題的：

> 同志們！今天邀集大家來開座談會，目的是要和大家交換意見，研究文藝工作和一般革命工作的關係，求得革命文藝的正確發展，求得革命文藝對其他革命工作的更好的協助，藉以打倒我們民族的敵人，完成民族解放的任務。〔註 3〕

習慣「自由」的延安文化人，起初並沒有意識到這次會議的重要性，以及共產黨即將進行的文藝政策的調整。舒群擔任《解放日報》文藝欄主編，對於當時要召開的座談會並不重視，毛澤東作《結論》那天晚上，還因為酒喝多了忘記通知黎辛去參加座談會。〔註 4〕作家知識分子顯然把它看做同以前一樣的文藝討論會，「參加這次盛會的文藝界代表約 100 人左右。大家發言踴躍，爭論得十分熱烈。會一天沒有開完，於是又用了兩個星期日（5 月 9 日、5 月 16 日）接著發言。」〔註 5〕蕭軍甚至還在座談會上放肆「發炮」，號稱作家需要「自由」，作家是「獨立」的，胡喬木不同意蕭軍的意見，忍不住起來反駁他，說文藝界需要有組織，雙方論爭得很激烈。〔註 6〕

〔註 1〕 收入《毛澤東選集》改為《新民主主義論》。
〔註 2〕 歐陽山：《我的文學生活》，《延安文藝回憶錄》，北京：中國社會科學出版社，1992 年，第 67 頁。
〔註 3〕 毛澤東：《在延安文藝座談會上的講話》，《毛澤東選集》（第 3 卷），北京：人民出版社，1953 年，第 804 頁。
〔註 4〕 黎辛：《關於「延安文藝座談會」的召開、〈講話〉的寫作、發表和參加會議的人》，《新文學史料》，1995 年第 2 期。
〔註 5〕 張誠：《追記三位代表參加延安文藝座談會》，《文藝報》，2002 年 5 月 18 日。
〔註 6〕 參見胡喬木：《胡喬木回憶毛澤東》，北京：人民出版社，1994 年，第 54 頁。

　　與此相反，毛澤東實際上對座談會的召開作了精心的準備，5月12日毛澤東指示《解放日報》，在其副刊版開闢一個《馬克思主義與文藝》專欄，發表馬克思主義文藝經典著作和文藝家對文藝工作的意見。5月14日，《解放日報》在四版頭條位置刊登《黨的組織與黨的文學》，專欄的按語是從毛澤東處送來的，全文是：「最近由毛澤東、凱豐兩同志主持所舉行的『文藝座談會』是一件大事，尤其對於關心當前文藝運動諸問題的讀者，本版決定將與此有關諸材料及各作家的意見，擇要續刊於此，以供參考與討論。」〔註7〕

　　隨後的一個月，在《解放日報》上陸續刊登馬克思、恩格斯論文藝的經典著作。5月20日，《解放日報》重新刊發魯迅的《對於左翼作家聯盟的意見》，並加編者按語：「這是1930年3月20日魯迅先生在左翼作家聯盟成立大會上的講話。其中對於文藝戰線的任務，都是說得很正確的，至今完全有用。今特重載於此，以供同志們的研究。」這則按語同樣是毛澤東處送來的。雖然對「五四」新文學評價並不高，但毛澤東對魯迅十分推崇，《講話》甚至將其抬高到文化「首領」的地位，宣稱「我們有兩支軍隊，一支是朱總司令的，一支是魯總司令的」。〔註8〕在座談會上，「當談到魯迅『總司令』領導文化軍隊時，全場響起了掌聲和笑聲。」〔註9〕毛澤東的這一說法獲得了延安文化人的廣泛認同。恰恰是列寧和魯迅，構成《講話》的權威性，賦予了毛澤東文化意識形態和文藝思想的合法性。

　　眾所周知，列寧《黨的組織和黨的文學》〔註10〕不同尋常之處在於把馬克思主義關於無產階級專政的國家理論，從一般的理念推進到了具體的文藝體制上。列寧提出了「黨的文學」這一概念，強調「文學事業應該成為總的無產階級事業的一部分，一個統一的、偉大的由整個工人階級底全體覺悟的先鋒隊使之運動的，社會民主主義的機器底『齒輪和螺絲釘』。文學事業應該成為有組織的、有計劃的、統一的、社會民主黨的黨底工作組成部分。」〔註

〔註7〕編者按，參見,黎辛：《關於「延安文藝座談會」的召開、〈講話〉的寫作、發表和參加會議的人》，《新文學史料》，1995年第2期。

〔註8〕正式發表時改爲「拿槍的軍隊」和「文化的軍隊」，見《延安文藝座談會上的講話》，《毛澤東選集》（第3卷），北京：人民出版社，1991年，第847頁。

〔註9〕艾克恩：《延安的鑼鼓——毛澤東同志〈在延安文藝座談會上的講話〉的前前後後》，《人民日報》，1992年5月21日。

〔註10〕80年代的譯法改爲《黨的組織和黨的出版物》。

〔註11〕P・K（秦邦憲）：《黨的組織和黨的文學》，《解放日報》，1942年5月12日。

11〕與馬克思恩格斯同時注重文學的政治和藝術價值不同，列寧更關心「文藝」在無產階級革命事業中的價值，將「文學」打造成革命機器的「螺絲釘」，而在這一點上無疑符合毛澤東在延安時期對於文藝的建構和要求，實際上「『黨的文學』是文藝整風後延安文學觀念或後期延安文學觀念的核心部分，也是其至爲關鍵的存在形態。」〔註12〕可以說，《在延安文藝座談會上的講話》其基本的話語和理論合法性都來源於列寧「黨的文學」這一論述。

　　與此相關，列寧認爲：「寫作事業應當成爲無產階級總的事業的一部分，成爲全體工人階級的整個覺悟的先鋒隊所開動的一部巨大的社會民主主義機器的『齒輪和螺絲釘』。寫作事業應當成爲社會民主黨有組織的、有計劃的、統一的黨的工作的一個組成部分。」在《講話》中，雖然沒有涉及到具體的「作家培養」問題，但在「結論」中，《講話》所要處理的兩個問題，一是「文學爲什麼人服務」的問題，以及「如何服務」的問題，正因爲「規定」了文藝爲工農兵服務，以及政治標準第一，也就決定了「作家培養」將會成爲一個核心問題開始受到注意，符合新的文化形態建構的需求。

　　實際上，早在抗戰起初，「集體寫作」和「作家培養」就已經是左翼作家和理論家們關心的問題。抗戰初期，左翼文學工作倡導者號召知識青年們到下層民眾中去「啓蒙」，因爲「所謂啓蒙運動，就是『到民間去』」，〔註13〕「一切文化人，首先是先進的文化人，在新啓蒙運動中，應該首先拿出自己具體的『貨色』出來，而在工作方式上，應該進行民主的大轉變。應該由個人的研究轉變爲集體的研究。應該由亭子間中、圖書館中、科學館中的個人工作轉向文化界的大眾，轉向作坊和鄉間的大眾，應該認爲所謂文化界的大團結，這不只是一種號召，而是眞的需要工作上的聯合……應該和一切平民教育者及一切大中小學生聯合，去作民間的通俗教育運動、廢除文盲運動、各種式樣的破除迷信運動……應該和一切新文學家聯合，去消滅那荒唐、迷信、誨淫誨盜的舊小說、舊鼓詞，把最廣大的下層社會讀者奪取過來。」〔註14〕這

　　　收入李志英主編：《秦邦憲（博古）文集》，北京：中共黨史出版社，2007年，第515頁。

〔註12〕袁盛勇：《「黨的文學」：後期延安文學觀念的核心》，《中國現代文學研究叢刊》，2005年第3期。

〔註13〕艾思奇、吳清友等：《「新啓蒙運動」座談》，《讀書》創刊號，1937年6月15日。

〔註14〕陳伯達：《思想的自由與自由的思想——再論新啓蒙運動》，《認識月刊》創刊號，1937年5月16日。

正是與「五四」啟蒙不一樣的地方，也是在抗戰背景下重新整合文化資源的需要。

1938 年 2 月 21 日，陝甘寧邊區文協召開座談會，討論《血祭上海》一劇。《血祭上海》是為紀念「一・二八」而作，原本名叫《黃阿毛》，共五幕，後改成四幕。創作者有任白戈、朱光、左明、沙可夫、徐一新和黃天，三天內寫成，可以說是新的民族革命現實情境下延安集體創作的嘗試。〔註 15〕在延安，開展星期文藝學園輔導活動，對年輕作家進行政治和思想上的培養，並提高他們的文學創作技巧，成為延安文化活動的重要內容。一方面通過實踐的社會活動和對於工農兵學員的培養，鼓勵更多的文化層次較低的讀者（有很多是前線戰士）參與到寫作中來，並讓有潛力的學員進入專門培養文藝幹部的學校如「魯藝」等進行更為系統的教育，以進一步提高他們的寫作能力。

這一系列的探索和實踐，都在毛澤東 1942 年的《講話》中得到了有效的吸收和改造。在《講話》逐漸樹立起文藝思想典範的地位並得到廣泛傳播之後，「集體寫作」代替「個人寫作」，批判「五四」式的個人自由主義，培養「工農兵作家」，為社會主義革命和建設服務，也就成為了延安文藝生產體制最根本的特徵。

因此，正如研究者所指出的，「毛澤東接續了列寧的探索，將無產階級文學轉化為『黨的文學』，更通過《講話》的理論與實踐，將無產階級文學變成了現實。《講話》無疑是對左翼文學的無產階級文學觀念的繼承，但以《講話》為標誌展開的將無產階級文學制度化和體制化的實踐，卻具有開創意義。——在這一意義上，我們的確可以承認《講話》是『劃時代』的。『黨的文學』成為了建國後中共的基本文藝政策。」〔註 16〕

按照這樣的文藝政策精神，在黨的組織下建立「文學院」，有計劃地培養無產階級作家就是必然的結果了。因此從這個意義上來說，1950 年被文化部同意建立的「中央文學研究所」雖是新中國創辦的第一個也是唯一一個國家級培養作家的機構，但它與「紅色聖地」延安有著斬不斷的血緣聯繫。它的精神臍帶扭結在《講話》當中，它在制度上的實踐也有前例可循，

〔註15〕《延安文藝叢書》編委會：《延安文藝叢書・文藝史料卷》，長沙：湖南文藝出版社，1987 年，第 24 頁。

〔註16〕李楊：《「經」與「權」：〈講話〉的辯證法與「幽靈政治學」》，中國現代文學叢刊，2013 年第 1 期。

那就是 1938 年在延安成立的「延安魯迅藝術學院」。這兩樣東西將作為四十年代的遺產一直影響「中央文學研究所──文學講習所──魯迅文學院」的辦學實踐。

第二節　走不出的四十年代：「魯藝」幽靈

1984 年改名的「魯迅文學院」和 1938 年在延安成立的「延安魯迅藝術學院」都以魯迅命名，絕不是簡單的巧合。對於建國後的作家培養體制來說，延安如幽靈般的存在絕不止限於它提供的革命情感教育資源，更關鍵的是它積澱出來的制度保障和培養經驗。亦即邁斯納所說：為毛澤東主義者所著力贊揚和高度評價的延安傳統，「一部分是制度方面的遺產，另一部分是神聖的革命價值觀念方面的遺產。」〔註 17〕

對於剛剛成立的新中國來說，制度方面的經驗和「遺產」顯得極為重要。百廢待興的新中國顯然無法依靠國民黨留下的爛攤子，因為國民黨自己在文藝方面的政策可以說是極其失敗的〔註 18〕，新中國必須構建全新的積極的文化形態和體制。在借鑒蘇聯老大哥的經驗上，並在具體處理中國自己問題的探索過程中，共產黨就在逐步積累管理文藝和文藝工作者的經驗。但實際上這些經驗也是在不斷摸索和調整中，甚至是波折當中逐步豐富起來的。比如，周揚等與魯迅的矛盾，1936 年左聯解散等暴露出的左翼內部的觀念衝突，不僅在 30 年代成為問題，它實際上一直影響到延安，影響到建國後。

以毛澤東為核心領導的共產黨人早就注意到了文藝的重要性，更掌握到了對文藝工作者進行組織化管理的必要性。在毛澤東 1939 年為中共中央起草的《大量吸收知識分子》的決定當中，他開門見山就指出黨吸收知識分子的重要性：「在長期的和殘酷的民族解放戰爭中，在建立新中國的偉大鬥爭中，共產黨必須善於吸收知識分子，才能組織偉大的抗戰力量，組織千百萬農民群眾，

〔註 17〕　〔美〕莫里斯‧邁斯納著，杜蒲、李玉玲譯：《毛澤東的中國及後毛澤東的中國》，第 65 頁，譯自紐約自由出版社 1986 年版，四川人民出版社。

〔註 18〕　國民黨政權統治中國三十多年中，對革命文學上下戮力「圍剿」，但所採取的辦法似乎也就是一味地從外部來「禁」，至於內部如何建構一種組織化的文學制度及控制手段，卻始終懵然無知。參見李潔非，楊劼：《解讀延安》，第 135 頁，當代中國出版社，2010 年。

發展革命的文化運動和發展革命的統一戰線。沒有知識分子的參加，革命的勝利是不可能的。」〔註 19〕在文件的最後，他重申：「全黨同志必須認識，對於知識分子的正確的政策，是革命勝利的重要條件之一。」〔註 20〕當然，他如此強調吸收知識分子的重要性，關鍵是「利用」，因為「無產階級自己的知識分子的造成，也決不能離開利用社會原有知識分子的幫助。」〔註 21〕可見毛對知識分子是有等級區分的，「原有」和「自己」的當然不同。態度自然也是功利的，對待「原有」的強調「有用」和「忠實」，吸收之後要加以教育，磨練。

　　邁斯納認為雖然毛澤東一直強烈關注中國社會的客觀階級狀況，但是他同樣也傾向於按照道德和思想標準而不是按照客觀的社會階級標準來確定人們的「階級地位」。對他來說，社會主義的載體是那些具有「無產階級意識」的人，這些人可能獨立於任何社會階級而存在。〔註 22〕這種唯意志主義的傾向和毛的民粹主義思想混合在一起，反映出毛澤東對馬克思主義階級鬥爭理論的獨特理解，也可以用來理解毛對知識分子的態度。知識分子是可以利用的，但是這個利用的過程當中必須要不斷對他們進行「教育」，完成對他們的精神改造和思想改造。

　　精神和思想存在於主觀思維領域，落實到「改造」層面就必須依賴組織和制度來實施。所以在思想上重視吸收知識分子基礎上，黨必須著手建立相應的組織機構和制度對他們進行管理、規約和「教育」。而且對知識分子的管理也可以進行分類。邁斯納在分析共產黨「百花時代」的知識分子政策時，注意到了自然科學知識分子和人文知識分子的區分，這一點非常有啓示意義。毛澤東於 1949 年 6 月 30 日發表了《論人民民主專政》，主要提出了建國後的兩大任務：其一是「強化人民的國家機器」；其二就是「嚴重的經濟建設任務」〔註 23〕。尤其在完成第一個五年計劃之後，經濟建設的任務顯得格外

〔註 19〕《大量吸收知識分子》，《毛澤東選集》第二卷，第 618 頁，人民出版社，1991年。

〔註 20〕《大量吸收知識分子》，《毛澤東選集》第二卷，第 620 頁，人民出版社，1991年。

〔註 21〕《大量吸收知識分子》，《毛澤東選集》第二卷，第 620 頁，人民出版社，1991年。

〔註 22〕〔美〕莫里斯・邁斯納著，杜蒲、李玉玲譯：《毛澤東的中國及後毛澤東的中國》，第 64 頁，譯自紐約自由出版社 1986 年版，四川人民出版社。

〔註 23〕《毛澤東選集》第四卷，第 1476 頁，《論人民民主專政》，人民出版社，1991年。

緊迫。這個時候需要大量利用自然科學知識分子，鼓勵他們的積極性。因為自然科學相對來說幾乎沒有階級性，在政治上可以更「中立」〔註 24〕。但是人文類的，比如文學藝術、哲學等當然更具有階級性，因而要更為敏感。

相對於建國後面臨經濟建設更需要自然科學知識不同，在延安時期，更需要團結和爭取的對象是更具現實「革命影響力」的人文知識分子、藝術家。早在 1936 年 11 月 22 日，由丁玲任主任的中國文藝協會就在保安成立了。毛澤東出席了成立大會並講話。他指出「現在我們不但要武的，我們也要文的了，我們要文武雙全。……要從文的方面去說服那些不願意停止內戰者，從文的方面去宣傳教育全國民眾團結抗日。」〔註 25〕除了組織和管理已有的作家、藝術家，繼續培養符合需求的文藝幹部也迫在眉睫。1938 年，毛澤東親自領銜發起創辦「魯迅藝術學院」。

《魯迅藝術學院創立緣起》清楚解釋了創立魯迅藝術學院的原因和目的：

> 我們應注意抗戰急需的幹部培養問題。「幹部決定一切！」
>
> 藝術——戲劇、音樂、美術、文學是宣傳、鼓動與組織群眾最有力的武器。藝術工作者——這是對於目前抗戰不可缺少的力量。因之，培養抗戰的藝術工作幹部在目前也是不容稍緩的工作。
>
> 我們邊區對於抗戰教育的實施，積極進行，已建立了許多培養適合於抗戰需要的一般政治、軍事幹部的學校（如中國抗日軍政大學、陝北公學等）。而專門關於藝術方面的學校尚付闕如；因此我們決定創立這藝術學院，並且以已故的中國最大的文豪魯迅先生為名，這不僅是為了紀念我們這位偉大的導師，並且表示我們要向著他所開闢的道路大踏步前進。〔註26〕

毛澤東作為中國共產黨中央的核心領導人物親自發起創辦「魯藝」，主要是基於藝術形式對於發動、組織群眾的作用，他要把藝術作為革命武器，而共產黨必須「培養」自己的幹部來掌控這「武器」。在教育史上，它是一項創舉。當然，人們將來會意識到，「培養」專門的文藝幹部不止是個教育問題，更具有參與意識形態建構這種更宏大的作用。雖然面臨著要在偏遠而艱苦的

〔註24〕〔美〕莫里斯・邁斯納著，杜蒲、李玉玲譯：《毛澤東的中國及後毛澤東的中國》，第 227 頁，譯自紐約自由出版社 1986 年版，四川人民出版社。
〔註25〕《毛澤東論文藝》，增訂本，北京：人民文學出版社，1992 年。
〔註26〕新中華報，魯迅藝術學院週年紀念特輯，1939 年 5 月 10 日。

延安城領導對抗日本帝國主義侵略和打擊國民黨反動派的雙重歷史任務，毛澤東作爲黨的核心領導人，並沒有將他對「魯藝」的關注停留在創建階段。他不僅僅後來在周末到「魯藝」參加舞會，事實上他一直密切關注，並親自掌控「魯藝」的發展方向。

「魯藝」正式宣佈成立後不久的一天下午，毛澤東就親自到「魯藝」發表講話，講話強調了實踐的重要性。他說「你們是青年藝術工作者，……你們的藝術作品要有充實的內容，便要到實際生活中去汲取養料。……要從實際鬥爭中去豐富自己的經驗。……要把中國考察一番。」〔註 27〕此次講話對「魯藝」教育方針的具體實施產生了重大影響。初期「魯藝」實施「開門辦學」的方針，採取「三三制」教學模式，先在校學習 3 個月，然後由學校統一安排到前方抗日根據地或部隊實習 3 個月，再返校繼續學習 3 個月。

全院第一次較大規模實習活動，是 1938 年 11 月由文學系代理主任沙汀和教師何其芳，帶領文學系第一期以及音樂系、戲劇系和美術系第二期的部分學生，跟隨八路軍 120 師師長賀龍，到抗戰前線去。〔註 28〕之後第一至三期的學生都被派赴前方部隊或地方實習，普遍受到歡迎。有些實習期滿甚至被扣留，不讓回校。這些學生畢業之後也大多被派往前方工作，成爲部隊和地方的文藝骨幹。

不過 1939 年底周揚接任「魯藝」的副院長主持工作後，開始改變辦學方針，趨向「正規化」和「專門化」，並對教學體制和組織機構方面進行大規模調整，「結束了早期魯藝教育行政和教學程序總是被不斷舉行的晚會所支配所紊亂的那種不正常的狀態」。〔註 29〕但是這樣的嘗試卻引起了毛澤東等人的不滿。後來在 1942 年的整風運動中被批評爲「關門提高」。「『魯藝』的正規化、專門化的嘗試和實踐所受到的責難，反映出在文藝的服務對象、文藝的作用和功能、文藝的普及和提高的關係，以及大學的教育體制等問題上，毛澤東等中央領導人和前方軍事將領與魯藝的文化人之間的存在著某些分歧。」〔註 30〕

〔註27〕 毛澤東：《在魯迅藝術學院的講話》，1938 年 4 月 28 日，《毛澤東文集》，第 2 卷，第 124 頁，北京：人民出版社，1993 年。

〔註28〕 王培元：《延安魯藝風雲錄》，第 61 頁，廣西師範大學出版社，2004 年。

〔註29〕 周揚：《藝術教育的改造問題──魯藝學風總結報告之理論部分：對魯藝教育的一個檢討與自我批評》，參見《延安文藝叢書》（文藝理論卷），第 824 頁，湖南人民出版社，1984 年。

〔註30〕 王培元：《延安魯藝風雲錄》，第 86 頁，廣西師範大學出版社，2004 年。

　　毛澤東密切關注著這些分歧，並要努力消弭這些分歧。1942 年的延安文藝座談會舉行，包括「魯藝」的負責人和教師 30 多人都參加了這次會議。會後，受周揚的邀請，毛澤東親自到「魯藝」發表講話，並針對「魯藝」的工作，著重講了普及和提高的關係問題。這次講話後，「魯藝」的整風運動就如火如荼地開展了。周揚於 1942 年 9 月 9 日的《解放日報》發表了《藝術教育的改造──魯藝學風總結報告之理論部分：對魯藝教育的一個檢討與自我批評》，深刻剖析了「關門提高」錯誤的根源乃是在「提高與普及，藝術性與革命性的分離上」，〔註31〕尤其有針對性地檢討了對待古典作品和繼承藝術遺產方面的錯誤，剖析了「技巧」和「思想」之間的關係，指出藝術作品不是只單純包含技巧，還必定表現一定的思想，而這些思想可能就有毒素，比如說十九世紀資產階級現實主義文學，可能就會助長個人主義思想，喚起小資產階級知識分子的心理共鳴。針對有些同志對蘇聯藝術文學的蔑視態度，他也做出了批評。在檢討基礎上，周揚提出了今後改進的方案，比如多研究當前藝術文學運動，關注現狀問題；克服宗派門戶之見；多與地方保持聯繫；主動服務於政治鬥爭；加強學生實習工作等等。整風運動之後，「延安魯藝」結束了它正規化、專門化的探索時期。1943 年「魯藝」併入延安大學，也告別了它作為第一所由中共領導人發起的專門「培養」青年藝術工作者的黃金時代。

　　「延安魯藝」的黃金歲月留在了歷史裏，但是它開創的共和國對藝術家的集中「培養」制度卻作為「延安傳統」的一部分得以延續。建國之後的「中央研究所」──「文學講習所」──「魯迅文學院」，不論命名如何更迭，都始終抹不去「延安魯藝」的影子。在「延安魯藝」，文學系算不上最醒目的，賦予它光環的主要是那些大名鼎鼎的教師。因為在那個戰爭年代，相比於文學，可能戲劇、音樂、美術更能直接地發揮效應。魯藝的文學系直到第二期才開始招生，而且單從藝術成果的角度講，真正造成影響的也並不多。但是作為黨「培養」作家和文學工作者的早期探索，它的辦學方式、理念，比如招生方式、規模；授課方式；課程設置等等都對建國後的「中央文學研究所」──「文學講習所」──「中國作協文學講習所」產生影響。不僅如此，「延

<hr />

〔註31〕周揚：《藝術教育的改造問題──魯藝學風總結報告之理論部分：對魯藝教育的一個檢討與自我批評》，參見《延安文藝叢書》（文藝理論卷），第 821 頁，湖南人民出版社，1984 年。

安魯藝」時期遇到的「正規化」問題；如何對待文學遺產；如何學習古典文學；如何處理思想與技巧的關係等問題以後也會繼續存在。

附：「延安魯藝」各屆學員人數統計表〔註32〕

系　別	第一屆	第二屆	第三屆	第四屆	第五屆	合　計
文學系		53	49	46	49	197

　　課程設置上基本有公共必修課政治、歷史，以及專業課組成。

　　以下是「延安魯藝」趨於「正規化」時期各系共同必修課目及文學系專修課目時間支配表：

表1：各系共同必修課目時間支配表

學年　學期　授課小時　課目	I		II		III		每科上課小時總計
	1	2	1	2	1	2	
中國近代史	60						60
中國文藝思潮史		60					60
中國社會問題			60				60
西洋近代史				60			60
思想方法論					60		60
藝術論						60	60
策略教育							
外國文學	60	60	60	60	60	60	360
新文字	20						20
每學期上課小時總計	140	120	120	120	120	120	740
附註：1. 外國語言為俄語及英文兩種（任選一種） 　　　2. 策略教育時間，定在救亡日，包括大報告及時事座談會等活動							

〔註32〕（作者錄於延安革命紀念館）北師大博士論文：《延安魯藝──我國文藝教育的新範式》，第56頁。

表 2：文學系專修課目時間支配表

課　目＼授課小時＼學年 學期	I 1	I 2	II 1	II 2	III 1	III 2	每科上課小時總數	附　注
文學概論		60					60	全係必修
中國文學史				60	60			同上
西洋文學史			60	60			120	同上
創作問題	60						60	同上
近代名著選讀	60	60					120	同上
中國舊文學選讀	60	60	60	60			240	同上
中國小說研究		60					60	同上
中國詩歌研究				60			60	同上
作家研究					60	60	120	同上
文藝批評				60				同上
文藝批評						60	60	理論組選修
民間文學		60					60	選修
新聞學				60			60	選修
翻譯						60	60	選修
寫作實習								
每學期上課小時總數	180	180	180	180	180			

附注：1. 第一學年不分組，從第三學年起全係分創作、理論兩組。
　　　2. 寫作實習一科，每月開批評會一次，約三小時，寫作時間不規定。
　　　3. 選修課時間未列入每學期上課時間總數計。

第三節　政治和藝術教育的關係

　　毛澤東是「延安魯藝」的發起人之一。1938 年 4 月 10 日，在「延安魯藝」的開學典禮上，好幾位中央領導同志都講了話。但是毛澤東沒講，他說他是

工作人員，今天不講，過幾天再來講。果然，到了 5 月中旬，他親自到魯藝作了一番重要講話。他講到：「文學藝術是有階級性的。資產階級的文學家、藝術家，提倡什麼藝術至上，實際上是為資產階級服務，眼裏根本沒有工人、農民。無產階級的文學藝術工作者要到革命鬥爭中去，同時學習人民的語言。」〔註33〕

　　毛澤東這番話非常明確地強調了文藝的階級性，倡導無產階級文學藝術。他要求魯藝的學員到更廣闊的天地裏去，從「小魯藝」走向「大魯藝」。顯然他比較強調實踐的重要性。所以魯藝在剛開始的時候確實是實行「三三制」，學員在學校裏待的時間比較少。沙汀和何其芳 1938 年 8 月到達延安，一個月後就進入魯藝文學系工作，沙汀當了代系主任。據他回憶，當時的物質條件比國統區艱苦。連固定的教室都沒有，一般都頭上戴頂草帽，在露天裏上課。遇到落雨，就擠在一眼較為寬敞的窯洞裏學習。同學們一般只有用三塊木板做成的簡易矮凳，雙腿上則放塊較大的木板，權當書桌。〔註34〕

　　物質條件艱苦是情勢所迫，但是這樣露天上課的環境也確實有些不太正規的色彩，也反映出辦學者對學院教育的不夠重視。因為當時文學系不僅學員不多，更主要的是經常需要去部隊實習，在學校呆的時間少，甚至很多學員到了要返校的時間，還被實習的部隊或者地方扣留住不放。沙汀和何其芳當年 11 月就按照院部的規定，同文學系部分同學以及其他系少數同學，隨賀龍同志一道到晉西北和冀中抗日根據地實習去了。本來預計實習時間是 3 個月，而實際上直到次年 7 月才回到延安。

　　這年秋天陳荒煤也到達延安，開始在戲劇系工作，後來轉到文學系。從 1939 年春天到 1940 年春他一直帶領魯藝的實驗劇團在晉東南前線活動，到八路軍總部和 129 師去進行慰問演出。後來，他還到中宣部找到當時的宣傳部長羅邁（李維漢）同志，建議文學系也應該組織一個文藝工作團到前方採訪，報導八路軍作戰的情況。中宣部很快做出決定，通知魯藝沙可夫同志，讓他組團和實驗劇團一同去晉東南。據他回憶，當時魯藝是

〔註33〕文化部黨史資料徵集工作委員會，《延安魯藝回憶錄》，第 5 頁，光明日報出版社，1992 年。
〔註34〕沙汀：《沙汀自傳》，第 493 頁，《漫憶擔任代主任後二三事》，北嶽文藝出版社，1998 年。

一種短訓班性質，每期學習幾個月，然後到前方實習一個時期再回來進修一個短時期才算畢業。可是事實上，同學們到前方實習後大都留在那裏工作了。〔註35〕

顯然魯藝初期的辦學很難算是正規，基本算是個文藝宣傳隊。這種情況到了1939年底周揚接手之後，發生轉變。周揚致力於將「魯藝」辦學往正規化方向發展。這種正規化很大程度上就是「學院化」，縮短實習時間，延長在校學時，將課程進行重新規劃設計，保證學生充足的聽課和讀書時間。爲學員們津津樂道的聽周立波講托爾斯泰、安娜・卡列尼娜；大家到圖書館搶書回來手抄閱讀都發生在這個時期。

但是這種「正規化」很快遭到了毛澤東等領導人的不滿。尤其在延安文藝座談會召開後，周揚更親自對魯藝追求「正規化」時期的教育進行了檢討。針對「關門提高」的批評，他說這四個字出色地概括了魯藝教育方針錯誤的全部內容。他具體檢討了不正確地學習西方古典作品的錯誤：「許多同志完全沉潛於西洋古典作品的世界，由這培養了一種所謂的『高級』的欣賞趣味。」這種趣味會助長小資產階級知識分子的個人主義傾向。他保證，今後魯藝還是要把整個藝術教學活動建立在與客觀實際的直接而密切的聯繫上，以此作爲改造魯藝的首要的、中心的問題。〔註36〕

其實「正規化」問題反映了一個普及與提高的問題。據龔亦群回憶正確處理提高與普及的關係並不簡單和容易。魯藝八年，曾進行過三次工作檢查，基本都是圍繞這個問題進行的。第一次在1938年末到1939年初，沙可夫副院長在總結中確認，前一段時間沒有貫徹「普及第一」的方針，就是說，抗戰急需部隊文藝大批人才，而魯藝還不能適應；第二次在1941年，周揚副院長在總結中提出了傾向於正規化、專門化的方案；第三次是1942年文藝整風，周揚副院長在總結中檢查了前一段時間（1941年左右）「關門提高」的錯誤傾向。〔註37〕

〔註35〕荒煤：《關於文藝工作團的回憶》，《延安魯藝回憶錄》，第498頁，光明日報出版社，1992年。

〔註36〕周揚：《藝術教育的改造問題——魯藝學風總結報告之理論部分：對魯藝教育的一個檢討與自我批評》，原載1942年9月9日《解放日報》，《延安魯藝回憶錄》，第40頁，光明日報出版社，1992年。

〔註37〕龔亦群：《魯藝——革命文藝教育的歷史豐碑》，《延安魯藝回憶錄》，第80頁，光明日報出版社，1992年。

　　普及與提高的關係之所以不好把握，從毛澤東的《講話》對此問題的闡述當中也可以體會得到。他說「在目前條件下，普及工作的任務更為迫切。」〔註38〕但是，普及工作和提高工作又不能截然分開。因為廣大人民群眾的文化水平也在不斷提高，普及工作就不能一直停在一個水平上。人民要求普及，跟著要求提高。這種提高要在普及基礎上進行，要是人民的普及和人民的提高。同時呢，還有一種間接為群眾所需要的提高，就是幹部所需要的提高。比較高級的文學藝術，對他們是完全必要的，但是這些提高都離不開為人民大眾的根本原則。

　　毛澤東的《講話》確認了新文化建設的一個核心目標，那就是「為人民」的原則。但這個「人民」是「一個朝向未來的『想像的共同體』」〔註39〕。就普及和提高的水平而言，「人民」達到哪種水平，是不固定的。毛澤東在《講話》當中對普及和提高關係的解釋從操作層面來講也是模稜兩可的。這是由《講話》本身攜帶的「權宜」性質所決定的。「作為一種『反現代的現代性』，《講話》恰恰是要從根本上變革傳統中國的文化政治，使其服膺於『最先進』的和超民族的『無產階級』所主宰的『「美麗新世界』。」〔註40〕這個「美麗新世界」多少帶有烏托邦的性質，在追求的過程當中，毛對很多問題採用了策略性的靈活處理手段。但正因為這個靈活，就留下了很多空間。

　　在這個空間當中，如何處理藝術教育和政治教育的關係，在藝術教育當中如何處理文學遺產的關係，對於「魯藝」的辦學者來說顯得尤為重要。

　　毛澤東在《講話》中闡釋政治標準和藝術標準的關係問題時倒是不含糊。他說：「我們不但否認抽象的絕對不變的政治標準，也否認抽象的絕對不變的藝術標準，各個階級社會中的各個階級都有不同的政治標準和不同的藝術標準。但是任何階級社會中的任何階級，總是以政治標準放在第一位，以藝術標準放在第二位的。」〔註41〕所以即便是在所謂「關門提高」時期，「魯藝」

〔註38〕《毛澤東選集》第三卷，第 862 頁，《在延安文藝座談會上的講話》，人民出版社，1991 年。

〔註39〕李楊：《「經」與「權」：〈講話〉的辯證法與「幽靈政治學」》，中國現代文學叢刊，2013 年第 1 期。

〔註40〕李楊：《「經」與「權」：〈講話〉的辯證法與「幽靈政治學」》，中國現代文學叢刊，2013 年第 1 期。

〔註41〕《毛澤東選集》第三卷，第 869 頁，《在延安文藝座談會上的講話》，人民出版社，1991 年。

的教育方針都是強調政治教育的重要性。1939 年，在「魯藝」成立一週年紀念日上，羅邁做了《魯藝的教育方針與怎樣實施教育方針》的報告，報告指出「魯藝」的教育方針是：「以馬列主義的理論與立場，在中國新文藝運動的歷史基礎上，建設中華民族的新時代的文藝理論與實際，訓練適合今天抗戰需要的大批藝術幹部，團結與培養新時代的藝術人材，使魯藝成為實現中共文藝政策的堡壘與核心。」〔註42〕並且明確談到「政治教育在魯藝的重要性」：「具體來說，魯藝所進行的教育，不僅要從藝術上去培養幹部，而且要從政治上去提高幹部。魯藝是一個藝術的學校，但它絲毫不能忽略藝術教育與政治教育的一致性，以及政治教育對藝術的重要性。……魯藝以後需要比過去注重並加強政治的教育。」〔註43〕不過這個時候，並沒有把政治教育的重要性放在首位。出現了「關門提高」問題後，「魯藝」就進一步加強了政治教育工作，把馬列主義、中國革命的問題和共產主義與共產黨等課設為必修課程。整個課程的配備，原則上是藝術與政治並重。除平時的政治輔助教育外（課外讀物、座談會、討論會、演講等），每周政治必修課為六個小時。〔註44〕

除上述的政治必修課程外，他們還經常請中共中央的領導者，來延安的名流學者，前線歸來的將領，戰地歸來的群眾工作者，實習歸來的文藝工作幹部到校講演。在政治處指導下，有教職學員組織的時事研究會，定期向全體教職學員作時事報告，經常舉行政治、時事問題討論會、辯論會、問答會、戰鬥故事座談會等等。

「魯藝」整風期間，文學系系主任何其芳專門在《解放日報》撰文談文學系如何改造藝術教育與政治教育的關係；如何正確處理文學遺產；如何根據抗戰需求培養人才的問題。他首先檢討了過去培養工作中，學生埋頭讀書，有問題只請教教員；強調學習古典作家，主要的是那些資產階級現實主義作家，而且在創作實踐上主張寫熟悉的題材，說心裏的話；也不大考慮將來畢業後到哪裏去，作什麼工作的思想錯誤。〔註45〕明確教育的目的必須具體地

〔註42〕 羅邁：《魯藝的教育方針與怎樣實施教育方針》，1939 年 4 月 10 日的報告，《延安文藝叢書》（文藝理論卷），第 786 頁，湖南人民出版社，1984 年。

〔註43〕 羅邁：《魯藝的教育方針與怎樣實施教育方針》，1939 年 4 月 10 日的報告，《延安文藝叢書》（文藝理論卷），第 791 頁，湖南人民出版社，1984 年。

〔註44〕 宋侃夫：《一年來的政治教育的實施與作風的建立》，1940 年，《延安魯藝回憶錄》，第 57 頁，光明日報出版社，1992 年。

〔註45〕 何其芳：《論文學教育》，1942 年 10 月 16 日、17 日《解放日報》，《延安魯藝回憶錄》，第 479 頁，光明日報出版社，1992 年。

服從政治的要求，根據實際需求培養以下幾大類人才：通訊工作者（包括自己當通訊記者，或者作通訊組織工作，或者教人家寫通訊等等）；文化教員（包括根據地的中級學校以上的和部隊中的國文教員，或者文學教員）；編輯（地方和部隊中的一般刊物、報紙，或者文藝刊物、文藝副刊的編輯）；以及其他宣傳工作的寫作者；通俗化工作者，等等。教學方法上也要改變學院式的講學方式，要把材料和問題先經過同學們研究、討論，然後由教員來作結論的方式作爲主要的教學方式，採用啓發的、研究的、實驗的教學法。

這顯然是何其芳以自己的切身體會所作的對於新文化和新的文學培養方式的反思。從「傷感的個人主義者」轉變爲「革命者」的何其芳後來在回憶早年「寫詩的經過」時說：「在我參加革命以前，有很長一段時期我的生活裏存在著兩個世界。一個是出現在文學書籍裏和我的幻想裏的世界。那個世界是閃耀著光亮的，是充滿著純眞的歡樂、高尙的行爲和善良可愛的心靈的，卻是缺乏同情、理想，而且到處伸張著墮落的道路的。我總是依連和留戀於前一個世界而忽視和逃避後一個世界。」〔註46〕在延安時期的何其芳看來，「有著兩條文學之路：一條是從文學到文學，一條是從生活到文學」，「過早地受專門教育就是使我們自己過早地脫離那種生活。」〔註47〕

何其芳後來的憶述顯然是對以往自己的反思和悵悔，「他已不再是那個耽迷於夢中道路的青年了。」〔註48〕這一文學史上著名的「何其芳現象」，其背後的實際內涵，是對作家文學創作的理解以及學院文化和實際生活對於作家創作的影響，也顯示了延安文化教育和現代大學教育方式的差異。

從這個意義上講，延安「新中國——新文化——新教育」的設想很大程度上是對自現代以來過份強勢的學院文化的反抗和調整。王富仁在《「新國學「論綱》中指出：「現代學院是以培養現實社會需要的各種專門人才而建立起來，以知識技能的傳授爲主要目的」，所以「不論一個民族當時的社會歷史狀況如何，不論各個受教育者自己將選擇什麼樣的人生道路，學院文化自身都必須以現實社會所需要的知識和技能的培養爲基礎，都必須以受教育者在現

〔註46〕 何其芳：《寫詩的經過》，《何其芳全集》第 4 卷，第 325～326 頁，石家莊：河北人民出版社，2000 年。

〔註47〕 何其芳：《文學之路》，《何其芳全集》第 4 卷，第 325～326 頁，石家莊：河北人民出版社，2000 年。

〔註48〕 季劍青：《北平的大學教育與文學生產：1928～1937》，第 207 頁，北京：北京大學出版社，2011 年。

實社會得到最順利的成長和發展爲基本原則。」〔註 49〕現代學院重要的功能便是現代知識分子或者「現代技術工人」，而並非與現實生活有著更多聯繫的作家。更重要的是，培養「自由」「獨立」精神往往被視作是現代學院文化教育的重要內容和功能。但毛澤東一貫對於「五四」式的個人主義、自由主義表示反感，在《反對自由主義》中他指出，「革命的集體組織中的自由主義是十分有害的」，應該「以個人利益服從革命利益」，「克服消極的自由主義」。〔註50〕如果將毛澤東對於知識分子的改造僅僅歸結於某種創傷記憶的結果，〔註51〕顯然忽略了中國現代思想文化發展的邏輯以及毛澤東更深層次文化變革需求的追求。

現代學院文化過於強勢的一個後果就在於使得文學、文化的習得越來越趨於精英化，正是由於現代學院教育的這一特徵，現代中國的學院文化與民間文化尤其是左翼革命文化之間存在著諸多的矛盾和縫隙。早在「五四」新文化運動時期，現代教育與文學教育、文化生產之間既互相依存又矛盾衝突的關係就已經引起了研究者們的關注。一位研究者在分析 1925 年由《京報副刊》發起的「青年必讀書十部」徵求活動及引起的爭議時指出，必讀書徵求活動「存在著邏輯謬誤，『青年必讀書』的命題涉及開列書單者的『身份』及必讀書『適應範圍』等問題，其背後是現代學院文化過於強勢後造成的文化錯位和扭曲。魯迅在《青年必讀書》中重『行』輕『言』的文化立場，是對這種文化錯位的反駁和批判；魯迅選擇旁敲側擊的方式，用新舊文化論爭的老話題發出振聾發聵的聲音，既讓已經分化的新文化同人注意到新文化尚未完全站穩腳跟的事實，也促使他們去意會其中的曲筆之意：學院文化的過度膨脹，並不符合中國社會的當下需要，而且可能將青年人引入因循守舊的道路上去。」〔註52〕

這一分析頗具見地，如果從這個角度看，實際上，學院文化和革命文化之間一直存在著對文化和現實生活干預的文化領導權爭鬥。學院文化從來就

〔註49〕王富仁：《「新國學」論綱（上）》，《社會科學戰線》，2005 年第 1 期。

〔註50〕毛澤東：《反對自由主義》，《毛澤東選集》（第 2 卷），第 360～361 頁，北京：人民出版社，1991 年。

〔註51〕有一些研究者依據毛澤東在北京大學時期與胡適等人產生的誤會而認爲毛澤東對教授等知識分子充滿芥蒂。

〔註52〕周維東：《「青年必讀書」：文化錯位與魯迅的側擊》，《中山大學學報》，2012 年第 6 期。

不是如想像般固定生產知識，而是有著自身的發展邏輯。一般學院文化開始了文化生產，為保持其穩定性，其固定的模式就是產生知識化的「精英」，而與現實政治、生活產生一定距離，作家、現實生活與文學教育之間關於主體的爭鬥的矛盾也就逐漸暴露出來。

季劍青在分析 20 世紀 30 年代北平詩歌界的爭論所指出的，「20 世紀 30 年代在北大、清華等校從事寫作的教授和學生，在當時即以被指為『學院派』，後來這一提法也為研究者所沿用。從站在學院之外的立場（特別是某種左翼立場）出發，對『學院派』的命名，往往包含著有指責學院寫作脫離現實、追求『形式主義』的意味。面對這種壓力，學院寫作則試圖在『現實世界』與『藝術世界』之間進行區分，並傾向於強調後者對於寫作的重要性……通過強調『文學經驗』對於『現實經驗』的優先性，肯定自己寫作的意義。」〔註53〕

如果說，20 世紀 30 年代還能夠允許身處北平「文化城」的教授、學生有相對自由的生存空間，那麼，在延安需要培養新的文化工作者完成「反現代的現代」新文化建構以對抗「現代文化」時，文學的產生、作家的培養，「文學經驗」就已然不是最為重要的資源。過於依託或者糾結於對某位以為作家或文學經驗的沉迷，甚至會成為被批判的對象，於是，作家的「培養」也必須通過一種新的方式來完成。

在接受文學遺產的過程中，應將文學史配合著或包含具體作品的選讀。而一般的中國文學史、外國文學史中的歷史知識與作品並不完全符合「新時代」的要求。史的方面，應該側重中國新文藝運動史。作品方面，外國的偏重十九世紀歐洲比如俄國的舊現實主義文學和蘇聯社會主義現實主義的文學；在中國則是突出白話的作品，「五四運動」以來的作品和民間文學。這樣來學習進步的技巧與中國舊民族形式的特點，使之結合。

「延安魯藝」是中國共產黨創辦的第一所專門培養文學藝術幹部的學校，在《講話》前後它的辦學方針不斷在調整。初期，它比較偏重實踐；「正規化」時期它最具學院色彩，基本採取的是現代大學模式的教學。《講話》過後，「延安魯藝」重新加強了政治性和實踐性。辦學的不斷調整也說明，在具體的藝術人才培養中，由於培養「無產階級文藝工作者」畢竟是新任務，在

〔註53〕季劍青：《北平的大學教育與文學生產：1928～1937》，北京：北京大學出版社，2011 年，第 200～201 頁。

世界範圍內也只有蘇聯有一些經驗，但蘇聯的影響在延安時期又主要體現在
《講話》這種政策層面，實際操作上還得靠自己摸索，所以「延安魯藝」的
辦學經驗實際上後來會對新中國創辦的「中央文學研究所」這些機構產生很
複雜的影響。這種影響既表現在人事方面，因為一部分在「延安魯藝」學習
和工作過的人日後會參與甚至主持「文學講習所」的工作。更主要的影響還
在於它們在制度上的延續性，它們面臨的比如政治教育和文學教育的關係；
如何處理古典文學遺產；如何處理普及和提高的關係等等問題都是相通的。
這就使得「延安魯藝」對於「中央文學研究所」來說不能不是一個無法忽視
的傳統所在。

第二章 「中央文學研究所」──「文學講習所」（1950 年代）

1949 年 10 月，全國文協創作部草擬了《創辦文學院建議書》，開始啟動新中國第一所也是唯一一所國家級作家培養機構的創辦程序。文化部的批覆很快。1950 年 7 月被定名為「中央文學研究所」的這一機構進入籌備工作，1951 年 1 月，丁玲被任命為文研所主任，張天翼為副主任，由此，「中央文學研究所」正式成立。

根據時任文化部副部長的周揚指示，「中央文學研究所」定性為：不只是教學機關，同時又是藝術創作與研究活動的中心，同時也是一個培養能忠實地執行毛主席文藝方針的青年文學幹部的學校。

學員的身份與普通高校不同。高級班的學員稱研究員，初級班的學員稱研究生。研究班或初級班學制為兩年左右，教學規模相對較小，學員招收與待遇方面由國家供給，研究班學員按幹部待遇。招生方式除採取報名考試外，部隊、機關尚可報送或介紹學員入學。

研究員的具體條件為：

1. 經過一定的鬥爭鍛鍊和思想改造，具有相當的生活經驗者；

2. 有一定的文學修養，在創作上有所表現，或在文藝理論批評、編輯、教育等方面有某些成績與經驗者；

3. 身體健康，無嚴重疾病者。此外，也吸收一部分有優秀才能或者可能培養的工農出身的初學寫作者。

第一期一班（研究員班）於 1951 年 1 月 8 日開學。這一班錄取學員 52 人，其中男 39 人，女 13 人。在抗日戰爭、解放戰爭中參加革命工作的有 39 人。26 人發表或出版過作品、作品集。其中我們比較熟知的作家有馬烽、陳登科、徐光耀、唐達成等等。

教學方式上，採用自學爲主、臨時組織專家講授與集體討論爲輔的教學方法，並採用理論（學習研究）與實踐（創作和下鄉等）相結合的方針。研究班以自學爲主，自己讀書、自己創作、學員間互相研究問題，在所裏的領導下，大家既當先生，又當學生（實際上也是集體主義的方法），輔助以定期請專家做報告。初級班以上課爲主，學習馬列主義和文學上的一般知識（如哲學、政治經濟學、各種政策、文學理論、近代文學史、創作方法理論、名著研究），定期進行創作實習和下鄉採訪。

第一期的課程包括：政治、文藝理論、中國古典文學、「五四」以來新文學、中國新文學專題報告、「文藝學」與文藝學習問題、文藝思想與文藝政策、蘇聯文學、作家談創作經驗報告、中國革命史、近代世界史。

在政治方面，設有「辯證唯物主義與歷史唯物主義」、「思想方法論」、《實踐論》和黨史課程。

中國古典文學課程聘請了當時知名的學者與教授。比如鄭振鐸、郭沫若、俞平伯、余冠英、游國恩、葉聖陶、聶紺弩、阿英和鍾敬文等。授課的範圍涉及史前的民族文化、中國文學史、古典文學、三國六朝文學、唐詩、變文和傳奇、詞與詞話、元朝時代的文學、明代的小說與戲曲、《桃花扇》與《紅樓夢》、清朝末年的小說、中國舊小說的演變、《古詩十九首》與《孔雀東南飛》、南北朝樂府辭、白居易及其諷刺詩、古文、辛稼軒詞、《水滸傳》、晚清小說、人民口頭文學等等。

「五四」以來新文學課程聘請了蔡儀、李何林、李伯釗和楊晦等知名專家，內容涉及到「五四」新文學史、「左聯」成立前後十年、「抗日統一戰線」前期的新文學、蘇維埃時期文藝史料、延安文藝座談會講話以後的文學形式等內容。

中國新文學專題報告方面的課程，有楊思仲：魯迅的小説；張天翼：關於阿 Q；何乾之：魯迅雜文；曹靖華：魯迅與翻譯；李齊野：記未名社；張天翼：關於《阿 Q 正傳》的一些問題；李又然：魯迅先生的思想發展；吳組緗：茅盾的小説；陳企霞：丁玲的作品；鄭振鐸：文學研究會；丁玲：漫談「左聯」點滴；老舍：抗戰時期的文協；張耕：中國近五十年劇選概況；黃藥眠：郭沫若的詩；趙樹理：如何從民間文藝中吸取營養等。

「文藝學」與文藝學習方面的課程，有李廣田：《實踐論》與文藝工作；楊思仲：文學的種類；黃藥眠：主題與題材；肖殷：文學與語言；葉聖陶：語文問題；艾青：談詩；田間：「詩」的報告、詩歌座談會；丁玲：讀書問題及其他──看了幾篇作品後的感想；胡風：怎樣閱讀文學名著。

文藝思想與文藝政策方面的課程，有周揚：毛主席《在延安文藝座談會上的講話》的歷史意義、文藝統一戰線與思想鬥爭；馮雪峰：關於社會主義現實主義的幾個問題；陳企霞：為文藝的新現實主義而鬥爭；艾青：文藝的階級性與黨性；何其芳：文學的語言；肖殷：論普及與提高；嚴文井：文藝批評；丁玲：如何迎接新的學習。

第一期就蘇聯文學的課程設置問題，丁玲專門召開了討論會，商議教學計劃，決定將課程分為蘇聯文學史、文學理論、蘇聯作家作品研究與作品精讀三個方面。為此，開設了相關課程，有周立波：契訶夫的小説；馮雪峰：關於《毀滅》；肖殷：從《永不掉隊》談起；樓適夷：關於《收穫》；陳企霞：蘇聯短篇小説；光未然：蘇聯獨幕劇等。

作家談創作方面的課程，由周立波、阮章競、柳青、柯仲平、劉白羽、楊朔、秦兆陽等人講授。其中，劉白羽談部隊文藝創作問題，趙樹理談《傳家寶》的寫作經過，陳用文談《工會工作》。
〔註1〕

〔註 1〕 魯迅文學院課題組：《魯迅文學院與中國當代文學》，第 4～6 頁，2006 年。

雖然政策上標明招收一些工農出身的初學寫作者，但是從招生方式、教學方式以及課程設置看，「中央文學研究所」一開始就定位在「提高」這個層面上。課程涉及面也很廣，政治課程當然是首先要學習的。文學方面除了古典文學，還有五四新文學，外國文學方面首先突出學習蘇聯。還配有專門的創作輔導。學時上也有保障，兩年的時間。除了上課，第二學期之後還要安排專門的時間實習。

這樣看上去面面俱到的辦學設計，卻沒有爲第一任所長丁玲贏回相應的肯定，相反卻成爲她事業上的「滑鐵盧」。丁玲只在「中央文學研究所」擔任了兩年左右的所長，但在 1955 年「丁陳案」爆發後，卻因這兩年多的表現被組織一再調查，成爲獲罪證據。主要被質疑的方面是稱她在文研所搞「個人崇拜」，獨立王國；宣揚「一本書主義」；不要黨的領導。

實際上丁玲在文研所問題上遭逢的尷尬不簡單是個個人問題，它與延安以來的傳統，如《講話》、「延安魯藝」辦學經驗等都纏繞在一起，除了人際關係糾葛之外，更主要的是反映出如何培養「無產階級作家」這一社會主義新命題在具體操作當中的複雜性。丁玲自己是一個成名作家，她的身份的複雜性；她作爲一個作家在實際中如何幫助培養「無產階級作家」以及過程當中生發出的矛盾衝突對於我們考察當代作家培養機制都是很具症候性的。

第一節 「一本書主義」

1956 年年底解放區青年作家、原「中央文學研究所」第一期第一班學員，丁玲的得意門生徐光耀收到作家協會創作室文書夏信榮親自登門送上的一封信。信封上卡有十分顯眼的「絕密」大紅戳，拆開後發現是中國作家協會黨組給他的信。裏面附有丁玲寫的《我的檢討》；《給中宣部黨委的信·重大事實的辯正》；《辯正材料的補充》，總計約有三萬字的材料。作協黨組的信上提出了六個問題，基本上都是針對丁玲擔任「中央文學研究所」所長期間的言行的。第一個問題要求徐光耀核實文研所學員中是否流傳「文研所是丁玲創辦的」說法，這一說法是不是造成學員心目中「只知有丁玲，不只有黨」的影響。第二個問題要求他核實丁玲是不是散佈過「一本書主義」。第三個問題是丁玲及其秘書張鳳珠是不是在文研所宣傳和培養個人崇拜。第四個問題，問徐光耀是不是感覺到文研所在丁玲的把持下，不要黨的領導。第五個是細

節問題，中宣部討論停辦文研所時，文研所派了哪兩個學員列席會議，如何布置的。第六個問題，丁玲在學員當中影響如何，對徐光耀本人造成了哪些不好的影響。〔註2〕

為什麼會有「一本書主義」的說法？事情來源於學員陳學昭的「揭發」，她說丁玲曾鼓勵她寫好工農兵，並舉例說白朗和草明都寫出了一本。除了陳學昭外，其他學員比如胡昭的回憶裏也談到丁玲常鼓勵大家要寫出書來才算得上作家。丁玲在給徐光耀的信裏也的確強調過寫書的重要性。

問題是為什麼一個培養作家機構的所長不能鼓勵學員寫書呢？這就涉及到培養「無產階級作家」的目的問題。對於無產階級文化來說，首要解決的是文藝的思想性問題。如果不把思想意識問題解決，單純從文學層面追求寫出書來，顯然可能落入小資產階級思想漩渦。

丁玲作為一個身份始終被懷疑的作家，儘管她寫出了獲得斯大林文藝獎金的著作，但是她周圍的人甚至她自己都難以擺脫她「小資產階級知識分子」出身的原罪感。為了洗刷這種身份的不徹底性，丁玲努力按照《講話》精神來做。不僅在辦「中央文學研究所」時堅持緊跟《講話》，在其他各種場合也都是不斷以《講話》的精神來要求自己和教育他人。她始終非常警惕自己和其他作家的「小資產階級」身份。

比如1949年在批判蕭軍的會議上，她談到對「作家」的看法。「其實文藝工作並不是什麼特殊高貴的工作。你寫了一部好作品，也不過和工廠裏出了一個斯達哈諾夫運動的勞動英雄一樣，並沒有什麼特別了不起的。」〔註3〕「我到蘇聯，法捷耶夫同志的確同我說過：『作家是人類靈魂的工程師。』但是我寫文章時有意地省去了這句話，沒有寫。因為一說是『靈魂的工程師』，在我們中國總覺得是一種了不起的人物。其實『人類靈魂的工程師』也不過和其他部門的工程師一樣，並沒有什麼了不起，只不過他所擔當的工作是改造、提高人們的思想罷了。做了『人類靈魂的工程師』，但是卻不關心整個人類的事情，不關心前方打仗，不關心後方生產……而只關心自己，關心個人的名譽地位，那還叫什麼『人類的靈魂工程師』？我看根本就不配！自己的靈魂都是骯髒的、醜惡的，哪裏還談得上改造別人，教育別人！妨礙我們做

〔註2〕 徐光耀：《昨夜西風凋碧樹》，北京十月文藝出版社，2001年。
〔註3〕 丁玲：《批判蕭軍錯誤思想——東北文藝界座談會發言摘要》，《丁玲全集》第7卷，第103頁，河北人民出版社，2011年。

一個名符其實的『靈魂的工程師』的，使得別人對我們文藝工作者不滿意的另一個原因，就是我們缺乏思想性，缺乏馬列主義的修養。」〔註4〕

她不斷提醒自己要「跨到新的時代來」拋卻過去，用馬列主義思想武裝自己：「知識分子要求得到改造，需要很多馬列主義的理論知識與生活的實踐，每個人都必須走自己的一條路。工農兵的文藝，向知識分子展開了一個廣闊的世界，對知識分子正是很需要的。」〔註5〕

她時刻記得毛主席關於文藝工作者「小資產階級」習性的批評。「我們說最討厭的是穿著工農兵的衣服，實質上是極壞的小資產階級的東西，混進人民文藝裏來。毛主席是怎樣領導我們的呢？搞文藝的人，普遍的一個特點，就是理論水平低，思想水平低，文藝人不能接近群眾。我們要用思想來學習人家才行。」〔註6〕

甚至在被打成右派，發配至北大荒勞動改造二十多年後回到北京，談到《講話》她依舊是這樣的態度：「毛主席在文藝座談會的講話中，提到許多重大問題、根本問題，也提到寫光明與黑暗的問題。每個問題都談得那樣透徹、明確、周全，我感到十分親切、中肯。我雖然沒有深入細想，但我是非常愉快地、誠懇地用《講話》為武器，挖掘自己，以能洗去自己思想上從舊社會沾染的污垢為愉快，我很情願在整風運動中痛痛苦苦洗一個澡，然後輕裝上陣，以利再戰。」〔註7〕

有人不理解丁玲為何在復出之後還那麼「左」，也有研究者認為她是為了向黨表示「忠誠」。〔註8〕受了那麼多苦，為何還要繼續表達忠誠？如果要更安全地擺脫身份的焦慮，為什麼不索性停筆？據說解放後毛澤東找到丁玲問過她是想當官還是繼續寫作，她選擇寫作。但事實上1949年後她不僅當了文藝官員，而且身兼數職。第一次全國文代大會她被選為全國文聯委員、文聯

〔註4〕 丁玲：《批判蕭軍錯誤思想——東北文藝界座談會發言摘要》，《丁玲全集》第7卷，第105頁，河北人民出版社，2011年。

〔註5〕 丁玲：《跨到新的時代來——談知識分子的舊興趣與工農兵文藝》，《丁玲全集》第7卷，第206頁，河北人民出版社，2011年。

〔註6〕 丁玲：《怎樣迎接新的學習》，《丁玲全集》第7卷，第233頁，河北人民出版社，2011年。

〔註7〕 丁玲：《延安文藝座談會的前前後後》，《丁玲全集》第10卷，第281頁，河北人民出版社，2011年。

〔註8〕 吳舒潔：《知識分子與「大眾化」革命（1937～1949）——以丁玲、趙樹理的寫作實踐為中心》，博士論文，北京大學，2012年。

常委。中華全國文學工作者協會（中國作家協會的前身，簡稱「全國文協」）成立大會上，她又和柯仲平一起，當選爲文協的副主席。1949 年 9 月，她當選爲全國政協委員，出任全國文聯機關刊物《文藝報》主編。1950 年春，任全國文協常務副主席，主持文協日常工作；7 月，被中央任命爲中國文協黨組組長，相當於後來的作協黨組書記。1951 年 1 月，任「中央文學研究所」所長；春天，任中央宣傳部文藝處處長；11 月，參加領導全國文藝界整風學習。1952 年 4 月，接替艾青任《人民文學》副主編。1952 年 2 月末，丁玲與曹禺受中國文聯和全國文協的委派，去蘇聯參加果戈理逝世一百週年紀念活動。〔註9〕這已經是她第四次訪問蘇聯，何其風光。

　　「官運亨通」的時候，她也沒有忘記要「到群眾中去落戶」，「必須要長期在一定的地方生活，要落戶，把戶口落在群眾當中，在那裏面要有一種安身立命的想法。作家並不是某一個人可以培養出來的，作家要在群眾中生長。」〔註10〕落戶幹什麼呢？當然是響應《講話》號召，做社會主義需要的作家。

　　邢小群用「兩個丁玲」來形容丁玲帶給她的感覺：「丁玲現象給我們的感覺，她首先是一個作家，其次才是她努力爭取做的共產黨員革命者。」〔註11〕從丁玲的作品和她的一些言論，從丁玲的遭遇、經歷來看，我確信有「兩個丁玲」的存在。一個是革命作家的丁玲，一個是自由主義作家的丁玲。她始終在這兩種作家的角色中矛盾著，甚至無意識地經常轉換著，以致構成了「兩個丁玲」的無處不在。〔註12〕

　　丁玲的前秘書張鳳珠在接受訪談時也說，「你問我對丁玲的印象和感覺，其實這是我的一個困惑。她在有些方面是我不能瞭解的。我一直感到在我心中有兩個丁玲。70 年代末，她剛回北京時拿出兩篇作品，那就是《杜晚香》和《牛棚小品》。丁玲自己宣稱：她已經反覆思量，她今後的文學創作道路還是應該堅持寫《杜晚香》，而不是寫《牛棚小品》。我想這是政治意識的選擇而不是文學的選擇。」〔註13〕

〔註 9〕 李向東、王增如：《丁玲一生中官運亨通的那幾年》，http://www.m16.cn/017-rwdz/119.html。

〔註10〕 《到群眾中去落戶》，在中國文學藝術工作者第二次代表大會上的講話，《丁玲全集》第 7 卷，第 363 頁，河北人民出版社，2011 年。

〔註11〕 邢小群：《丁玲與文學研究所的興衰》，第 57 頁，山東畫報出版社，2003 年。

〔註12〕 邢小群：《丁玲與文學研究所的興衰》，第 59 頁，山東畫報出版社，2003 年。

〔註13〕 邢小群：《張鳳珠訪談》，《丁玲與文學研究所的興衰》，第 146 頁，山東畫報出版社，2003 年。

　　其實「兩個丁玲」不過只是一個丁玲身上反映的鬥爭狀況。所謂政治意識和文學的選擇並不是對立的，它們其實發生在同一個人身上。正如布迪厄所言：「由於文學場和權力場或社會場在整體上的同源性規則，大部分文學策略是由多種條件決定的，很多『選擇』都是雙重行為，既是美學的又是政治的，既是內部的又是外部的。因此對立被超越了。」〔註14〕

　　丁玲既要從政，又要繼續當作家寫書。看上去她身處的這兩個場是衝突的。所以她必須要把她的文學場調適到符合無產階級新文化建設的需求上來。布迪厄指出「要達到經常且穩妥地克服當權者的限制和直接或間接的壓力，不能依靠捉摸不定的性情或自願的道德抉擇，只能依靠一個社會環境本身的必要性，這個社會環境的基本法則就是相對於經濟和政治權利的獨立；換句話說，只有當構成某種文學或藝術指令的特定法則，既建立在從社會範圍內加以控制的環境的客觀結構中，又建立在寓於這個環境的人的精神結構中，這個環境中的人從這方面來看，傾向於自然而然地接受處於它的功能的內在邏輯的指令。」〔註15〕顯然建國之初的環境還沒有能給文學場提供足夠獨立性的條件。

　　同時「只有在一個達到高度自主的文學和藝術場中，一心想在藝術界不同凡俗的人，特別是企圖佔據統治地位的人，才執意要顯示出他們相對外部的、政治的或經濟的權力的獨立性。」〔註16〕丁玲是不是要完全追求高度自主呢？當然不是，否則她就不會那麼緊跟《講話》。丁玲是從延安過來的人，是親自參加了延安整風，親自目睹王實味慘劇的人。1982年3月8日丁玲回憶了當年因《「三八」節有感》被批評的經歷。她說因為這篇文章，第一次對她提出批評是在四月初的一次高級幹部學習會上。這時延安各機關已經開始了整風學習。這次毛主席自己主持，講了幾句開場白。會上一共有八個人發言，只有一個人，（可能是徐老）談的是別的事。「最後，毛主席作總結，毛主席說：『《「三八」節有感》雖然有批評，但還有建議。丁玲同王實味也不同，丁玲是同志，王實味是托派。』毛主席的話保了我，我心裏一直感謝他老人家。文藝整風時期，只有個別單位在牆報上和個別小組的同志對《「三八節」

〔註14〕 〔法〕皮埃爾‧布迪厄著，劉暉譯：《藝術的法則──文學場的生成和結構》，第248頁，中央編譯出版社，2001年。

〔註15〕 〔法〕皮埃爾‧布迪厄著，劉暉譯：《藝術的法則──文學場的生成和結構》，第75頁，中央編譯出版社，2001年。

〔註16〕 〔法〕皮埃爾‧布迪厄著，劉暉譯：《藝術的法則──文學場的生成和結構》，第76頁，中央編譯出版社，2001年。

有感》有批評。我自己在中央研究院批判王實味的座談上，根據自己的認識，作了一次檢查，並且發表在六月十六日的《解放日報》上。組織上也沒有給我任何處分。」〔註17〕

除了感激毛主席保了他，她也感激當時在場的博古同志。事過那麼多年，她還清楚地記得「博古同志原是坐在後邊的，這是坐到我身邊來了，一直坐到散會，還悄悄問我：『怎麼樣？』我當時沒有一下懂他的意思，後來，當我有了一些經驗以後，我才理解他，我是多麼感謝他呵！」〔註18〕

這種由衷的感謝當然是事後參照王實味的下場得出來的。「一個自主的場的要求獲得自己確定合理性原則的權力，在場形成的關鍵時刻，在對文學藝術例律的置疑及創造和推行一種新的法則方面作出貢獻的人來自全然不同的階層。」〔註19〕丁玲顯然不屬於來自不同階級創造自主文學場的新人。但她卻屬於時不時要靠文學場的力量介入政治場那類作家。「自相矛盾的是，智力場的自主可以促使實現一個作家的獨創行為，而這個作家卻借助文學場自身的法則介入到政治場中，以此塑造知識分子的形象。〔註20〕知識分子如此構造自我，以自主的名義介入到政治場和相對於權力達到高度自由的文化生產場的特定價值中（而不是像擁有強大的文化資本的政客一樣，依賴狹義上的政治權威，這種政治權威的獲得是以放棄前程和智識價值為代價的。）」〔註21〕

「以自主的名義」倒是很符合丁玲在建國初同時馳騁於政治場和文學場的形象。她在主持「中央文學研究所」給學員談話，以及在不同場合作為一個作家教導青年如何讀書寫作時，都是以文學的名義來進行的。一九四九年十月在青年團舉辦的青年講座上的講話，她教導青年讀新作家的書新的人生觀，新的理想，新的感情和意志。

〔註17〕 丁玲：《延安文藝座談會的前前後後》，《丁玲全集》第 10 卷，第 280 頁，河北人民出版社，2011 年。

〔註18〕 丁玲：《延安文藝座談會的前前後後》，《丁玲全集》第 10 卷，第 280 頁，河北人民出版社，2011 年。

〔註19〕 〔法〕皮埃爾‧布迪厄著，劉暉譯：《藝術的法則──文學場的生成和結構》，中央編譯出版社，2001 年，第 160 頁。

〔註20〕 〔法〕皮埃爾‧布迪厄著，劉暉譯：《藝術的法則──文學場的生成和結構》，中央編譯出版社，2001 年，第 160 頁。

〔註21〕 〔法〕皮埃爾‧布迪厄著，劉暉譯：《藝術的法則──文學場的生成和結構》，中央編譯出版社，2001 年，第 160 頁。

　　1950 年初春，在《大眾文藝》星期講演會上的講話上教導青年要念文學書，從舊文學和蘇聯作品中好好學習。〔註 22〕1951 年在「中央文學研究所」的一次講話中，談到要學習「五四」以來的中國新文學，多讀書，包括古典作品。〔註 23〕1954 年 1 月在文講所第二期輔導談話裏很具體地教學員怎麼讀書：「看書要滾到生活裏去，書裏的情感，與自己的情感貫穿在一起」，「讀書要沉到書裏去。」〔註 24〕1954 年 2 月 16 日在北京師範大學中文系教學生要好好讀《紅樓夢》。〔註 25〕1954 年 5 月給一位讀者的信裏也敦促他要讀文學書。〔註 26〕1954 年 6 月 29 日在「中央文學講習所」的一次講話中，首先講的也是讀書問題。「我覺得讀書應把自己捲入書中的生活，跟它滾」。〔註 27〕

　　文學藝術其實沒有絕對的「自主」。「在某種意義上，如果不能說所有的文學都參與社會，那麼至少大部分文學是如此。主張藝術是獨立自主的，這種主張有某種啟發價值，但是，在本質上說，這是一種有局限性的和錯誤的主張。一部藝術作品，無論它如何拒絕或忽視其社會，但總是深深地根植於社會之中的。它有其大量的文化意義，因而並不存在『自在的藝術作品』那樣的東西。」〔註 28〕

　　　　加入到文學或藝術鬥爭的因素和制度的策略不是通過與純粹可能性的純粹對抗而確定自身的；這些策略依賴於這些因素在場的結構中，也就是在特殊資本的分配結構、無論是否制度化的認識結構中佔據的位置，這個位置是它們的對立面和大眾賦予他們的，並左

〔註 22〕丁玲：《談文學修養》，丁玲全集，第 10 卷，第 145 頁，河北人民出版社，2011年。

〔註 23〕丁玲：《怎樣迎接新的學習》，丁玲全集，第 10 卷，第 228 頁，河北人民出版社，2011 年。

〔註 24〕丁玲：《在文講所第二期的輔導談話》，丁玲全集第 10 卷，第 374 頁，河北人民出版社，2011 年。

〔註 25〕丁玲：《怎樣閱讀和怎樣寫作》，丁玲全集第 10 卷，第 385 頁，河北人民出版社，2011 年。

〔註 26〕丁玲：《文藝學習沒有捷徑可走》丁玲全集第 10 卷，第 396 頁，河北人民出版社，2011 年。

〔註 27〕丁玲：《創作要有雄厚的生活資本》，丁玲全集第 10 卷，第 400 頁，河北人民出版社，2011 年。

〔註 28〕〔英〕理查德·霍加特：《當代文化研究：文學與社會研究的一種途徑》，轉自福柯等著，周憲譯《激進的美學鋒芒》，第 301 頁，中國人民大學出版社，2003 年。

右著它們對於可能性的認識，可能性是由場和努力使之現實化或產生的人的「選擇」提供的。

應該考慮的不是某個作家如何成了這個樣子──這有落入被重構的一致性的回溯式幻想的危險──而是，鑒於他的社會出身及其造就的從社會角度構成的屬性，他如何佔據，或在某種情況下，造就文學場（等）的確定狀態提供的已有或將有的位置，以及提供在這些位置中處於潛在狀態的占位的多少有點完備和一致的表達。

藝術家和作家的許多行為和表現（比如他們對「老百姓」和「資產者」的矛盾態度）只有參照權力場才能得到解釋，在權力場內部文學場（等等）自身佔據了被統治地位。權力場是各種因素和機制之間的力量關係空間，這些因素和機制的共同點是擁有在不同場（尤其是經濟場或文化場）中佔據統治地位的必要資本。

文化生產場每時每刻都是等級化的兩條原則之間鬥爭的場所，兩條原則分別是不能自主的原則和自主的原則（比如「為藝術而藝術」）。〔註29〕

丁玲在「政治場」和「文學場」之間來回游走，不是因為她是個雙面人，而是由她小資產階級知識分子出身的階級屬性在新中國的地位所決定的。韋伯曾用「無社會依附的知識分了」來形容這個不安定的、只有相對的階級性的階層。〔註30〕正如卡爾·曼海姆指出的：「知識分子除了無疑也帶有其特殊階級關係的烙印外，其觀點還決定於這個包含所有那些矛盾觀點的知識媒介。這種社會狀態總是提供一種潛在的能量，這種能量使更優秀的知識分子有能力去發展他們的社會敏感性。他們不斷檢驗每一種觀點，看其是否與當前形勢有關。非附屬性知識分子實際上採取了兩種行動過程，以擺脫這種處於中間道路的立場：第一，他們在多大程度上是自願地加入各種相互對抗的階級中的某一個階級；其次，檢查他們自己的社會處境，尋求完成作為整個知識利益集團的預定倡議人的使命。知識分子加入他們本來不屬於的階級的能力，之所以成為可能，是因為他們能適應任何觀點，還因為只有他們能選

〔註29〕〔法〕皮埃爾·布迪厄著，劉暉譯：《藝術的法則──文學場的生成和結構》，第 263 頁，中央編譯出版社，2001 年。

〔註30〕〔德〕卡爾·曼海姆：《意識形態與烏托邦》，第 158 頁，商務印書館，2002 年。

擇依附誰，而那些本身就屬於某一個階級的人很少有例外能夠超越他們的階級觀點的範圍。一個變成知識分子的無產者，很可能改變他的社會人格。」〔註 31〕

「他們不斷試圖認同於別的階級，卻又不斷受到拒斥，這必然使知識分子最終更清楚地看到他們自己在社會秩序中地位的含義和價值。因此，知識分子擺脫困境的第一條出路，即直接依附於一些階級或黨派，顯示了試圖完成動態綜合的傾向，即使它是無意識的。正是主要由於知識分子的衝突，這種衝突變成了思想衝突中的利益衝突。這種把利益衝突抬高到精神層次的嘗試有兩個方面：一方面，它意味著用辯護士編織的謊言來空洞地贊美赤裸裸的利益；另一方面，在更積極的意義上，它意味著某些知識分子要求融入實際政治之中。知識分子擺脫困境的第二條出路，就是意識到自己的社會地位和這種地位所含的使命。」〔註 32〕

知識分子的附屬性特徵使得他必須依靠一個政黨，或者從自身使命角度融入社會。丁玲在政治場和文學場的騰挪轉移恰好印證了這一點。新中國成立之後，表面風光的這些轉型作家，其實內心背負著沉重的「小資產階級」出身的血緣包袱。托洛茨基曾借用了一個「同路人」的概念，稱呼那些不反對新政權而又對「共產主義目標陌生」的文學家。他認為，無產階級文學隊伍要在「同路人」的幫助、影響下成長。圍繞這個問題，他曾經與考茨基展開了爭論。他用騎馬作喻來形容工人階級管理社會主義經濟。他反對考茨基強調的無產階級必須在這場社會主義革命以前就已經學會進行社會主義經濟管理的技能的觀點，而認為俄國工人階級必須先登上這匹馬。二人的差別在於：「當托洛茨基聲言布爾什維克為環境所迫首先騎上馬，然後才掌握對它的駕馭時，考茨基認為，一個沒有經驗的騎手將很可能會摔下馬去。」〔註 33〕

為防止無產階級摔下馬，必須有人同行幫助他騎好這匹馬，這就是小資產階級知識分子出場的時機了。為反對「無產階級文化派」極端地拒斥「同路人」或古典作家，高爾基也曾語重心長地勸誡「工業武裝需要和精神武裝

〔註 31〕 〔德〕卡爾·曼海姆：《意識形態與烏托邦》，第 158 頁，商務印書館，2002年。

〔註 32〕 〔德〕卡爾·曼海姆：《意識形態與烏托邦》，第 158 頁，商務印書館，2002年。

〔註 33〕 〔荷〕馬歇爾·範·林登著，周穗明譯：《西方馬克思主義與蘇聯：1917 年以來的批評理論和爭論概覽》，第 18 頁，江蘇人民出版社，2012 年。

──從理智上武裝，培養創造性的革命意志──同時進行的。培養一個有文化的人是要慢慢來的，非常困難的，──關於這一點，資產階級文化發展的全部艱難的歷史已經給我們確切地證明了，雖然這種文化是依靠別人的勞動成長起來的」〔註34〕，他主張對中間作家要關心，同時年輕的無產階級作家也應向古典作家學習技巧。

丁玲當然不屬於中間作家，但是由於歷史的複雜性，她從來沒有忘記過自己的「小資產階級」屬性。緊跟《講話》是因為親眼見到過毛主席代表的權力場對文學場生死予奪的霸權性，同時文學又是她安身立命的本錢。

這樣對身份的焦慮和置身權力場的鬥爭參與感，毫不意外地帶進了她對「中央文學研究所」學員的教導當中。她不斷地以過來人的身份教導學員讀書、寫作；下生活；到群眾中去，她把自己的學員也當作和她一樣身份屬性的作家。她忘了她的學員應該是社會主義要培養的「無產階級」新作家；或者她不是忘了，她只是發現了這些要被培養成作家的學員，一旦成為「作家」，其「無產階級」屬性能不能繼續保有確實是個衝突所在。在這樣的理念糾結當中，丁玲作為第一任文研所所長，不僅她個人，連同由她開啟的這項帶有實驗色彩的作家培養體制也蒙上了一層悲情的色彩。

第二節 「短命」的所長丁玲

對於新成立的「中央文學研究所」來說，延安傳統的另一層不能直接被言傳的影響則是它身上裹挾的文藝界內部的矛盾衝突，這也預示著文學研究所日後多舛的命運。「中央文學研究所」1950年10月成立，1953年11月改為「中國作家協會文學講習所」，1957年11月就停辦了。它的命運整體上與50年代動盪的文藝界各種運動相連，更直接地也與創辦者相關。

「中央文學研究所」第一任所長是丁玲，從1951年1月接收任命到1953年9月，這個所長只擔任了兩年多。丁玲在任期間給很多文學研究所的學員留下了美好的印象，在為紀念魯院成立50週年出版的回憶錄《文學的日子》當中，「中央文學研究所」第一、二期學員的回憶文章幾乎全都寫到丁玲。曾做過丁玲秘書的張鳳珠接受訪談時舉了個例子說明文研所的人對丁玲的愛

〔註34〕高爾基著，孟昌譯：《工人階級應該培養自己的文化大師》，《高爾基選集：文學論文選》，孟昌、曹葆華譯，人民文學出版社，1958年。

戴。她說有一次文研所搞聯歡，丁玲剛好在大連養病，學員們就把丁玲的母親接了去。〔註 35〕學員們確實把丁玲當作家長。備受丁玲器重的作家徐光耀的回憶更形象：「我是在開學典禮會上第一次見到她的。我不大喜歡丁玲的作品。但是一聽丁玲的講話，哎呀！了不得，她講話太好了！真摯、生動、熱情洋溢、非常潑辣！能掏心窩子，充滿對年輕人的火熱的感情。」〔註 36〕丁玲確實對年輕人非常的熱情，對工農兵學員也尤為重視。

她吸引年輕學員的地方，更多是她作為一個知名作家的威望，以及她個性的魅力和對年輕人的熱情。「她真正懂文學，又會講話，聽她談創作，分析作品，是一種愉快的享受。」〔註 37〕丁玲講課的魅力甚至激發了有些學員寫詩的衝動。在後來反右運動揭發丁玲的材料〔註 38〕當中，提到李廣田教授曾介紹他的得意門生沈季平到文研所學習，沈第一次聽到丁玲講課就很激動，寫了一首詩，還用「是太陽」這樣的詞來形容丁玲。當然這樣的事情在後來也成為丁玲通過文研所大力培植個人勢力，搞獨立王國的案例，這是後話。對於文研所的學員們來說，丁玲是真心想給他們提供創作和學習的環境，幫助他們提高的。

但是在其他一些人眼裏，作為作家的丁玲和作為所長的丁玲可能就沒有這麼可愛了。朱靖華是從文學研究所剛創辦到關閉一直工作在那裏的人員，他就認為丁玲對別人有一種不自覺的輕視，在一般作家和知識分子面前，也有一種從解放區來的高人一等的潛在心理。「比如說起趙樹理，也說『啊，他很好啊。』口氣有點像對她的晚輩。但是說起郭沫若，郭老啊！口氣就很不一樣，特別崇敬。郭沫若來時，她一定要陪著的。郭老講一句就插一句，很活躍的。」〔註 39〕葉聖陶、鄭振鐸到文研所，丁玲會親自陪同，而趙樹理、老舍、胡風，則都是由下面的工作人員陪同。

〔註 35〕邢小群：《張鳳珠訪談──關於丁玲》，《丁玲與文學研究所的興衰》，第 144 頁，山東畫報出版社，2003 年。

〔註 36〕邢小群：《徐光耀訪談──我眼中的丁玲與陳企霞》，《丁玲與文學研究所的興衰》，第 160 頁，山東畫報出版社，2003 年。

〔註 37〕邢小群：《張鳳珠訪談──關於丁玲》，《丁玲與文學研究所的興衰》，第 146 頁，山東畫報出版社，2003 年。

〔註 38〕邢小群：《徐剛訪談──從文學研究所到文學講習所》，《丁玲與文學研究所的興衰》，第 119 頁，山東畫報出版社，2003 年。

〔註 39〕邢小群：《朱靖華訪談》，《丁玲與文學研究所的興衰》，第 172 頁，山東畫報出版社，2003 年。

張鳳珠也承認丁玲「傲是有的。讓她瞧得起的人不多。」〔註40〕就她感覺，在丁玲心目中，除了魯迅之外，文藝界只有葉聖陶是她從心往外尊重的。丁玲說過，只要有葉聖陶在，她永遠只能在下座相陪。因為她的第一篇小說就是葉聖陶給發表的。她把葉聖陶視為老師，視為栽培她的人，非常佩服和愛戴。〔註41〕對於同時代的作家尚且如此，作為文研所下屬的普通工作人員更是感受到了丁玲的「傲」。「丁玲見了我們這些下面的人是不大理的。」〔註42〕

拋開受冷落的工作人員的主觀感受，拋開學員們受作家威望和個性魅力吸引的元素，作為文研所所長的丁玲留給人們什麼樣的印象呢？文研所第一期學員，後來做過教務處副主任的徐剛用「四不像」形容了丁玲辦學時的缺點，張鳳珠和朱靖華也都提到丁玲對具體的工作是不管的。「作為陣地，她是珍惜的。但具體的事她不多管。如果交給田間、康濯他們，她也放心。」〔註43〕朱靖華更尖銳地指出：「當第一把手的人，應該首先是教育家而不應該首先是作家。如果不是教育家僅是文學家，在培養人方面，他不能專心教育，而一門心思考自己的創作，未必能辦好學校。……文研所開辦伊始，就沒有全盤的正規的教學計劃，也沒有教材，只有靈感式的講座……」〔註44〕顯然他認為一名作家不一定能把一個培養作家的學校領導好，這當然指的是他的老所長丁玲。

但這些是不是丁玲放棄親自創辦的文研所的根本原因呢？說到丁玲為何創辦「中央文學研究所」，目前的版本有好幾種。從中央領導層來看，主要跟劉少奇有關。有兩位當年的學員劉德懷〔註45〕和胡昭〔註46〕都談到，是劉少

〔註40〕 邢小群：《張鳳珠訪談──關於丁玲》，《丁玲與文學研究所的興衰》，第154頁，山東畫報出版社，2003年。

〔註41〕 邢小群：《張鳳珠訪談──關於丁玲》，《丁玲與文學研究所的興衰》，第148頁，山東畫報出版社，2003年。

〔註42〕 邢小群：《朱靖華訪談》，《丁玲與文學研究所的興衰》，第170頁，山東畫報出版社，2003年。

〔註43〕 邢小群：《張鳳珠訪談──關於丁玲》，《丁玲與文學研究所的興衰》，第155頁，山東畫報出版社，2003年。

〔註44〕 邢小群：《徐光耀訪談──我眼中的丁玲與陳企霞》，《丁玲與文學研究所的興衰》，第160頁，山東畫報出版社，2003年。

〔註45〕 劉德懷：《建所初期憶故舊》，《文學的日子──我與魯迅文學院》，第147頁，光明日報出版社，2000年。

〔註46〕 胡昭：《燈》，《文學的日子──我與魯迅文學院》，第359頁，光明日報出版社，2000年。

奇訪問過蘇聯後找到丁玲談話，跟她介紹了蘇聯高爾基文學院培養青年作家的情況，說我國也需要建立自己培養作家的學校，於是就讓丁玲張羅起來。至於跟毛澤東有沒有關係？據邢野說：這事兒是通過了毛主席的。丁玲和毛主席當面說過。毛主席見到丁玲問「丁玲啊，聽說你辦了個文學研究所啊？丁玲說，是啊。毛主席說：辦個互助組，好啊。」斯大林曾問毛主席，中國有沒有培養詩人的學校？毛主席說，我們沒有專門培養詩人的學校，但我們有個文學研究所。〔註47〕

馬烽的回憶材料則說「文研所」——「文講所」的建立，得到了黨中央的重視，是周總理親自指示中宣部督辦的。周總理主持的政務院（即後來的國務院）批准了以丁玲同志為主任的籌委會，張天翼為副主任，委員有沙可夫、李伯釗、何其芳、黃藥眠、田間、康濯與陳企霞。〔註48〕

丁玲究竟是自己想辦這樣一個機構，還是受命於劉少奇。劉少奇又為什麼會選擇丁玲，這些目前材料還未揭示。但我們卻可以從丁玲不喜歡搞行政工作，在任職所長期間對具體的事情也很少過問，可以推測她可能是受命的成分多一些，不過不排除她也是很想把這個事情做好的。因為她自己本人就是知名作家，有影響力，也更瞭解、關心作家。尤其對於解放區土生土長的一大批作者，她覺得他們急需要提高素養。〔註49〕她曾經對到所學習的學員說過：「大家在根據地抗戰八年，寫了很多東西，為國家是做出貢獻的。但是，你們有一個缺陷，你們沒有讀多少書，中國的名著讀得少，外國的名著根本沒看過。所以你們這些人需要提高。」〔註50〕她確實是想幫助和培養在抗戰時期成長起來的青年作家的。〔註51〕也在一些場合說過，要把它辦成「文藝黨校」。

但是我們也不要忘了，共產黨創辦的第一個培養作家的學校是「延安魯

〔註47〕邢小群：《邢野訪談》，《丁玲與文學研究所的興衰》，第 139 頁，山東畫報出版社，2003 年。

〔註48〕馬烽：《文研所開辦之前》，《文學的日子——我與魯迅文學院》，第 4 頁，光明日報出版社，2000 年。

〔註49〕馬烽：《文研所開辦之前》，《文學的日子——我與魯迅文學院》，第 5 頁，光明日報出版社，2000 年。

〔註50〕邢小群：《邢野訪談》，《丁玲與文學研究所的興衰》，第 139 頁，山東畫報出版社，2003 年。

〔註51〕邢小群：《邢野訪談》，《丁玲與文學研究所的興衰》，第 141 頁，山東畫報出版社，2003 年。

藝」。在延安時期,「魯藝」和「文抗」的矛盾,在延安文化界不是什麼秘密。
〔註52〕丁玲作爲「文抗」的代表和作爲「魯藝」代表的周揚的矛盾也是由來
已久。我們還記得周揚接任「魯藝」副院長之後,如何精心地爲把「魯藝」
辦成「專門化」、「正規化」的學院所作的努力,他甚至因此受到了毛澤東的
批評。但無論如何他在這方面是有經驗在先的,而且說明他是很在意這個事
情的。

建國之後周揚做了文化部副部長,這個時候他對丁玲要辦文學研究院是
什麼態度呢?據馬烽的回憶,當時他們聽說文化部把原北平藝專改成了美術
學院,同時正在籌建戲劇學院和音樂學院,就猜想一定也會成立一個文學院。
可是經過多方打聽,得知文化部根本就沒有創建文學院的打算。只好把希望
寄託於文協,並把這一想法向主持文協工作的副主席丁玲講了。〔註53〕可見
這個時候,至少文化部是沒有相關打算的。丁玲向上申請時,也是向中宣部
打報告的。之後丁玲傳達的結果是:「黨組已向中宣部打了報告,中宣部同意,
並指示由文協與文化部共同辦理。業務學習由文協負責,行政、黨務由文化
部領導。開辦經費亦由文化部教育司撥給。」〔註54〕

所以結果還是和文化部發生了關聯。邢野則回憶說「丁玲辦這個事兒當
然是通過周揚的,當時的文藝大權在周揚手裏,她不可能不通過周揚。」〔註
55〕在當時的情況下,周揚也不可能立即反對。畢竟這事還驚動了周恩來親自
督促中宣部辦理。作爲分管領導,他還跟郭沫若、茅盾一起出席了文學研究
院第一期的開學典禮,後來還到所裏擔任過講課老師。甚至徐剛還談到是由
周揚提議由丁玲任「中央文學研究所」所長的。〔註56〕

彼時周揚這麼做並不奇怪。雖然現在大家都認爲丁玲和周揚的矛盾由來
已久,並且至死未能化解。但是陳明提供的一則材料〔註57〕則能更多呈現他

〔註52〕 王培元:《延安魯藝風雲錄》,第266頁,廣西師範大學出版社,2004年。
〔註53〕 馬烽:《文研所開辦之前》,《文學的日子——我與魯迅文學院》,第5頁,光
明日報出版社,2000年。
〔註54〕 馬烽:《文研所開辦之前》,《文學的日子——我與魯迅文學院》,第5頁,光
明日報出版社,2000年。
〔註55〕 邢小群:《邢野訪談》,《丁玲與文學研究所的興衰》,第140頁,山東畫報出
版社,2003年。
〔註56〕 邢小群:《徐剛訪談》,《丁玲與文學研究所的興衰》,第103頁,山東畫報出
版社,2003年。
〔註57〕 邢小群:《陳明訪》談,《丁玲與文學研究所的興衰》,第190頁,山東畫報出
版社,2003年。

們關係的複雜性。他回憶 1948 年夏，中央派丁玲隨中國婦女代表團出國。周揚聞訊，即勸丁玲留在華北，擔任華北文委的領導，並動員丁玲自己向中央提出來。丁玲就老老實實向中央領導同志說了。中央領導同志沒有同意，還笑說：你在華北兩三年沒有工作，現在要出國就有工作了？！到了 1949 年全國文代會後，周揚又一再說服丁玲留在北京，讓她擔任全國文協的日常領導工作。那時候丁玲想回東北，到鞍鋼深入生活，從事創作。周揚最後說了句心裏話：「對其他幾個老同志，我是有些戒心的。而你呢？你比較識大體，有原則，顧大局。」丁玲只好放棄原來的計劃，留在了北京。陳明分析周揚對丁玲也不是沒有戒備心，但丁玲比較顧大局，也不會不照顧他的面子。周揚讓丁玲留在北京，願意讓丁玲在他領導下工作，不願意讓丁玲搞創作。因為丁玲搞創作，影響也會不一樣。

　　陳明的分析當然是一家之言，但是如果事實是眞的，周揚這樣挽留丁玲在北京，甚至說了掏心窩子的話，可見他眞的有挽留丁玲的理由。他希望丁玲在他領導下工作，而且不搞創作。但問題是這之間出了別的狀況。1951 年春天，丁玲由中宣部常務副部長胡喬木調到中宣部，接替周揚出任文藝處長；而周揚卻在那一年連續遭遇兩件「倒楣」的事情：一件是年初的批判《武訓傳》，一件是年底的文藝整風。這兩件事都是通天的，一件是毛澤東直接發動，一件是毛澤東親自過問。周揚在這兩次運動中都犯了「錯誤」，走了「麥城」。也是在 1951 年年末，由胡喬木主持，在文藝界開展整風，這是丁玲擔任中宣部文藝處長後，參與的第一項重大工作。這次整風對於後來周揚和丁玲的關係，有非常重要的影響。大概就是從那時開始，周揚感覺到，丁玲已經對他構成一種威脅，她和胡喬木站在一起，成為他的有力對手，甚至危及到了他的地位。〔註58〕

　　由此我們也可以理解，為何後來在實際工作中，周揚處處為難丁玲創辦的「中央文學研究所」，以至於連普通工作人員都明顯感到他們的矛盾。「她原來的設想是要辦中央文學研究院。但周揚不同意。後來就成了所。因和周揚有矛盾，在人事安排上，調人上，周揚那兒也總有阻力。」〔註 59〕衝突的結果是後來丁玲甩手不幹了。丁玲是 1953 年秋天調離的，在此之前的 8 月份

〔註58〕李向東、王增如：《丁玲陳企霞集團冤案》，湖北人民出版社，2006 年。
〔註59〕邢小群：《邢野訪談》，《丁玲與文學研究所的興衰》，第 141 頁，山東畫報出版社，2003 年。

中宣部已經派人來「文研所」檢查工作，而後胡喬木提出壓縮文研所編制問題。徐剛回憶說 1953 年 8 月後，田間找他談話，叫他擔任教務處副主任、做黨支部工作，負責政治課，主講中共黨史。他感到吃不消。便找孟冰談心，孟冰笑著說「也叫我負責理論研究室，我不幹，我不做天平上丁玲這一邊的籌碼。她怎麼能和周揚比？你在青島時，中宣部來檢查文研所的工作，我把我的意見都談了，你等著看吧，文研所會有變化的。」〔註 60〕孟冰的話使他驚訝，過後才看出苗頭。這段話可以清楚地看出，周揚和丁玲在文研所問題上的矛盾是完全公開化了。

周揚不僅排擠走了丁玲這個所長，還把她手下的大部分人排除出文研所。康濯調到作協搞創作；馬烽調到作協創作委員會任副主任；陳學昭、嚴辰、逯斐、李納調到作協搞創作；西戎調到山西省作協；雷加帶著一些創作研究室的人到了北京市文聯；教務處主任石丁調到中央戲劇學院文學系當主任。1954 年初就宣佈「中央文學研究所」改爲「中國作家協會文學講習所」，文講所在行政上隸屬於中央文化部，業務上和黨的領導上隸屬於中國作協黨組。任田間爲所長，邢野、田家爲副所長。

但是過了不久，就讓吳伯蕭來當所長，公木爲副所長。田、邢閒置，也沒宣佈免職，不了了之。「據公木後來說，是周揚將他從東北調來，抵消丁玲在文講所影響的。」〔註 61〕這樣的舉措確實很見成效。據徐剛回憶，自從掛出了「中國作家協會文學講習所」的牌子，丁玲只來過兩次，一次是講課，一次是看看她輔導的三個學員。所長吳伯蕭、副所長公木是中國作家協會黨組調派來的，他們與丁玲沒有聯繫，他們是作家又是教育家，大家都覺得是合適的人選，大家都努力工作，嚮往過渡到正規的學院。〔註 62〕似乎大家對丁玲時期的文研所併沒有留戀。

不僅在所內要保證完全清除丁玲的人，對於接下來分管新的「文學講習所」的上級單位作協，周揚也安插了自己的人。「邵荃麟原是國務院文辦秘書長，又調中宣部任秘書長，後又調到作協做黨組副書記。邵荃麟是老實人，

〔註60〕邢小群：《徐剛訪談》，《丁玲與文學研究所的興衰》，第 113 頁，山東畫報出版社，2003 年。

〔註61〕邢小群：《徐剛訪談》，《丁玲與文學研究所的興衰》，第 132 頁，山東畫報出版社，2003 年。

〔註62〕邢小群：《徐剛訪談》，《丁玲與文學研究所的興衰》，第 126 頁，山東畫報出版社，2003 年。

不會說，不會道，周揚使喚不上他，就從部隊調來了劉白羽。一調來就壞了，文研所從此沒有好日子過了。劉白羽聽周揚的話，周揚讓他幹什麼，他就幹什麼。」〔註63〕看來周揚的確是很懼怕丁玲因為創辦文學研究所積累的政治資本。

對因他們二人的矛盾造成文研所命運的動盪，工作人員朱靖華表達了自己的不滿。他甚至在鳴放期間說出了這樣的話，「你們為什麼不能按黨的原則進行批評和自我批評，而損害黨的事業？」〔註64〕朱靖華認為「文學研究所」是個悲劇，悲在領導幹部互相扯皮打架。丁玲和周揚之間是有矛盾的。「文研所」作為局級單位，是受文化部領導的。周揚是文化部副部長，並直接分管「文研所」；而丁玲是中宣部文藝處的處長，從黨務關係上，中宣部文藝處又是領導文化部的。他們誰也不把對方放在眼裏。丁玲講課，有時很明顯地表現了出來。周揚來文研所講過幾次和政策有關的問題。後來給我們下面的感覺，文研所越來越在縮小。減少課時、減少規模。這些問題，從根本上看，就是丁玲和周揚的矛盾導致的。再加上他們之間有一種理論批評家瞧不起作家，作家瞧不起理論批評家的矛盾。

丁玲的黯然離去當然與周揚有關，但是這肯定不簡單是兩個人相互瞧不起所造成的。「文研所」的命運因為丁玲發生動盪是事實，但是為什麼在丁玲已經不再和「文研所」發生關係之後，作協在1957年就早早將「文學講習所」撤銷了呢？

可見，不僅是丁玲這個所長，也許連同這個所本身在一開始的時候就是不受某些領導待見的。這絕非個人恩怨，人際關係鬥爭能夠決定的。我們可以細細揣摩一下毛澤東得知丁玲要辦研究院，用了「互助組」說法的含義。這當然一方面體現了毛氏語言的幽默特徵，但另一方面也不失為一種諷刺。毛澤東在延安時期就發動了整風運動，他對於知識分子的宗派主義是很警惕的。他對培養黨的藝術工作者是很關心的，這個從他親自發起創辦「延安魯藝」就可見一斑。建國後他比以前更關注文藝工作了。幾乎50年代所有大型的文藝運動都和他有關係。但是目前沒有材料表明他到過丁玲創辦的文研所，做過表態，表達過關懷。這種冷淡是無意還是有意？

〔註63〕邢小群：《邢野訪談》，《丁玲與文學研究所的興衰》，第141頁，山東畫報出版社，2003年。
〔註64〕邢小群：《朱靖華訪談》，《丁玲與文學研究所的興衰》，第173頁，山東畫報出版社，2003年。

　　大家說起丁玲和周揚的矛盾，一般都認爲是他們兩個人之間的矛盾。但是也越來越有學者認識到，也許他們之間的矛盾是由上層刻意製造出來的，以達到一種權術的平衡。

　　對於新中國的體制來說，是丁玲還是李玲還是周玲來領導文研所也許並不是最重要的，最重要的是這個機構能否真正執行黨的文藝政策，發揮它的意識形態功能。

　　邢小群曾經問丁玲的秘書張鳳珠：如果讓她繼續辦下去，她會把文學研究所辦成什麼樣子？張的回答是：絕對是按《講話》那樣培養作家，把深入生活，改造思想放在非常重要的位置。她領導文藝也得執行「左」的一套。

　　這樣的理解未免太過於樂觀。實際上很多第一期的學員後來回憶，他們就學期間基本都在搞運動。丁玲在任所長的時候，一點都沒有放鬆政治。她平時不太管事，到了第一期第二班學員報到前，她還專門到所裏強調對這一班學員就是要抓「思想改造」。她一直強調自己辦的是「文藝黨校」，強調學員要下鄉，要深入生活。這些看來都與《講話》精神相吻合。

　　但是實際上呢？

　　1955年「丁陳案」爆發後，以及後來的「反右」運動中，不少材料舉報丁玲通過文研所搞「獨立王國」，培植自己的勢力，還搞所謂「一本書主義」。我們且不論這些說法的政治時效性，客觀一點分析丁玲的辦所方針政策確實也存在一些問題。比如她一直鼓勵學員一定要寫出作品，只有作品可以長久。這就很容易引起誤解。作家是要做革命機器的齒輪和螺絲釘，還是要靠自己的書來獲取資本？她一再強調深入生活，但是目的還是爲了寫出書來。如果這些書沒有解決「爲什麼人服務」的問題呢？她一直說來自解放區的青年作家不缺生活，缺的是知識文化，所以要多讀書提高，讀世界上的優秀作品。但是這些優秀作品是什麼？是無產階級文化所需要的嗎？

　　據王景山回憶，丁玲辦文研所有自己的設想。她當時是中宣部文藝處處長，《文藝報》主編，又要通過文研所抓文學教育、培養創作人才和文藝幹部，成立理論批評研究室和《文藝報》聯手抓理論批評，還要集中一批作家搞創作。〔註65〕確實攤子鋪得夠大，也難怪使人想到她要大搞「獨立王國」。

〔註65〕邢小群：《王景山訪談》，《丁玲與文學研究所的興衰》，第174頁，山東畫報出版社，2003年。

丁玲在文研所的命運和延安時期的傳承密不可分。《講話》的精神到了新中國成立之後，更要通過「一體化」的文學生產體制在文藝領域得到具體貫徹實施。不論掌門人是誰，「文研所」——「文學講習所」都不能逃離這個制度的規約。

文研所沒有給丁玲帶來榮耀的光環，相反成爲她的「滑鐵盧」〔註66〕。但是丁玲和文研所的「悲劇」卻是那個時代文學命運的表徵。我們總以爲存在一種純粹的文學，可以不受「外在」因素制約，但事實可能是：「社會政治、經濟、社會機構等因素，不是『外在』於文學生產，而是文學生產的內在構成因素，並制約著文學的內部結構和『成規』的層面。」〔註67〕

第三節　以徐光耀和陳登科爲例

據「中央文學研究所」第一期第一班學員王景山回憶，丁玲曾跟他說過辦文研所的宗旨「原來主要是培養工農出身的作家」。〔註68〕所以錄取的學員來自工農兵的占絕大多數，農村的最多，部隊的次之，其次是工廠的，知識分子最少。52 人裏有 39 人是在抗日戰爭、解放戰爭中參加革命工作的，26人發表或出版過作品、作品集。丁玲的原意是給一些在戰爭中沒有創作和學習條件的解放區作家提供一個安定的讀書和寫作環境。學員王慧敏回憶說，丁玲「很重視工農兵學員」，比如偏愛小兵徐光耀，還有農村來的陳登科等。〔註69〕丁玲的秘書張鳳珠也說在文研所的學員中，丁玲最喜歡三個人：徐光耀、李納、陳登科。〔註70〕

人們很容易發現丁玲對徐光耀和陳登科的喜歡。因爲她在許多公開演講的場合，經常以這兩個人爲例。1951 年在「中央文學研究所」的一次講話時，爲動員大家要多讀書，有計劃的學習，讀所裏指定的書。她以陳登科爲例，

〔註66〕邢小群：《邢野訪談》，《丁玲與文學研究所的興衰》，第 141 頁，山東畫報出版社，2003 年。

〔註67〕洪子誠：《問題與方法》，北京大學出版社，第 185 頁，2010 年。

〔註68〕邢小群：《王景山訪談》，《丁玲與文學研究所的興衰》，第 174 頁，山東畫報出版社，2003 年。

〔註69〕邢小群：《王慧敏、和谷岩訪談》，《丁玲與文學研究所的興衰》，第 182 頁，山東畫報出版社，2003 年。

〔註70〕邢小群：《張鳳珠訪談》，《丁玲與文學研究所的興衰》，第 155 頁，山東畫報出版社，2003 年。

說「他連《紅樓夢》《水滸傳》《西遊記》都沒有看過，他也是眼低」。〔註71〕
可見她對陳登科的優缺點非常注意。在 1954 年 2 月 16 日在北京師範大學中
文系所作的報告中，爲勸大家多讀書，她又以陳登科爲例：「大家都知道陳登
科吧，他是個有才氣的作家，我是佩服他的。他也在『文學講習所』學習，
他很著急，想趕快下去。我回信告訴他不要著急。再多讀些書。不僅要多讀，
而且要認眞地讀，仔細地讀。」〔註72〕

在「文講所」第二期的輔導談話中，爲說明「文藝學」不會馬上對創作
產生作用，她說「聽一點就懂一點，老搵也沒用，並不解決創作問題。陳登
科沒學文藝學，不是也寫出《杜大嫂》、《活人塘》嗎？文學中的理論，我們
可以慢慢對付它。」〔註73〕在 1953 年的中國文學藝術工作者第二次代表大會
上，提倡「生活」的重要性時，她以徐光耀爲例：「對於我們來說，生活是最
重要的。徐光耀能寫出《平原烈火》，主要是他從生活中來的（這裡當然不否
認他的文學的才能）。但徐光耀這幾年來文學修養、理論水平都提高了，他也
到朝鮮去了一年，也寫了幾個短篇，卻都不及《平原烈火》，原因就是他對新
的生活不如他對抗日戰爭那段生活熟悉。」〔註74〕

徐光耀只上過四年農村小學，13 歲參加八路軍，打了 8 年仗。1947 年進
入解放區華北聯合大學文學系插班就讀，當時的系主任是陳企霞。畢業後分
配到報社做編輯，報紙取消後，在等待分配新工作的一個月時間裏就完成了
長篇小說《平原烈火》，1950 年年初由時任《文藝報》的副主編陳企霞推薦出
版，還將其編入「文藝建設叢書」。〔註75〕1950 年 10 月份進入「中央文學研
究所」，被編入小說組擔任組長。

丁玲毫不掩飾對徐光耀的贊賞，有一次她在人民大學演講，說徐光耀的
《平原烈火》只比西蒙諾夫的《日日夜夜》差那麼一點點。〔註76〕還有一次

〔註71〕 丁玲：《怎樣迎接新的學習》，《丁玲全集》第 7 卷，第 228 頁，河北人民出版
社，2001 年。
〔註72〕 丁玲：《怎樣閱讀和怎樣寫作》，《丁玲全集》第 7 卷，第 385 頁，河北人民出
版社，2001 年。
〔註73〕 丁玲：《在文講所第一期的輔導談話》，《丁玲全集》第 7 卷，第 378 頁，河北
人民出版社，2001 年。
〔註74〕 丁玲：《到群眾中去落戶》，《丁玲全集》第 7 卷，第 360 頁，河北人民出版社，
2001 年。
〔註75〕 邢小群：《徐光耀訪談》，《丁玲與文學研究所的興衰》，第 159 頁，山東畫報
出版社，2003 年。
〔註76〕 邢小群：《徐光耀訪談》，《丁玲與文學研究所的興衰》，第 161 頁，山東畫報
出版社，2003 年。

《太陽照在桑乾河》上的俄譯者柳芭夫婦到丁玲家做客，丁玲特意叫了徐光耀去作陪，席上丁玲對著馮雪峰說徐光耀的《平原烈火》比孔厥、袁靜的《新兒女英雄傳》寫得好。另有一次丁玲在家宴請聶魯達、愛倫堡兩對夫婦，也叫了徐光耀去陪吃飯。〔註77〕

徐光耀在文研所的學習受到了丁玲的特別關注和指導。1952年徐光耀在朝鮮戰場體驗生活，因碰到一些困難，給丁玲寫信。丁玲回了一封長信從思想、學習、寫作三方面詳細地指導他。在信中，她勸誡徐光耀「專心地去生活」；也不要著急任務，要首先從做人做黨員著手，好好改造自己。她還專門安排了接下去徐光耀的學習進度，建議他以後補學耽誤了的中國文學史，下一季的蘇聯文學根據在朝鮮的情況決定回來學還是不學。〔註78〕丁玲在信中非常明確地表示對徐光耀的「希望是很大的」。

1953年3月正值第一期第一班學員結業，丁玲給徐光耀寫信還專門對他未來的去留做出了安排。信中談到徐光耀的缺點，說他「經歷太少，文學底子不夠」。〔註79〕所以準備讓徐光耀繼續留在文研所打幾年底子，再回部隊。如果不能繼續留下來，她還安排了徐光耀接下去的寫作計劃。建議徐光耀回冀中部隊去不做文藝工作，不屬文化部門。可寫兩部作品，第一部：寫冀中的抗日歷史小說，收集這方面的材料，像肖洛霍夫寫《靜靜的頓河》一樣。第二部：寫回家的軍人在地方工作上，在農村裏，在工業的發展上，如何起作用。像蘇聯的《幸福》、《金星英雄》等寫退伍軍人如何從事建設工作那樣。丁玲從徐光耀的實際情況出發，希望他提高修養，一邊安慰他不要為寫不出來著急，一方面非常具體地指導他怎麼選題。

當然，也因為受到丁玲如此器重，加上與陳企霞的師生關係，在1955年「丁陳案」爆發後徐光耀不可避免地受到牽連。1956年底，徐光耀收到一封中國作家協會黨組寄給他的信〔註80〕，專門就丁玲辦文研所的問題請他提意見。結果由於徐光耀在回信中沒有提供組織需要的回答，加上借給陳企霞700元錢的關係，終至1958年被打成「右派」分子，1979年才得以「改正」。

〔註77〕 徐光耀：《昨夜西風凋碧樹》，第130頁，北京十月文藝出版社，2001年。
〔註78〕 丁玲：《致徐光耀》，《丁玲全集》（第十二卷），第46頁，河北人民出版社，2001年。
〔註79〕 丁玲：《致徐光耀》，《丁玲全集》（第十二卷），第56頁，河北人民出版社，2001年。
〔註80〕 徐光耀：《百年人生叢書：昨夜西風凋碧樹》，第89頁，北京十月文藝出版社，2001年。

　　相比對徐光耀直接的贊賞，丁玲對陳登科也是很關注的，但是喜愛的程度可能稍遜一些。陳登科和徐光耀一樣，也是「工農兵作家」。關於他的成長，被研究者稱為「陳登科現象」。他是 50 年代工農兵作家培養的典型成功案例。陳登科自幼家貧，小時候只念過兩年私塾，幾乎是個文盲。參加抗日游擊隊後當上了通訊員，有一次他給《鹽阜大眾》投稿，結果編輯錢毅非常仔細地幫他改稿並且給予發表。後來陳登科被調到《鹽阜大眾》報做記者，得到錢毅更具體耐心地指導，就開始由文藝通訊到寫作小說了。但真正「發現」他，幫助他成為全國著名工農作家的，還是主編《說說唱唱》的趙樹理。〔註 81〕陳登科寫好《活人塘》後一直帶在身上沒有投稿，經一位同志的建議，後來把稿子寄給了《說說唱唱》。主編趙樹理接到稿子後，親自動手修改，還找田間和康濯提意見。怕康濯不看，特意解釋是一個工農幹部所寫，因為文化水平所限，陳登科的初稿上有些字還是打的記號，畫的符號。趙樹理特意提醒康濯注意這篇作品的鄉土氣息，生動的語言，說作者很有前途。

　　趙樹理不僅幫助陳登科發表《活人塘》，而且還向《皖北日報》的負責人極力推薦，建議報社送陳登科進「中央文學研究所」學習。1951 年陳登科進入「中央文學研究所」第一期第一班學習，並在學習期間創作了《淮河邊上的兒女》。〔註 82〕

　　丁玲 1954 年專門寫信給陳登科表揚他的《淮河邊上的兒女》，說她很喜歡這部作品。裏面有生活，人物也都在農村複雜尖銳的鬥爭中凸出來了。〔註83〕同時鼓勵陳登科接下去多讀書，「提高理論水平和文學修養，在實際中培養政治上的敏感和對人民深厚的愛」〔註84〕，不要亂寫。

　　這個「亂寫」，指的是陳登科《離鄉》一類的作品。一九五三年春，「中央文學研究所」學習結束後，陳登科回到安徽，投入到佛子嶺水庫建設工程。在實際工作中，經過一年多的鍛鍊，他自認熟悉了工地上好多人，就開始構思短篇小說《離鄉》。在這部作品裏，陳登科嘗試用新的筆調，去探

〔註81〕 張東明：《在說說唱唱中普及文學》，中國社會科學報，2011 年 7 月。

〔註82〕 胡昭：《燈》，《文學的日子──我與魯迅文學院》，第 338 頁，光明日報出版社，2000 年。

〔註83〕 丁玲：《致陳登科》，《丁玲全集》（第十二卷），第 67 頁，河北人民出版社，2001 年。

〔註84〕 丁玲：《致陳登科》，《丁玲全集》（第十二卷），第 68 頁，河北人民出版社，2001 年。

索，如何能刻畫出一個農民的內心世界。這篇小說沒有故事情節，只是描寫一個農民，當他要離開家鄉，投入治淮工地時，內心的活動。這篇小說發表後，陳登科聽到了不少的贊揚，有的說對人物刻畫非常細膩，有的說他的語言也不那麼土氣了……總之一句，全是說他在創作道路上，向前邁出了一大步。在一片贊揚聲中，陳登科也承認在這篇小說上是下了工夫的，所以下決心，擺脫過去所走的道路，要在繼續實踐中，探索出一條新的路子。〔註85〕

但是陳登科的「探索」立刻受到了丁玲的批評。當他回北京在「文研所」碰見丁玲，丁玲迎頭就給他潑冷水：「你的《離鄉》我看了，很為你擔心，」陳登科不由一怔。回道：「我是想探索……」她未等他把話說完，接著又說：「我認為你這是一種危險的探索。你把自己的東西全丟掉去學別人的。而你所學的正是別人丟掉的東西。你所謂學，只不過把別人丟掉的東西去撿起來……。」〔註86〕丁玲對她批評得很厲害。為著以行動接受她的批評，陳登科就住到丁玲家裏，又寫了第二篇小說《黑姑娘》。小說寫完後得到了丁玲的鼓勵：「這就對了。你這篇小說，又回到你自己的路子上來了。在創作道路上，為了前進，我不反對你大膽去探索。但是，你一定要沿著自己的路子，一步一步去探索。」〔註87〕

為了使自己的學生牢記教訓，丁玲在1954年的信裏，還專門將《淮河邊上的兒女》與《離鄉》對比。肯定前者，貶抑後者。她這樣評價《離鄉》：「我以為這篇文章就是受了這種壞影響的結果。我看見你在那篇文章中拼命地一大段一大段描寫風景又描寫心理，我很替你難受和擔心。同志！如果一個人要多做點有效的工作，還是少走點彎路好！」〔註88〕回想1927年丁玲自己的《莎菲女士的日記》，全篇都是心理描寫。但20多年後，按照《講話》精神來培養作家的丁玲將那種「資產階級」的寫法稱為「彎路」。她痛心疾首地奮力挽救走向彎路的弟子。

可惜，後來陳登科還是在朋友的慫恿下寫了愛情題材的小說《愛》和《第一次戀愛》。這兩篇小說發表後，立刻遭到全國幾十家報刊雜誌的批評。面對

〔註85〕陳登科：艱難的道路——給《解放軍報》通訊員的信。
〔註86〕陳登科：艱難的道路——給《解放軍報》通訊員的信。
〔註87〕陳登科：艱難的道路——給《解放軍報》通訊員的信。
〔註88〕丁玲：《致陳登科》，《丁玲全集》（第十二卷），第66頁，河北人民出版社，2001年。

這些批評，陳登科在《安徽日報》發表檢討文章《有保留地接受批評》。〔註89〕這些作品也使得陳登科在後來的「反右」運動、「文革」當中一直成為被批判的對象。

丁玲對徐光耀和陳登科的喜歡，當然主要是因為作為「工農兵」出身的作家，他們最符合「中央文研所」的培養目標，也最符合《講話》精神的要求。

但弔詭的是，這兩個人進入「中央文學研究所」學習後，一個的問題是寫不出比以前更好的作品；一個是乾脆跟以前寫的完全不一樣，走上「彎路」，探索資產階級的寫法了。這裡面其實折射出「中央文學研究所」這樣的機構必然面臨的「培養工農作家」的悖論性困境。「工農兵作家」從生活中來，他們的實踐性強，他們是「無產階級」的代表，但是一旦將他們專門地從實踐中抽出來「專門化」，給他們上課，讓他們大量讀書，這種「知識化」的過程，這種「知識分子」化的生活方式都不可避免使他們原本「純正」的階級屬性遭受「污染」。

這個困境絕不是個別「工農兵作家」自身意志不堅定的問題，而是丁玲和她的「中央文學研究所」這樣的機構在培養「無產階級作家」過程當中，必然面臨的如何正確對待古典文學遺產，如何避免受資產階級文化侵蝕等等問題。而且也許最根本的問題就是，用學校教育這種形式，通過「專業化」、「正規化」的方法來培養「無產階級作家」可能完全就是南轅北轍的。從這個角度來看，「中央文學研究所」在 1953 年被縮小為「文學講習所」，甚至在 1957 年被停辦，表面上看是所長丁玲帶出的問題。但其實，這個問題根本不可能是個人的，而是制度本身的困境。

第四節 「文學講習所」的縮編與停辦

1953 年秋天，丁玲調離「中央文學研究所」。當年 11 月，文化部正式批覆「中央文學研究所」更名為「中國作家協會文講所」。「文講所」在行政上隸屬於中央文化部，業務上和黨的領導上隸屬於中國作協黨組。〔註90〕從「中

〔註89〕蘇多多：《「我是陳登科」——編〈陳登科文集〉有感》，新文學史料，2005年 02 期。

〔註90〕邢小群：《徐剛訪談——從文學研究所到文學講習所》，《丁玲與文學研究所的興衰》，第 113 頁，山東畫報出版社，2003 年。

央文學研究所」到「文學講習所」的更名，並不簡單是一個名稱的改變和人員關係的調整。這一變動實際上反映出上層某些領導對丁玲的「文研所」辦學的不滿。「文講所」成立之後，換了新的領導班子，辦了三期培訓班。第二期是在丁玲任所長期間就已經籌劃招生，所以還是堅持了兩年制學制。其餘兩期則變成了短訓班，第三期學員主要來自 1956 年召開的首屆「全國青年文學創作者會議」。第四期是文藝編輯班，人數最多，錄取學員 103 人，學習時長 8 個月。「中央文學研究所」向「文學講習所」的轉變，體現出上級主張取消，最低也要壓縮其辦學規模的意圖。

　　雖然丁玲離開了「文研所」，但是更名後的「文講所」並沒有脫離開與丁玲的干係。1955 年「丁、陳反黨集團」案爆發後，原「文研所」和「文講所」的幹部、教師、學員都受到牽連，捲入運動。其中不少人在 1957 年被打成右派或者「有右派傾向的人」。劃為「右派」分子的有：丁玲、李又然、張松如（公木，「文學講習所」負責人）、唐達成、張鳳珠、徐光耀等。因「右傾」而受到批評和處分的有：徐剛（「文學講習所」主任）、瑪金（「文學講習所」幹部）、沙鷗（「文學講習所」教師）、張白（「文學講習所」幹部）、王景山（「文學講習所」幹部）等。〔註91〕

　　文講所的領導層也幾經變動，直到 1957 年 11 月作協書記處決定停辦「文學講習所」，撤銷這一機構。至此，50 年代的文研所——文講所開辦了 7 年，開設了四期五班，結業學員 279 人。從成果來看，創作方面的成績並不顯著。學員結業後成為著名作家的比較少，文藝幹部較多。據 1984 年的統計，這些學員，在中國作協、文聯工作的幹部有 18 人，約占總人數的 7%；任省級文聯、作協主席或副主席的 61 人，約占 23%；任國家級刊物、出版社正副主編的 19 人，約占 7%；任省級刊物正副主編的 38 人，約占 14%；專業創作人員 36 人，約占 11%；教授、研究眼 11 人，約占 4%；其餘學員後來的身份分別是編輯、記者、工人、農民以及離休幹部。〔註92〕

　　「文講所」這一停辦再到恢復，就是 22 年之後了。1980 年 1 月，中共中央宣傳部批准恢復「中國作家協會文學講習所」。在編制和基建方面的條件還不齊備的情況下，恢復後的文講所開辦的也主要是短訓班。直到 1984 年 11 月改名為「魯迅文學院」的這 4 年多時間裏，新時期的文講所舉辦了 4 期培

〔註91〕 張檸：《再造文學巴別塔》，第 175 頁，廣東教育出版社，2009 年 12 月。
〔註92〕 邢小群：《丁玲與文學研究所的興衰》，第 67 頁，山東畫報出版社，2003 年。

訓班（第八期作家班 1986 年才結業）分別爲第五期小說創作班；第六期少數民族文學創作班；第七期編輯評論班和第八期作家班，培養了約 167 名學員。

　　「新時期」的「文講所」在教學方法和形式等方面保持了對 1950 年代「文講所」的傳承，但由於處在 1980 年代所謂「文學熱」的時代環境中，從表面上看它不像 1950 年代的「文講所」與政治發生那麼密切的關聯。它與政治的關係更主要地是通過這一機構本身的延續來體現的。1950 年代的「文講所」之所以不斷受到質疑，主要是因爲培養「無產階級作家」的初始意圖在辦學的過程中容易受到所謂「資產階級文化意識」腐蝕。工農作家在學校裏經過專業學習，逐漸變成知識分子，本身就體現了「社會主義作家培養」的悖論性特徵和它的實驗色彩。1980 年代之後，爲糾正「極左」思潮的影響，在「文講所」的辦學宗旨上，自然已經找不到培養「工農作家」的追求。文學被認爲具有越來越高的獨立性，但其實通過考察新時期「文講所」的課程設置、招生構成等就可以發現，這種機構的存在本身就是政治的體現。只不過在不同年代，他們爲之服務的政治觀念可能發生了一些變化。

一、縮小規模

　　1951 年 1 月文化部正式任命丁玲爲「中央文學研究所」所長，宣告「中央文學研究所」成立。丁玲辦文研所確實有自己的設想。她當時是中宣部文藝處處長，《文藝報》主編，既想通過文研所抓文學教育、培養創作人才和文藝幹部，成立理論批評研究室和《文藝報》聯手抓理論批評，還要集中一批作家搞創作。〔註 93〕丁玲給文研所第一期教學提了兩個八字方針：「自學爲主，教學爲輔」、「聯繫生活，結合創作」。她希望學員能多讀書，多接觸生活。丁玲的辦學方針緊緊圍繞《講話》精神，突出實踐的重要性，而且緊跟當時的各項政治運動。從剛開學開始，「1 月和 2 月學習鎮壓反革命的文件，交代與反革命的社會關係，進行批評與自我批評；4 月、5 月學習抗美援朝的文件；5 月、6 月大部分的時間投入文藝批判，批判《武訓傳》、《關連長》和蕭也牧的文藝思想；7 月、8 月投入忠誠老實運動。」〔註 94〕舉例來說，參與建國以

〔註 93〕 邢小群：《王景山訪談》，《丁玲與文學研究所的興衰》，第 174 頁，山東畫報出版社，2003 年。

〔註 94〕 邢小群：《徐剛訪談──從文學研究所到文學講習所》，《丁玲與文學研究所的興衰》，第 108 頁，山東畫報出版社，2003 年。

來第一項文藝批判運動批電影《武訓傳》時，文研所就很積極。先組織學員觀看電影《武訓傳》，然後花一週時間學習批判文章，舉行小組討論。並且指派學員徐剛給《文藝報》寫文章，陳企霞看到文章後認為沒有抓住要點。「文研所」又換上在「延安魯藝」學習過的孟冰來寫這篇文章。結果文章登在《人民日報》一個版面的頭條。丁玲就很高興，不僅表揚了孟冰，而且提到：「有些教授不敢到我們這裡講課，認為我們是文藝黨校。」〔註95〕言下之意是認可這種說法的。

文研所把政治意識擺在首位。在制定教學原則時所遵循的第一條就是「強調學習政治，學習理論，學習馬列主義、毛澤東思想」〔註96〕；同時，強調實踐並發揚《在延安文藝座談會上的講話》發表以來人民文藝的偉大成就，加強思想改造，在生活實踐與創作實踐中，進一步貫徹毛澤東文藝路線。第一期的政治課程就開設了「辯證唯物主義與歷史唯物主義」、「思想方法論」、《實踐論》和黨史等。文藝思想與文藝政策方面開設了周揚的《毛主席〈在延安文藝座談會上的講話〉的歷史意義》、文藝統一戰線與思想鬥爭；馮雪峰《關於社會主義現實主義的幾個問題》；陳企霞：《為文藝的新現實主義而鬥爭》；艾青《文藝的階級性與黨性》等等課程。

除了理論學習之外，文研所非常強調社會實踐的重要性。不僅經常組織學員實習以外，還積極組織大規模的社會實踐。比如，1951年8月至12月，將全體研究院班的學員組成八個小組，分赴朝鮮前線，東北及京津一帶工廠，河北、山西兩地的老區，並有部分同志奔赴新區參加土改。〔註97〕徐剛、陳孟君、陳亦絮等人到朝鮮前線歷經了生命危險，回到文研所後，康濯還要求他們集體創作抗美援朝的劇本。〔註98〕

在學員的招收上，也是思想性為先。第一期第一班學員中有兩名是第二次國內革命戰爭中入黨的，17名是1938年參加革命的，餘下的同志大都是在

〔註95〕 邢小群：《徐剛訪談──從文學研究所到文學講習所》，《丁玲與文學研究所的興衰》，第108頁，山東畫報出版社，2003年。

〔註96〕 魯迅文學院課題組：《魯迅文學院與中國當代文學》，中國作家協會2006年重點作品扶持課題，第4頁。

〔註97〕 魯迅文學院課題組：《魯迅文學院與中國當代文學》，中國作家協會2006年重點作品扶持課題，第7頁。

〔註98〕 邢小群：《徐剛訪談──從文學研究所到文學講習所》，《丁玲與文學研究所的興衰》，第109頁，山東畫報出版社，2003年。

抗戰與解放戰爭中參加工作的，百分之九十是黨員。〔註99〕來自老解放區的居多，如潘之汀、劉藝亭、王血波、張學新、楊潤身。沙駝鈴（即李若冰）、胡正、劉德懷等都是。來自解放區的有孟冰、陳孟軍、徐光耀、陳亦絮等，來自工廠的有趙堅、張德裕等。〔註100〕第一期二班的宗旨是培養文學編輯、教學工作、理論研究者，所以招收的學員學歷基礎好。主要以北大、輔仁、燕京、復旦的畢業生為主，大多數是各學校的文科尖子生，比如輔仁的龍世輝、王鴻謨，北大的許顯卿、李仲旺、曹道衡。這些從其他高校來的學員主要任務就是改造思想，為了互補長短，招生時還特意吸納抗日戰爭與解放戰爭中參加工作的劉真、錢峰、瑪拉沁夫、張鳳珠，與他們摻合起來。丁玲明確交代必須使這些高校畢業生有一半的學習時間和工農在一起生活。〔註101〕入學半年後，就組織他們下廠下鄉。

　　但即便是這樣，上級還是不滿意丁玲主持的「中央文學研究所」的工作。在1955年「丁陳案」爆發後，結論丁陳反黨的主要理由除了《文藝報》問題外，就是「文學研究所」問題。1956年茅盾代表作家協會在第二次作協理事擴大會議上的講話裏這樣批評丁玲在文研所期間的錯誤：「由於這個文學講習所的前身，中央文學研究所的某些領導人員的錯誤的思想作風，在學員中間，散佈了一種腐朽的資產階級的思想，他們離開文學的黨性原則，而提倡所謂』一本書主義』，鼓勵青年作者以取得個人的名譽、地位，取得個人的『不朽『為創作（一本書）的目的，他們公然提倡個人崇拜，公然提倡驕傲，說什麼』驕傲『的人才有出息，在這種思想影響下，文學講習所的不少學員滋長了個人主義的思想。」〔註102〕

　　而實際上丁玲主持「中央文學研究所」的時間並不長，1951年1月正式任命後，1953年秋天她就調離了文研所。胡喬木在1953年夏天就提出要停辦「中央文學研究所」。康濯作為文研所第一副秘書長，實際上具體領導文研所

〔註99〕邢小群：《徐剛訪談》，《丁玲與文學研究所的興衰》，第108頁，山東畫報出版社，2003年。

〔註100〕王景山：《我與魯院——從中央文學研究所到文學講習所到魯迅文學院》，《文學的日子——我與魯迅文學院》，第56頁，光明日報出版社，2000年。

〔註101〕邢小群：《徐剛訪談——從文學研究所到文學講習所》，《丁玲與文學研究所的興衰》，第112頁，山東畫報出版社，2003年。

〔註102〕邢小群：《徐剛訪談——從文學研究所到文學講習所》，《丁玲與文學研究所的興衰》，第126頁，山東畫報出版社，2003年。

工作，所以他對此意見很大，還專門以丁玲的名義寫信給劉少奇要求把文研所辦下去。〔註 103〕爭取的結果是，文研所沒有停辦，但是改爲「文學講習所」，實際上是縮小規模。1955 年 9 月作協黨組擴大會召開後，乾脆將其改爲文學講習班。否定了丁玲時期辦「研究所」來提高學員素質，集中培養作家的辦學目標。

丁玲雖調離了「文研所」，但是她的影響不可能完全清除。如上文所述，由於她在「文研所」期間的問題被認爲是反黨的一個主要原因，所以與此相關的幹部、學員都捲入其中，有些後來直接被打成「右派」或右傾分子。最後也主要是因爲丁玲的原因，1957 年，作協乾脆停辦了「文講所」。

在 1953 年秋天之後的差不多四年時間裏，文講所的領導幾易其人〔註104〕，因爲這個位置非常敏感。不僅因爲擔心受丁玲問題牽連，其實也因爲這個機構具體怎麼操作實際上也是不好把握的。

在 1953 年 11 月至 1955 年丁陳案爆發這段時間裏，文講所其實是開始了一種新的辦學嘗試的。在丁玲離任後，1953 年冬至 1954 年春，「中央文學研究所」原來的一些領導，比如田家、邢野、田間也都陸續調走。新上任的領導班子，是由作協黨組調配的。吳伯簫任所長，從鞍鋼教育處調來了公木任副所長，主要由公木在所主管工作。〔註 105〕據說公木是由周揚特意從東北調來，抵消丁玲在文講所影響的。〔註 106〕弔詭的是，公木卻在 1956 年也被批判，其主要過錯是同情丁玲，對周揚有意見，在「文學講習所」問題上與領導有不同看法。〔註 107〕1958 年他成爲作協最後定的「右派分子」。

〔註 103〕邢小群：《徐剛訪談──從文學研究所到文學講習所》，《丁玲與文學研究所的興衰》，第 117 頁，山東畫報出版社，2003 年。

〔註 104〕張檸：《再造文學巴別塔》，第 82 頁，廣東教育出版社，2009 年 12 月。文學講習所負責人：1953～1956 年田間（詩人）任所長；吳伯簫（作家、教育家）任所長；1953～1958 年公木（詩人、學者、教育家）任副所長；1956～1957 徐剛（作家、記者）講習班主任。──實際上，1955 年 9 月後吳伯簫辭任，公木也調離了。

〔註 105〕邢小群：《徐剛訪談──從文學研究所到文學講習所》，《丁玲與文學研究所的興衰》，第 115 頁，山東畫報出版社，2003 年。

〔註 106〕邢小群：《徐剛訪談──從文學研究所到文學講習所》，《丁玲與文學研究所的興衰》，第 132 頁，山東畫報出版社，2003 年。

〔註 107〕邢小群：《徐剛訪談──從文學研究所到文學講習所》，《丁玲與文學研究所的興衰》，第 132 頁，山東畫報出版社，2003 年。

二、公木的「正規化」努力

說公木對周揚有意見,應該主要是因爲他認爲周揚對丁陳的批判是出於宗派主義。〔註108〕這種宗派主義影響到了調整之後的「文學講習所」辦學。作爲被周揚親自指派從東北調回北京來主持文講所工作的人選,公木的辦學思想確實與周揚在「延安魯藝」時期的嘗試很接近,那就是努力實現「正規化」辦學。1942年9月公木被調到當時由周揚主持工作的延安魯迅藝術學院任教,是周揚的老部下,對那個時代的「延安魯藝」辦學情況應該比較瞭解。公木是教育家、實幹家,1954年10月被調入「文學講習所」當副所長主持工作。到「文學講習所」後,經過調查研究,他認爲「文學講習所」只有發展爲文學院才有前途。但是作家協會不能領導正規的大學,所以要與文化部教育司聯繫,將文講所納入正規學院的軌道。於是公木與所長吳伯簫一起去文化部聯繫。經過交涉,教育司同意吳伯簫、公木的意見,而且給了一名出國留學的名額,讓「文學講習所」派人到「蘇聯高爾基文學院」學習。〔註109〕後來因爲沒有找到合適的出國人選,這事就耽擱下來。

爲什麼這個時候要派人到高爾基文學院學習呢?因爲建國之後的「中央文學研究所」在丁玲的主持下,其實學習蘇聯的成分併不多。前文也已經提到過,丁玲雖然幾次訪問蘇聯,可是在各類文章裏,幾乎不曾特意提到高爾基文學院。從她執掌文研所的方式來看,她也確實不是參照高爾基文學院的辦學模式。有的工作人員說丁玲時期的文研所是「四不像」,有一定道理。一則她想法太多,不系統;二,處處跟緊政治運動,注重《講話》強調的深入生活;還有一個主要原因是丁玲習慣於根據自己作爲一個作家的體驗來考慮辦學,比如給學員多點讀書的時間,鼓勵他們創作。文研所的講課方式採取講座式,主要從外面聘請一些專家、學者來講課。她覺得理論的書學員可以自己學習,作品則要多講,比如古典文學、外國文學都要講,還要多請作家來談創作。〔註110〕文研所開學以後,就邀請了郭沫若、茅盾、葉聖陶、老舍、張天翼等老作家來所上課。外地老作家來京,丁玲也會邀請來講課,比如華

〔註108〕 邢小群:《徐剛訪談——從文學研究所到文學講習所》,《丁玲與文學研究所的興衰》,第132頁,山東畫報出版社,2003年。

〔註109〕 邢小群:《徐剛訪談——從文學研究所到文學講習所》,《丁玲與文學研究所的興衰》,第115頁,山東畫報出版社,2003年。

〔註110〕 邢小群:《徐剛訪談——從文學研究所到文學講習所》,《丁玲與文學研究所的興衰》,第107頁,山東畫報出版社,2003年。

東的黃源、西北的柯仲平、柳青等，都來談過創作。〔註111〕學員們也很愛聽。

丁玲邀請的講課教師很多也是出於她自己的關係考慮，隨意性比較大。而且從事後的角度來看，文研所時期的外請教師很多都是後來在大的文藝運動中被批判的。比如陳企霞、胡風、聶紺弩、俞平伯、艾青、馮雪峰等。除了作家談創作之外，古典文學課程、新文學專題等都採用了專題報告的形式。

這種專題講座式的教學方式與同時期大學裏那種一門課程連貫教學的授課方式不一樣，機動性和針對性更強，更講求實用性。「文研所」在制定教學原則時，就已明確教學方法不同於當時一般的高校中文系。〔註112〕之所以稱「文學研究所」的辦學「四不像」也因為在教學上，它的方式很多樣。不僅有專題式講座，也有比較系統的課程。比如「五四」以來的新文學課程就請了蔡儀、李何林、楊晦等知名專家分工來講，更為連貫。「文學史部分以一九四二年為界，前面由李何林主講，後面的由楊晦主講。中間穿插本時期重要作家作品的專題講座，分請有關專家學者教授擔任。」〔註113〕

「中央文學研究所」的第一期第一班和第二班因為學制都比較長，有兩年左右，所以其實開設的專題課程還是比較多的。之所以給不少工作人員留下的印象是不正規，可能因為運動太多，領導更換頻繁，導致行政人員在具體操辦事務的時候容易把握不准。「中央文學研究所」一開始的辦學目標就定位在與普通大學不一樣，但顯然，這一目標連所內的工作人員都未必清楚，或者說所內的人員意見也並不統一。

「文研所」改為「文講所」後劃歸作家協會管理，但是所內的人員認為作協的管理不負責任。朱靖華回憶：「每次我們制訂教學計劃，就先請來作協書記處主要的書記談一談，他們坐在一起聊大天，隨便一說，就整理出來，拿到我們教務處作計劃，安排執行。我當時就很反感。」〔註114〕公木到任後，力圖使「文講所」脫離作家協會，改成中國的高爾基文學院，得到了所內人員的支持，大家看到了「正規化」的前景，工作都非常賣力。公木注意培養

〔註111〕 邢小群：《徐剛訪談──從文學研究所到文學講習所》，《丁玲與文學研究所的興衰》，第 107 頁，山東畫報出版社，2003 年。
〔註112〕 魯迅文學院課題組：《魯迅文學院與中國當代文學》，中國作家協會 2006 年重點作品扶持課題，第 4 頁。
〔註113〕 王景山：《我與魯院──從中央文學研究所到文學講習所到魯迅文學院》，《文學的日子──我與魯迅文學院》，第 57 頁，光明日報出版社，2000 年。
〔註114〕 邢小群：《朱靖華訪談》，《丁玲與文學研究所的興衰》，第 169 頁，山東畫報出版社，2003 年。

工作人員。比如他鼓勵朱靖華上講臺，帶他一起編教材。培養人的同時，也改變文講所沒有正規教材，所內編制教師不足的情況。

但可惜因爲「丁陳案」爆發，公木對「文學講習所」的未來設想落空，1955 年 9 月作協黨組擴大會後，他離開「文講所」，調任中國作家協會青年作家工作委員會當了副主任。實際上他在「文講所」主持工作的時間只有差不多一年。這種「正規化」的努力被打斷，其實也是意料之中的。上級之所以將「文研所」改爲「文講所」，本意就是縮小規模，而且公木沒有搞清楚，「文學講習所」改名其實意味著性質的調整。「中央文學研究所」「研究」的性質、學制偏長，在課程設置上的曖昧性顯然都與上級領導的設想不同。

改爲「文學講習所」後，行政規模縮小，學制也縮短。「文學講習所」的名稱與農民運動講習所非常相似。領導的意圖也應該是照著農民講習所來辦。農民講習所第 6 期是毛澤東親自主辦的，很能體現他的辦學思想。其實在農民運動講習所以前，毛澤東就已經參與共產黨創辦的革命大學湖南自修大學的建設工作。湖南自修大學，是中國共產黨成立後，在湖南長沙建立的全國第一所研究、傳播馬克思主義，培養革命幹部的新型學校，也是中國無產階級第一所革命大學。1921 年 8 月 16 日，毛澤東同何叔衡、賀民範等一道起草了《湖南自修大學組織大綱》，由賀民範擔任湖南自修大學首屆校長。毛澤東手書「湖南自修大學」校名，貼在木版上，懸掛於船山學社大門口，宣告湖南自修大學正式誕生。

湖南自修大學的辦學宗旨是：「本大學鑒於現在教育制度之缺失，採取古代書院與現代學校二者之長，取自動的方法，研究各種學術，以期發明眞理，造就人才，使文化普及於平民，學術周流於社會。」設文、法兩科。文科課程有中國文學、西洋文學、英文、論理學、心理學、倫理學、教育學、社會學、歷史學、地理學、新文學、哲學。在強調書友研究探討學術的同時，重視體力活動，以「圖腦力與體力之平均發展，並求知識勞動兩階級之接近。」學習方法是自學方式：取自動的方法，研究各種學術。學友各自制定課程表，自己選定研究學科，自己看書，自己思索，志願相同之學友，分別組織各種研究會，以「共同討論，共同研究」。在自學的基礎上，還有幾種輔導方式：學校輔導、通函輔導、特別授課、特別講座。〔註 115〕湖南自修大學很明確地

〔註 115〕董寶良主編：《中國近現代高等教育史》，第 188 頁，華中科技大學出版社，2007 年。

希圖綜合傳統書院和現代大學的長處，採取自學爲主輔導形式爲輔的教學方法。關鍵還力圖突破腦力體力勞動的等級區分，打破階級差別。這樣的思想在後來毛澤東有關教育的做法當中得到了延續。

農民運動講習所是國共合作創辦的第一所培養農民幹部的學校。從 1924 年 7 月至 1926 年 9 月，連續舉辦了 6 屆。第六屆的所長是毛澤東。教學方式：專題講授；自學輔導；分組交流；調查研究；軍事訓練等。教員有毛澤東、陳其瑗、蕭楚女、惲代英、李立三、澎湃、周恩來、阮嘯仙等人。教學內容，一是政治基礎理論知識，二是關於農民運動的理論及其實施方略。三是，三民主義與五權憲法、中國國民黨、統計學、革命畫、革命歌等。四是軍事訓練及實習。毛澤東講授中國農民問題、農村教育、地理三門。《中國社會各階級的分析》就是毛澤東當時上課的一篇重要講稿。〔註 116〕相比湖南自修大學時期，第 6 期農運所的實踐性更強，而且大大加強了政治學習。這樣的辦學方式，在後來的「延安魯藝」時期再次體現。

毛澤東在建國後基本沒有正面干預過「中央文學研究所」的辦學，但是胡喬木是他的秘書，由胡喬木出面要求停辦文研所，後來縮小爲文講所，不能說是偶然。

公木作爲周揚方面派來的人卻同情丁玲，乍聽上去令人不解，但其實也在情理之中。作爲教育家的公木，來到「文講所」後能夠感受到丁玲對這個機構的期望以及這個機構在辦學過程中遇到的各種壓力。延安時期的遺留問題之外，新中國成立以後，左翼內部的很多問題逐漸暴露。如何從新民主主義階段過渡到社會主義階段也是沒有現成答案的。

「中央文學研究所」不僅在聘請教師上要注意平衡一些積累已久的矛盾衝突。而且在課程設置上，也很容易把握不准方向。比如如何對待古典文學，如何講授新文學，如何看待「五四」，如何對待魯迅，選擇哪些外國文學作品來講，這些都是問題。在中國古典文學課程方面，他們當時聘請了鄭振鐸、郭沫若、俞平伯、余冠英、游國恩、葉聖陶、聶紺弩、阿英和鍾敬文等。授課的範圍涉及史前的民族文化、中國文學史、古典文學、三國六朝文學、唐詩、變文和傳奇、詞與詞話、元朝時代的文學、明代的小說與戲曲、《桃花扇》與《紅樓夢》、清朝末年的小說、中國舊小說的演變、《古詩十九首》與《孔

〔註 116〕董寶良主編：《中國近現代高等教育史》，第 200 頁，華中科技大學出版社，2007 年。

雀東南飛》、南北朝樂府辭、白居易及其諷刺詩、古文、辛稼軒詞、《水滸傳》、晚清小說、人民口頭文學，等等。這個講授範圍就非常駁雜，沒有明確的傾向性。

在學習外國文學方面，也沒有僅限於學習蘇聯文學，而是從文藝復興時期講起。「第二期從 1954 年 5 月，進入西方文學大單元，開篇主講者是楊憲益，希臘神話。希臘史詩、希臘戲劇共三講。5 月 25 日始，由吳興華講文藝復興和但丁的《神曲》，接下馮至講歌德的《浮士德》；杜秉正講拜倫的詩；蔡其矯講惠特曼的詩；葉君健講《堂·吉訶德》；陳占元講巴爾扎克；高名凱講《歐也妮·葛朗臺》；趙蘿蕤講《特萊瑟》；張道真講《約翰·克里斯朵夫》……這一單元重點學習、研討的是莎士比亞。由「中戲」留英的名教授孫家琇（前幾位也都是留洋的北大等校的教授）三講《奧瑟羅》、《李爾王》等；曹遇講《羅密歐與朱麗葉》；呂熒講《仲夏夜之夢》；吳興華講《威尼斯商人》；卞之琳講《哈姆雷特》。暑假後，9 月 15 日開始學俄羅斯和蘇聯文學，同時聽聯共黨史課。李何林、彭慧分別講俄羅斯文學、蘇聯文學發展概況。呂熒講普希金；方紀講托爾斯泰；張光年講《大雷雨》；潘之汀講契訶夫。蘇俄文學重點學習契訶夫和肖洛霍夫，以《被開墾的處女地》為主。還有馮雪峰、肖殷等很多名家講法捷耶夫、伊莎可夫斯基及蘇聯電影創作等等。」〔註117〕

對「五四」新文學運動的理解也很關鍵。它涉及如何定位「五四領導權的判定及歷史評價以及隨之而產生的對無產階級文學運動的性質和任務」的理解問題。〔註118〕文研所第一期開設了「五四」以來新文學課程，聘請了蔡儀、李何林、李伯釗和楊晦等知名專家，內容涉及到「五四」新文學史、「左聯」成立前後十年、「抗日統一戰線」前期的新文學、蘇維埃時期文藝史料、延安文藝座談會講話以後的文學形式等內容。應該說基本抓住了新中國成立後重新解讀五四的關鍵精神。

但是在對待魯迅的問題上，文研所的課程設置可能存在問題。第一期設置了不少有關魯迅的課程。有楊思仲：魯迅的小說；張天翼：關於阿 Q；何乾之：魯迅雜文；曹靖華：魯迅與翻譯；李霽野：記未名社；張天翼：關於《阿 Q 正傳》的一些問題；李又然：魯迅先生的思想發展等。量大說明了一種傾向

〔註117〕趙郁秀：《我們的隊伍向太陽》，《文學的日子——我與魯迅文學院》，第 375 頁，光明日報出版社，2000 年。
〔註118〕胡慧翼：《第一次文代會研究》，北大中文系 2005 屆博士論文。

性，在具體闡釋魯迅的問題上則更難把握。怎麼看待魯迅，顯然從延安時期到新中國成立，至少在毛澤東那裏是有差別的。袁盛勇認爲「毛澤東時代確實造就了一個關乎魯迅的神話。毛澤東在延安時期對於魯迅極其高度的評價因爲新中國的成立而直接帶人了新的歷史時代，延安時期所形成的魯迅傳統也被直接帶入了新中國。」〔註 119〕這話不全對，不少學者認爲這個傳統其實是變異和存在有意的空白的。

朱獻貞認爲「魯迅形象的闡釋和塑造是中國革命進程中的一項重要文化工程，這一工程的奠基是從 1930 年代延安時期開始的。」〔註 120〕主要由兩篇文章奠定了毛澤東所闡釋出來的「魯迅神話」，1938 年的《論魯迅》和 1940 年的《新民主主義論》。在《論魯迅》中，毛澤東稱魯迅爲黨外的布爾什維克；新中國的聖人。在《新民主主義論》中，稱之爲「文化革命的主將」、「文化新軍的旗手」、「文化革命的偉人」。因爲這個文化革命（新軍或戰線）包括社會科學領域和文學藝術領域，因此毛澤東又認爲魯迅是「最偉大的文學家」、「最偉大的思想家」和「最偉大的革命家」。

有學者指出了這一評價的模糊性和策略性。周維東認爲「毛澤東對魯迅精神的闡發的模糊性帶有很大政治需要的策略性，而最根本的宗旨就是他談到的統一戰線的原則：第一個是團結，第二個是批判、團結和改造。毛澤東對魯迅精神的正面闡發就是印證了它的第一個原則──第一個是團結。在延安時期爲了團結知識分子，必須爲他們確立一個文壇領袖，這個領袖就是魯迅──對於各類知識分子來說，他們總體上對魯迅都是充滿敬意的。」〔註 121〕

更有學者用用症候分析的方法，分析指出毛澤東在延安時期對魯迅的言論中就存在一些「空白、沉默和溝壑」。比如在 1942 年的《在延安文藝座談會上的講話》中不僅沒有把魯迅提出來作爲當時和今後的文藝的方向，恰正相反，毛澤東說雜文時代在革命根據地已經成爲過去。〔註 122〕另外，他還提

〔註 119〕袁盛勇：《不可迴避的歷史之重──毛澤東時代的「魯迅現象」研究之一》，《言說不盡的魯迅與五四──魯迅與五四新文化運動學術研討會論文集》，2009 年。

〔註 120〕朱獻貞：《毛澤東延安時期的「魯迅論」及其歷史意義》，《齊魯學刊》，2008 年 06 期。

〔註 121〕周維東：《延安時期毛澤東評價魯迅的模糊性與策略性》，《現代中國文化與文學》，2010 年 01 期。

〔註 122〕藍棣之：《症候式分析：毛澤東的魯迅論》，《清華大學學報》，2001 年第 2 期。

醒我們，毛澤東在評價魯迅和高爾基時的區別和分寸，過去我們沒有人注意過。毛澤東從來沒有說過魯迅是政治家。對比來說，高爾基、柳亞子都曾被毛澤東稱贊為政治家。而且最重要的是，「我們大大地把毛澤東的論述擴大化了」。毛澤東講魯迅是新民主主義文化的方向，而我們卻誤以為毛澤東認為魯迅是任何廣泛意義上的新文化的代表，以為毛澤東稱他為任何意義上的新文學的方向。實際上，毛澤東在任何地方都沒有講過魯迅是社會主義文化革命的方向、主將和旗手，毛澤東的意思是贊揚魯迅是國統區的旗手、主將，在那裏不要奴顏媚骨。他提到，中央檔案館裏有一篇文獻提到，解放初期，江青出席文藝界一個會議時說新中國文藝的指導思想是毛澤東文藝思想，胡風當場表示，在文藝上的指導思想應當是魯迅的文藝思想。江青回家給毛澤東說了之後，毛澤東很不高興。

可見，毛澤東對魯迅的論述早在延安時期就留有縫隙，到了建國後更是有很大的不同。「中央文學研究所」開設這麼多的魯迅課程，把魯迅放在這麼重要的位置上，但是這些課程對魯迅的理解卻很有可能會是對毛澤東意圖的「誤解」。

除此之外，容易引起誤解的其實還有很多。比如文藝學方面，他們還請了胡風來講《怎樣閱讀文學名著》。對待古典文學作品和傳統的問題，在無產階級文化建設中非常關鍵和敏感，前文也已經提到過，蘇聯在這方面都存在很大的爭論。對比胡風 1955 被打成「反革命」，想到他在文藝問題上的理解和毛澤東存在那麼的不同，也一定程度反映出「文研所」所經歷的風險。

「文研所」強調自學，多讀書。第二期的安排是「第一學期，研讀中國文學，第二學期研讀外國文學，第三學期重點研讀魯迅作品，第四學期研讀《紅樓夢》」〔註 123〕，學員們因此讀了大量的文學作品。閱讀是一種相對來說比較個人化的行為，因此對於閱讀效果就很難統一把握。霍加特把閱讀分為「品質閱讀」和「價值閱讀」〔註 124〕。品質閱讀「試圖盡可能完全地把握作品的肌質，表示首先注意到語言中的各種要素、重音和非重

〔註123〕苗得雨：《文學講習所的回憶》，《文學的日子——我與魯迅文學院》，第 307 頁，光明日報出版社，2000 年。

〔註124〕〔英〕理查德·霍加特：《當代文化研究：文學與社會研究的一種途徑》，第 298 頁。

音、重複和省略、意象和含混等等，然後由此向人物、事件、情節和主題運動。」而「價值閱讀」表示盡可能敏銳和準確地描述出他在作品中所發現的價值。他認為，「在任何水平上，文學作品都充滿──彌散──著價值，充滿著有序的價值和表達的價值。」〔註125〕並不存在「自在的藝術作品」那樣的東西。文學（以及其他表徵的藝術）是一種文化中的意義載體，有助於再現這個文化想要信仰的那些事物，並假定這種經驗帶有所需求的那類價值。一部藝術作品，無論它如何拒絕或忽視其社會，總是深深地根植於社會之中的，有著大量的文化意義。這種意義只有通過直接體驗作品以及通過作品的觀察視角才能被理解。藝術還影響著一個社會中所把握的價值特性及其把握方式。但實際上，「無人能夠完滿地『適合』其文化的價值主導秩序。」〔註126〕文研所承擔培養「無產階級作家」的重任，可是在大量閱讀中外古典文學作品的過程中，不同的價值系統必然會通過閱讀和專業學習影響學員的大腦和認知。除了學習一些寫作技巧之外，學員們事實上很難完全排除資產階級文化價值的纏繞。

公木或許是從一個辦教育者的角度同情丁玲創辦文研所的努力和不易，但其實他可能未必能理解「文研所」──「文學講習所」這樣的機構與普通大學之間本質的區別。文講所「正規化」的努力被扼殺在搖籃裏，也是意料之中的。

在公木離任之後，文講所被進一步縮小成文學講習班，由徐剛擔任主任。他找作協秘書長郭小川提議，才總算保留了「文學講習所」的牌子。文講所雄心勃勃要辦成正規學院的願望徹底落空。徐剛接任後，適逢 1956 年「第一屆全國青年文學工作者大會」正在籌備。劉白羽計劃把這個會辦成大型的短訓班，本來交給馬烽操辦。馬烽要調往山西，就找到徐剛，請他籌備這次會議。這次會議後，留下了 60 多名青年代表，辦了「文學講習所」第三期。〔註127〕

〔註125〕〔英〕理查德·霍加特：《當代文化研究：文學與社會研究的一種途徑》，第306 頁。

〔註126〕〔英〕理查德·霍加特：《當代文化研究：文學與社會研究的一種途徑》，第299 頁。

〔註127〕邢小群：《徐剛訪談──從文學研究所到文學講習所》，《丁玲與文學研究所的興衰》，第 125 頁，山東畫報出版社，2003 年。

「文學講習所」從第三期開始正式變爲短訓班，第三期是 4 個月學習時間，第四期 8 個月。第四期專門訓練文學刊物編輯，規模比較大，學員數 103 人。第三、四期的課程設置基本沿用前兩期，略有改動，時間關係，課程也沒那麼詳細周密。1957 年 6 月，「文學講習所」第四期學習結束。9 月，文講所召開青年作者座談會，肅清丁玲「流毒」。第一、二期兩期學員、青年作者、曾在文講所工作的同志共約 80 多人參加。丁玲到會接受批判。〔註 128〕1957 年 11 月，中國作協整風辦公室所編《整風簡報》第 61 期引發了《書記處決定停辦文學講習所》的通報，決定停辦「文學講習所」。通報申明：「今後，對文學新生力量的培養，主要靠文學報刊和各地作協分會以及文聯的業餘文學教育活動，使廣大文學青年在不脫離實際工作和勞動生產的前提下得到必要的和適當的指導。」〔註 129〕

這一切安排其實都是有計劃、有步驟的。第四期「文學講習所」爲文學刊物培養了大量編輯，而這些刊物今後將主要承擔起青年作家培養的工作。專門學校性質的作家培養機構撤銷既反映了文研所──文講所辦學沒有達到預期的培養「無產階級作家」的要求，同時也反映出毛澤東對現有學校教育的不信任思想。這種思想在差不多 10 年之後的「文化大革命」中體現得更爲淋漓盡致。

「革命造反派」們在 1967 年這樣評價五十年代的「作家培養」制度，稱其執行的是「修正主義」的路線。他們指出劉少奇爲首，周揚、夏衍等執行的「培養作家的辦法，是一條明目張膽地和毛主席文藝路線相對抗的資產階級專家路線。」通過「專門化」極力想把作家培養成資產階級的文人。「『培養』的結果，只能使文藝工作者做官當老爺，不投身到工農兵群眾的火熱鬥爭中去，不去反映社會主義革命和建設，成爲新的精神貴族。」〔註 130〕。

「造反派」們用他們昂揚激進的革命姿態和鬥爭精神，觸及到了「無產階級作家」培養的悖論性困境，建立專門的學校或者制度來「培養」作家，

〔註 128〕魯迅文學院課題組：《魯迅文學院與中國當代文學》，中國作家協會 2006 年重點作品扶持課題，第 65 頁。

〔註 129〕魯迅文學院課題組：《魯迅文學院與中國當代文學》，中國作家協會 2006 年重點作品扶持課題，第 66 頁。

〔註 130〕新北大公社紅尖兵革命造反團，中國作家協會革命造反團：《粉碎反革命的和平演變綱領──揭露黨內頭號走資本主義道路當權派關於作家問題的一次談話》，《人民日報》，1967 年 04 月 23 日。

必定面臨「專門化」和脫離無產階級、到達智識階層的問題，於是結果和目的似乎從一開始就形成了衝突。他們認為解決這種衝突的途徑是拆散學校，在更廣闊的天地裏，繼續通過文學報刊和各地作協分會以及文聯的業餘文學教育活動，在勞動和實際工作中堅持培養青年作家。

第三章 「工農作家培養」模式
（1960～1970年代）

　　在「反右」運動轟轟烈烈展開之後，1957年中國作協正式停辦了「文學講習所」，並且申明：「今後，對文學新生力量的培養，主要靠文學報刊和各地作協分會以及文聯的業餘文學教育活動，使廣大文學青年在不脫離實際工作和勞動生產的前提下得到必要的和適當的指導。」〔註1〕從以後1958年「大躍進」時期，到毛澤東在1963年、1964年的「兩個批示」出臺，直至「文革」爆發以後越來越激進的文藝政策來看，「文學講習所」的停辦不簡單是受到「丁陳案」牽連的政治後果，它更主要是毛澤東對學校教育的懷疑和「反智主義」思想以及明確提出培養「工農兵作家」，建立「無產階級文藝隊伍」等新形勢的必然結果，所以六七十年代的青年作家培養工作已經不再由專門的學校機構承擔，而傾向於「業餘化」建設。業餘文藝工作者培養體制其實早在50年代開始就已經積極開展，並且確有成功的「工農兵作家」培養成果比如高玉寶、胡萬春、黃聲孝、陳登科等等。六七十年代的作家培養主要依託的還是這個體系，但是由於觀念更為純粹和激進，在五六十代被成功培養的作家到了六七十年代大多也不被信任，被「回爐」改造是他們普遍的命運。在越來越強調帶有血統論色彩的「工農兵」出身的標準篩選下，業餘作家培養體製成效也越來越受到制約。文學刊物、出版社等紛紛開始採用更「直接」的方

〔註1〕 魯迅文學院課題組：《魯迅文學院與中國當代文學》，中國作家協會2006年重點作品扶持課題，第66頁。

式「幫助」工農兵寫作者創作，發展到 60 年代後「集體創作」越來越成爲主流，直至「文革」剩下浩然「一個作家」。〔註2〕

第一節　從制度到個案

一、學習蘇聯

汪暉回溯對 20 世紀中國革命產生影響的兩大傳統時談到，「法國革命和俄國革命曾經先後成爲中國知識分子和革命者的楷模」〔註3〕，對這兩場革命的不同取向也清楚表達出了中國革命的政治分歧，而第一代共產黨人選擇以俄國革命爲楷模，對法國革命的資產階級性質進行批判。所謂「十月革命一聲炮響給我們送來了馬克思列寧主義」，中國革命對馬克思主義理論的選擇是經由蘇俄介紹而來的。中國共產黨早期的建制也是由共產國際將蘇聯共產黨的那一套民主集中制組織制度傳授給中國同志，然後由中國的同志模仿建立而成的。〔註4〕中國的社會主義理論一開始就帶有列寧主義的色彩。

到了毛澤東時代，尤其在抗日戰爭時期，更是直接將斯大林奉爲精神領袖。毛澤東在《新民主主義論》裏給中國革命定性爲「中國革命是新的世界革命的一部分，即無產階級社會主義世界革命的一部分」〔註5〕，他指出這一命題之所以正確，是因爲根據了斯大林的理論。中國革命之所以能發展成爲世界革命的一部分，是因爲「蘇聯已經到了由社會主義到共產主義的過渡期，有能力領導和援助全世界無產階級和被壓迫民族，反抗帝國主義戰爭，打擊資本主義反動的時候。」〔註6〕在此基礎上，他提出「聯俄、

〔註2〕「文革」後期隨著文學刊物陸續復刊，也湧現部分後來在新時期產生影響的青年作家，主要是上山下鄉的知識青年或者回鄉知識青年，如張抗抗、梁曉聲、蕭復興、王小鷹、陳可雄、陸星兒、賈平凹、陳建功、韓少功等。參見張紅秋：《與「文革」有「染」？──新時期作家（評論家）在「文革」時期的文藝活動》。

〔註3〕汪暉：《去政治化的政治──短 20 世紀的終結與 90 年代》，第 2 頁，北京：三聯書店，2008 年。

〔註4〕沈宗武：《新中國學習蘇聯模式建設社會主義的原因、過程和結果》，http://wenku.baidu.com/view/eb88828f680203d8ce2f2470.html。

〔註5〕毛澤東：《毛澤東選集（第一卷）》，第 668 頁，《新民主主義論》，人民出版社，1991 年。

〔註6〕毛澤東：《毛澤東選集（第一卷）》，第 671 頁，《新民主主義論》，人民出版社，1991 年。

聯共、扶助農工」的新三民主義政策，表示沒有蘇聯幫助，中國就休想最
後勝利。〔註7〕

如果說當時對斯大林的信奉和對蘇聯的依賴主要是出於戰爭需要，那
麼建國初期直到 50 年代中期斯大林去世蘇聯政壇發生變化這段時間，可以
說新中國也是全面以學習蘇聯創建自己的政治體制和各項制度建設的。「中
華人民共和國最初 5 年的歷史是以我們熟悉的革命勝利後的模式為特徵
的，即把實現革命的社會目標向後推遲，使新的社會政治制度常規化，使
官僚政治制度化。」〔註8〕「面臨著直接的政治問題和經濟問題以及新中國
未來的社會經濟發展問題，中國共產黨人採用了蘇聯現成的組織方式和管
理方式。」〔註9〕

具體到文學領域，除了我們討論的 1942 年《講話》與列寧「黨的文學」
的淵源關係外，新中國成立之後文藝界的體制基本上也是照搬蘇聯。為管理
作家，模仿蘇聯成立了作家協會。至於培養無產階級青年作家，也是作協的
任務之一。

在蘇聯作家協會成立之後，高爾基就主張作家協會組織委員會設立一個
辦事處對初學寫作者進行培養。在隨後召開的蘇聯作家協會理事會第一次全
體會議上，高爾基要求成熟作家承擔起培養青年作家的責任；同時要求雜誌
承擔起這項任務，把《文學學習》雜誌與《進步》雜誌合併，並制定「教學
大綱」對青年作家進行有組織有規劃的培養。

日丹諾夫在 1934 年 8 月 17 日的《在第一次全蘇代表大會上的講演》裏
提出蘇聯作協的章程，談到作協目的、任務時第二條就是：在廣大人民群眾
中宣傳藝術創作，將熟練的作家和批評家的創作經驗傳授給青年作家，與職
工會、青年團組織和工農紅軍政治部共同工作，與工人、集體農莊莊員和紅
軍士兵的文藝小組共同工作，藉此從工人、集體農莊莊員和紅軍士兵中間培
養出新作家。〔註10〕

〔註 7〕 毛澤東：《毛澤東選集（第一卷）》，第 690 頁，《新民王王義論》，人民出版社，
1991 年。
〔註 8〕 〔美〕莫里斯‧邁斯納著，杜蒲，李玉玲譯：《毛澤東的中國及後毛澤東的中
國──人民共和國史》，四川人民出版社，第 77 頁，1989 年。
〔註 9〕 〔美〕莫里斯‧邁斯納著，杜蒲，李玉玲譯：《毛澤東的中國及後毛澤東的中
國──人民共和國史》，四川人民出版社，第 76 頁，1989 年。
〔註10〕 《蘇聯文學藝術問題》，人民文學出版社，1953 年。

　　1951 年蘇聯共青團中央委員會和蘇聯作家協會聯合召開了第二次全蘇青年作家代表會議。〔註 11〕潘菲洛夫在這次會議上建議文學家向工人和集體農民學習他們先進的集體勞動過程和培養幹部的方法。他強調作家首先必須是有才能的人，但是有才能的作家，尤其是青年作家，也需要集體的幫助。這種幫助，不僅要審閱他的作品，還要幫助他創造人物的性格和發掘深刻的思想。他推薦《十月》雜誌散文部編輯的組織創作經驗：散文部的工作人員，會從稿件的巨流裏找出一個天才的，雖然還遠不成熟的作家，把他請來，同他談話，向他指明稿子裏的優點和缺點，在創作上幫助他，指定有經驗的文學家協助他，給他造成適於工作的環境，還在物質上幫助他，寫信給外省的相應機關，請求相應的組織幫助這位作者。同時，耐心的、腳踏實地地，長時間和作者一起研究他的作品。〔註 12〕

　　針對這次會議，蘇聯的《文學報》於 1951 年 3 月 25 日發表社論《培養青年文學家》，對蘇聯共青團中央委員會和蘇聯作家協會聯合召開的第二次全蘇青年作家代表會議進行了總結報導。強調「培養青年文學幹部的工作，不能認為光是作家協會青年作家工作委員會的事情。」文學青年是文學的未來，「培養他們，是所有作家組織、出版社、機關刊物的確定不移的責任。」〔註 13〕

　　《真理報》1951 年 3 月 28 日發表社論《關心培養青年文學工作者》〔註14〕。社論指出要「正確地教育青年文學工作者」，地方的黨團組織和作家協會應該竭力改進教育青年文學工作者的工作。雜誌、報紙、出版社都在青年作家創作成長的過程中負有重大使命。還有文學批評對於青年作家負有巨大的義務。

　　《文學報》1951 年 3 月 3 日還發表了一篇社論《省的作家組織和文學青年》，強調各省的作家組織、地方共青團組織、省工會委員會、省出版社和報紙編輯部要加強緊密聯繫，一致行動，有系統地培養青年作家。拋棄「地方文學」的舊概念，共同建設強大的蘇維埃文學。〔註15〕

〔註11〕　這次會議的部分材料在 1955 年被中國青年出版社翻譯出版。
〔註12〕　潘菲洛夫：《我們的公民義務——迎接第二次全蘇聯青年作家會議》，孫廣英、尤西譯：《關於培養青年作家》，第 31 頁，中國青年出版社，1955 年。
〔註13〕　孫廣英、尤西譯：《關於培養青年作家》，第 8 頁，中國青年出版社，1955 年。
〔註14〕　孫廣英、尤西譯：《關於培養青年作家》，第 4 頁，中國青年出版社，1955 年。
〔註15〕　《省的作家組織和文學青年》，孫廣英、尤西譯：《關於培養青年作家》，第 45 頁，中國青年出版社，1955 年。

　　《文學報》還發表了一篇談錯誤培養青年作家方式的文章。蘇聯有一個作家協會分會為了幫助青年作家，常常找一些文學作品的修改者，有時是一位作家，有時是一位出版社編輯，或者「從外邊雇來的人」，對某些青年作家藝術價值低但是材料相當好的手稿進行代筆修改。或者有時候以人們共同的力量來「完成」原稿。〔註16〕

　　蘇聯形成的一系列作家培養制度非常具體，從作協的成立，到各級通訊員制度的建立，文學編輯、出版、評論對青年寫作者的具體指導和幫助等等都為社會主義中國提供了經驗和借鑒。

二、會議・刊物・地方

　　重新學習《毛澤東在延安文藝座談會上的講話》我們也會發現，在《講話》當中，毛澤東主要解決的是「文藝為什麼人服務」的問題，著重關注小資產階級性質的知識分子改造，一再強調知識分子的創作要為「工農兵」服務。工農兵這個時候主要作為服務對象存在。是從什麼時候開始，「工農兵」自己要登上創作舞臺，拿起筆作為武器，自己創造「無產階級」嶄新的文化呢？

　　有研究者指出，在1942年10月，毛澤東《講話》後不到五個月，康生就在《解放日報》發表文章，要求「應積極組織工農分子寫文章」，「提高工農幹部寫文章的熱情和信心，打破只有知識分子才能寫文章的錯誤心理」〔註17〕。接下來，就是新中國的「第一次文代會」上，直接將如何培養大量優秀青年作家提上日程，茅盾、鄭振鐸、丁玲等人重點介紹了蘇聯培養青年作家的經驗。在1949年到1956年期間，討論青年作家尤其是工農兵作家的培養問題成為《文藝報》等各種文學刊物以及歷次重要的文學會議很重要的議題。

　　《文藝報》對培養工農作家問題非常重視，闢專版介紹推廣各地工人創作的經驗。老作家也親自撰文向青年創作者介紹經驗。1950年2月10日《文藝報》刊登丁玲《談文學修養》的文章，向青年介紹怎麼提高文學修養。趙

〔註16〕穆爾基蒂：《替作者把書寫完了……——談談對青年作家的不正確的幫助》，孫廣英、尤西譯：《關於培養青年作家》，第51頁，中國青年出版社，1955年。

〔註17〕李潔非：《工農兵創作與文學烏托邦》，上海文化，2010年第3期，另參見《解放日報》1942年10月4日頭版代論《提出工農同志寫文章——康生同志給〈筆談會〉編輯同志的信》。

樹理更具體談到「群眾創作」。他「建議各級政府的文化機關和各級各種文化團體，聯合地、有計劃地、經常地來發動群眾創作。」〔註 18〕建議通過評獎篩選群眾來稿，還詳細介紹處理這些稿子的經驗，四種處理辦法：（一）不改或略改一下就可以發表的，直接發表了就算了，那是最便宜的事。（二）內容很飽滿形式太不像樣的稿件，可由負責的人改作一下，不過這種改作要忠於原作，萬不可把原作中有用的任何材料改丟了。（三）內容太單純的稿子，可以合數稿改作為一稿。（四）僅有點滴內容的稿件，可以從多數稿件中把這有用的點滴分類摘錄下來作為素材，由負責人把它組織為一個或幾個作品。（二）、（三）兩項在發表時可以寫明某某人原作某人改作，第四項在發表時可以不署原作者姓名。

各地有效的培養經驗都得到刊登。比如石家莊檢車段工人魏連珍談《不是蟬》的創作經過。〔註 19〕比如天津日報文藝副刊介紹如何幫助工人創作：〔註 20〕建立工人文藝小組，通常開始讓工人學寫新聞通訊，然後寫生活報告，再以後寫文藝作品。經常把工人請到編輯部來，請他們把所寫的事情詳談一次，……加以修改補充，或者請他們按所講的自己去修改補充，或者編輯幫助他修改。還有召開「作者座談會」，會上向作者提出一個時期副刊所希望發表的文章內容，有哪些東西可以寫，怎樣寫。同時編輯通過這個會瞭解某一時期群眾中的思想實際情況，加強交流。

還有的地方是以開展文藝講座、訓練班，下廠個別培養方式進行。在創作方面，組織了創作小組，講些創作方法，再與實際創作（集體創作）聯繫起來，幫助工人創作者結構故事等。〔註 21〕南京市總工會、新華日報、南京市文聯、市人民廣播電臺四個單位合辦了「南京市第一屆工人寫作講習班」，學習蘇聯的「集體」創作經驗。講習班學程分四個單元——一、動員性的啓發報告，解決「爲什麼學習寫作」、「爲誰寫」、「寫什麼」諸問題。二、工人作品選讀及講授如何確定主題、表現主題。三、講授寫作方法並且實地練習

〔註 18〕 趙樹理：《談群眾創作》，《文藝報》1949 年第 1 卷第 10 期，第 6 頁。

〔註 19〕 《一個工人創作的自述——〈不是蟬〉創作經過》，1949 年第一卷第 12 期，1950 年 3 月 10 日，第 18 頁。

〔註 20〕 黃人曉：《副刊怎樣幫助工人創作——天津日報副刊的工作文藝小組介紹》，第二卷第 10 期，1950 年 8 月 10 日出版，第 13 頁。

〔註 21〕 劉亞：《培養工人文藝幹部的一點經驗》，《文藝報》第二卷第 10 期，第 14 頁，1950 年 8 月 10 日出版。

寫作。四、講授集體創作方法，進行集體創作。講習班開展了一個多月，參加學習的共 81 人，主要的是產業工人，其中青工占百分之六十，女工占百分之十二，職員占百分之十。學員大多數是小學程度文化水平。經過實踐，他們認爲「集體創作」是初學寫作者一種很好的寫作方法。〔註22〕

除此之外，《文藝報》還轉載屠岸翻譯的《蘇聯底工廠文學團體》〔註23〕，介紹蘇聯 1929 年成立的「無產階級文學團體」「輾鐵場」的經驗，作爲理論指導。

除了《文藝報》的大力宣傳外，歷次文藝界重要會議都高度重視青年作家培養問題。1953 年在中國文學藝術工作者第二次代表大會上〔註24〕，周揚強調專業的作家、藝術家要幫助工農兵群眾開展業餘文藝活動，從中發現和培養勞動人民中的藝術天才；正確地幫助和指導工農群眾創作，發現和培養工農作家、藝術家。不過他同時強調業餘文藝工作者不能被任意、不適當地從生產中抽出來使之專業化。茅盾在這次會議上提出工農作家是文學戰線上的新隊伍和文學的潛在力量，社會主義現實主義的文學，主要將依靠這一新的隊伍而成長，因此對於他們的幫助和教育，成爲當前重要任務之一。

尤其在 1956 年召開的中國作家協會第二次理事會會議（擴大）上，周揚明確指出積極地培養青年作家，是作家協會的最重要的任務之一。在如何培養青年作家問題上，他強調兩點，一個是文學刊物的作用；一是老作家的幫助。文學刊物應當成爲聯繫和培養廣大文學青年的有力工具。並特意指出《長江文藝》和《劇本》在這方面有值得推廣的成功經驗。

這次會議專門安排了《長江文藝》的于黑丁和王淑耘介紹他們的成功經驗。他們通過積極開展通訊員運動，培養青年作家工作的群眾基礎，也爲作家協會地方分會發展會員，同時積極吸收組織青年作家和通訊員參加各種社會和文學活動。另一方面就是依靠老作家來培養青年作家。〔註25〕

〔註22〕 英喬：工人如何學寫作，《文藝報》第二卷第 11 期，第 10 頁，1950 年 8 月 25 日。

〔註23〕 《蘇聯底工廠文學團體》，屠岸 譯自一九五〇年三月份《蘇維埃文學》，原文無作者署名，《文藝報》第二卷第 10 期，第 18 頁，1950 年 8 月 10 日出版。

〔註24〕 周揚：《爲創造更多的優秀的文學藝術作品而奮鬥——一九五三年九月二十四日在中國文學藝術工作者第二次代表大會上的報告》，《文藝報》，1953 年第 19 號，第 15 頁，1953 年 10 月 15 日出版。

〔註25〕 于黑丁、王淑耘：《培養青年作家是我們的任務——在中國作家協會第二次理事會會議（擴大）發言的摘要》，《文藝報》1956 年第 5、6、期，第 87 頁。

　　茅盾在這次會議的開幕詞裏開門見山就提出這次會議的主要議題：培養青年作家和發展兄弟民族文學。〔註 26〕在接下來的報告中他首先介紹了已經出版的《青年文學作品選集》，點名表揚了反映工業建設較好的幾部短篇小說和劇本，比如工人出身的工會幹部溫俊權寫的《我的師傅》；上海紗廠女工徐錦珊的《小珍珠和劉師傅》；南丁的《檢驗工葉英》；上海柴油機器廠工人費禮文的《一年》及崔德志的劇本《劉蓮英》等。〔註 27〕

　　然後他批評作家協會在培養青年作家這個工作中存在「領導落後於群眾、認識落後於實際」的缺點；在發展會員這個工作上，也存在著相當嚴重的關門主義傾向。青年作者在會員中所佔的比例很小。而刊物編輯部則存在壓制新生力量；粗暴文藝批評；沒有很好動員老作家、組織、督促老作家來培養青年作家。

　　接著他就非常詳細地列舉了培養青年作者的方法和步驟：

（一）在各個中等以上的城市中建立文學小組。

（二）改進文學講習所的工作，舉辦短期訓練班，舉辦文學講座，閱稿、通信、討論青年作者的作品，舉辦巡迴講演等方式，有計劃、有重點地進行對青年作者的輔導工作。作家協會已於 1955 年 10 月成立青年作家工作委員會來專門擔任這一方面的工作。

（三）每隔一兩年召開一次青年文學創作會議，討論作品，交流經驗，優秀作品編成選集出版。

（四）組織、動員、督促作家從事具體幫助青年作家的工作，帶徒弟。

（五）文藝刊物是團結青年作者，培養青年作者的中心。應該加強作家協會各機關刊物的編輯部，補充必要的工作人員。

（六）加強對青年作者作品的評論工作。

（七）培養理論批評工作的新生力量。

〔註 26〕茅盾：《開幕詞──在中國作家協會第二次理事會會議（擴大）上》，《文藝報》1953 年第 19 號，第 17 頁，1953 年 10 月 15 日出版。

〔註 27〕茅盾：《培養新生力量　擴大文學隊伍──在中國作家協會第二次理事會會議（擴大）上的報告》，《文藝報》1956 年 1956 年第 5、6 期，第 17 頁，1956 年 3 月 25 日出版。

（八）高等學校的文學系是培養文學後備力量的重要部門。最迫切
是缺乏比較完善、正確的我國文學史和文藝學的教材。

（九）希望各省市日報考慮增設每週一次或三日一次的「文學副
刊」，作爲專供青年作者發表作品的園地。

而且在這次會議上宣佈了作協新吸收的會員，主要是出身於工農兵的高玉
寶、王老九、費禮文、唐克新、李學鰲、高延昌、阿鳳、滕鴻濤等。

中國作家協會第二次理事會會議（擴大）標誌著建國後青年作家培養工
作的高潮期到來。在這次會議上通過了接下來十年的工作綱要，非常具體地
布置了培養青年作家工作的任務。〔註28〕

（13）協同青年團在全國各大、中城市的工廠、機關、團體和
學校（主要是高等學校）等處的愛好文學的青年中廣泛建立文學創
作者小組和文學愛好者小組，推動這些小組的業餘文學活動。然後
逐步在全國各重要礦區、各高級農業生產合作社中建立同樣的文學
小組。中國作家協會及各分會要通過報刊、廣播以及在可能條件下
的作家的個別輔導等方式對文學小組的業餘文學活動給以指導和幫
助。

（14）中國作家協會及各分會的機關報刊（某些特殊性的期刊，
如「譯文」等除外）應建立通訊員制度。這些報刊的某些通訊員，
應當成爲報刊編輯部聯繫文學小組的橋樑。編輯部應從這些通訊員
中選擇有才能的文學寫作者加以重點培養。

（15）中國作家協會各分會應於 1958 年以前把青年作家工作委
員會設立起來。中國作家協會及各分會的青年作家工作委員會，應
經常地採取閱稿、通信、巡迴講演、座談會、報告會等，對青年文
學寫作者進行輔導工作。

（16）從 1956 年到 1958 年，由中國作家協會舉辦培養青年作
家的短期訓練班六期，每期招收學員 80 到 100 人，共訓練青年寫作
者 500 到 600 人。

〔註28〕《中國作家協會 1956 年到 1967 年的工作綱要——1956 年 3 月中國作家協會
第二次理事會會議（擴大）》，《文藝報》1956 年第 5、6 期，文藝報第 9 頁，
1956 年 3 月 25 日出版。

　　（17）要求各分會每年至少舉辦文學講座一期，向各分會所在城市的業餘文學寫作者講授關於文學理論與文學創作實踐的基礎知識。

　　（18）從 1959 年起，中國作家協會應舉辦以幫助青年寫作者修改作品初稿爲主要目的的講習會二期到三期，每期人數不等，時間由兩個月到半年。

　　（19）中國作家協會及各分會每隔一年或兩年應當召開一次青年文學創作者會議，討論青年文學創作者的一般創作問題，邀請老作家講述自己的創作經驗，聽取青年文學創作者對協會工作的意見和要求。

　　（20）老作家的個別輔導，對培養青年作家有重要的意義。中國作家協會及各分會的青年作家工作委員會應通過閱稿、報刊編輯部推薦等方式選擇其中較爲優秀的作品，分別邀請老作家與這些作品的作者建立個別聯繫，幫助修改作品。

　　（21）編選青年文學創作選集和研究青年文學創作問題的論文集。每年年初，由中國作家協會將頭一年發表的青年作家的各種體裁的優秀作品和研究青年文學創作問題的論文分別編成選集出版。作家協會各地分會也可以將青年的文學作品編選成集出版。

　　（22）在 1962 年以前，由中國作家協會協同政府有關部門訓練文學人才的專門學院。

這些細化的方法、步驟，是幾年以來在模仿蘇聯，結合各地具體實踐經驗基礎上總結出來的。但是 1956 年可能受「雙百方針」鼓舞，報刊上也湧現出了一些對培養工農作家表示質疑的聲音，主要是一些編輯對這項工作感到力不從心。這倒是與高爾基曾經談到過的編輯壓力大很相似。

　　一個編輯對被人們稱爲「壓制新生力量」〔註29〕感到痛苦，「不是因爲別人批評了我們，而是因爲我們竟然以醜惡的資產階級貴族老爺式的態度壓制了新生力量。」〔註30〕另一位青年編輯則認爲培養青年作家的任務應該主要由前輩作家、批評家和老編輯來承擔。他認爲編輯部不可能成爲作家養成所，

〔註29〕1954 年《文藝報》曾被點名批評「壓制新生力量」。
〔註30〕況重：《編輯的苦悶》，《文藝報》1956 年第 22 期，第 12 頁，1956 年 11 月 30 日出版。

它對讀者的幫助是有限的，應該對它的作用重新作出適當的估計。有些讀者給予編輯部以過多的信任，從而對創作事業發生簡單的理解。好像成為一個作家或批評家，竟是這樣容易，只要自己的愛好與努力，加上編輯部的幫助即成。事實上，創作，以至成為一個作家，那途徑是要複雜困難得多的。決定一個作家的因素，是他的全部稟賦、努力、文化修養、意識鍛鍊、生活經驗，以及他在整個生活及文化教養中所培育起來的那種藝術感和對事物的洞察能力。和編輯部的聯繫無論如何不能解決這全部因素形成的複雜過程。編輯的主要責任是辦好刊物，讓刊物上永遠閃耀著思想的光芒，活躍著生動的形象，使人讀後能以深思、能以逐漸形成對事物的洞察力，以至發生寫作的興趣。所謂培養讀者，應當是指此。而不是使幾乎全部力量陷到那些收效不大的、煩瑣的文牘往還的事務上。過高地估計目前編輯工作的現狀是不恰當的。〔註 31〕

可見，雖然歷史上總是流傳些刊物編輯培養青年作家的美談，比如胡風對後來被稱為「七月」派青年作家的幫助扶持等等。但是如果真的以制度形式把培養作家的任務加諸青年編輯身上，也的確會存在操作上的困難。所以作協也要建立不同的渠道要完成這項任務。比如除了編輯之外，成熟作家、批評家；各作協分會組織；工廠、礦山、農村基層群眾團體協會可能都要承擔相應的任務。這是一場組織化的行為。

青年作家除了有人組織、指導他們寫作外，發表、出版和被評論也是很重要的成長環節。著名評論家馮雪峰就曾專門撰文介紹工人出版社出版的兩本《工人文藝創作選集》。這兩本作品分別收入了一九四九年至一九五一年及一九五二年的作品。他指出，這些作品在內容上還不是夠豐富和充實的，作者們的思想大多還是單純的，觀察也不是已經夠深刻的。然而它們有著一種特別可寶貴的充實性和深刻性，這就是作者們對於生活的那種純樸的喜悅和對於勞動的那種真摯的愛。這種喜悅和這種愛，是工人階級和勞動人民所賦有的、現在特別在發揚著的根本的品質。就是這些在還萌芽狀態中的文藝作品的主要的生命和特色，也是最可寶貴的特色。〔註 32〕

〔註 31〕 王樸：《雜談「培養」》，《文藝報》1956 年第 22 期，第 13 頁，1956 年 11 月 30 日出版。

〔註 32〕 馮雪峰：《介紹工人文藝創作選集》，1953 年第 21 號，第 18 頁，1953 年 11 月 15 日出版。

　　他分析了這些作品多方面的內容，認爲它們反映了全國各地和各種工業的工人勞動和經濟建設的各種情況。主題也是多種多樣的：有歌頌勞動、歌頌階級友愛、歌頌克服困難的英雄精神上和創造精神、歌頌集體主義的；有歌頌人民的偉大領袖和共產黨的；有關於全國人民的團結和中蘇友誼的；有關於抗美援朝和保衛和平的；有回憶過去的苦難而贊美新生活新社會的；有關於學習和克服落後意識以及描寫先進人物和先進思想的成長的；有描寫自己對社會主義社會的理想和勝利信心的，等等。但是，使這些主題表現得親切和生動，並不覺得空洞和概念化，是人的興奮和熱情，寫他們各人對於自己的生活和勞動的種種的喜悅和愛。

　　他們寫得樸素和淺顯，然而因此反而使他們更容易地把自己的思想和感情，眞實地袒露出來。這些作品，作爲文藝作品看，自然是萌芽狀態的作品，然而它們是親切的、眞摯的、優美的，特別是其中散文部分的某些作品。

　　評論家站在培養「無產階級作家」的理論高度，充分肯定了「新」文學主題和思想的「新」，肯定了工人階級素樸的創作。這也是完全符合當時社會主義建設的需求的。

　　從 50～70 年代「工農作家」的培養模式可以清楚看到蘇聯模式的影響，同時當然也有中國自己特色的探索。霍布斯鮑姆認爲：「中國共產黨與俄共不同，它們與馬克思及馬克思的思想，等於沒有任何直接關聯。它是一場『後十月革命』的運動，是通過列寧才接觸了馬克思，或者更精確一點地說，它是進過斯大林的『馬列主義』才知道了馬克思。毛本人對馬克思學說的認識，看來幾乎全部襲自斯大林派所著的《聯共（布）黨史簡明教程》（1939 年）。直到他成爲國家領導人之前，毛始終未曾出過國門，其理念知識的形成，全是中國本土製造。」〔註33〕

　　中國的社會主義模式的確曾經有依賴和模仿蘇聯的部分，但是這種情況到了上世紀 50 年代中期之後很明顯發生了改變。

　　在「工農兵作家」培養方面，蘇聯給了我們很多借鑒的經驗——包括作協制度建設；報刊編輯發揮的作用；成熟作家的幫助；評論的參與；地方協會、廠礦的支持；甚至「集體創作」的模式等等。類似「中央文學研究所」這樣的培訓機構的建立當然只是培養手段之一種，它和其他的方式也是緊密

〔註33〕〔英〕霍布斯‧鮑姆著，鄭明萱譯：《極端的年代（下）》，第 694 頁，江蘇人民出版社，1998 年。

配合在一起的。比如在研究所裏，學員能接觸到自己的指導人——作家，批評家，由此培養嗜好，能夠集體討論他們自己或者他們的同志們寫的東西，培養批評的感覺。同時傾聽編輯、評論家、同行的人們的忠告和批評。〔註34〕

三、「工人作家群」

　　新中國成立之後，哪些人可以作為培養對象呢？從最終得到「培養」的一些成功實例可以發現，「工農兵」出身的作者佔了多數。這也是「無產階級文化」建設的題中應有之義。對「工農兵作家」的培養，究竟從什麼時候開始形成具體的制度，也有一些研究者進行了追溯。比如李潔非等認為1943年12月26日，《解放日報》發表了周揚的文章《一位不識字的勞動詩人——孫萬福》可視為一個標誌，宣告「工農兵文學創作」的誕生。「『工農兵作者』萌芽於延安時期，不過，戰爭年代不能提供穩定環境，所以這種現象的大發展是在共和國建立之後。1950年代起，不僅有環境作保障，而且積極扶持、有計劃地培養『工農兵作者』，更成為一項制度。」〔註35〕

　　隨著新中國工業建設的蓬勃開展，培養「工人作家」更是成為各地文化工作的重點。任麗青指出是邵荃麟在第二次文代會總結發言中提出「工人階級作家」這一名稱，到50年代中期，建立「工人階級作家」隊伍的口號更明確化了。〔註36〕《文匯報》1957年12月30日發表社論《建立工人階級作家隊伍的道路》，文章強調「毛主席曾經教導我們：為了建成社會主義，工人階級必須有自己的文學家、藝術家，建成工人階級知識分子的新隊伍。鄧小平同志在『關於整風運動』的報告中，也著重指出：『必須用革命的精神培養新的知識分子』，『加強從工人農民中培養知識分子的工作。』要建立業餘群眾文藝的新據點，培養工人農民出身的文學寫作者，恰如毛主席所說：『一方面幫助他們，指導他們，一方面又向他們學習。』這將是一種對雙方都有好處的工作，尤其是一種對社會主義文學事業極為有力的工作。」〔註37〕所以，

〔註34〕西蒙諾夫：《關於我們的研究所》，孫廣英、尤西譯：《關於培養青年作家》，第99頁，中國青年出版社，1955年。

〔註35〕李潔非、楊劼：《共和國文學生產方式》，第93頁，北京：社會科學文獻出版社，2011年。

〔註36〕任麗青：《上海工人階級文藝新軍的形成——暨工人小說家論》，第9、14頁，上海大學出版社，2010年。

〔註37〕任麗青：《上海工人階級文藝新軍的形成——暨工人小說家論》，第9、14頁，上海大學出版社，2010年。

從 50 年代中期開始，「建立工人階級作家隊伍」的口號重點落在了廣泛開展群眾性的業餘文學創作活動，並從中發現和培養工人階級作家這一方面。

不僅如此，工會領導也親自抓這項工作。1956 年 3 月 7 日，時任全國總工會書記處書記的張修竹同志在招待作家的座談會上，向作家們提出培養工人寫作者的要求。他表示過去全國總工會和作家協會的聯繫不夠密切，沒有經常地協助作家協會組織作家到工廠去，對下廠、下工地的作家也沒有足夠的關懷。全總所屬的「工人日報」「中國工人」和工人出版社也沒有很好地組織各地作家的稿件。各地工會俱樂部雖在當地文學團體協助下，組織過不少文學作品的座談會、報告會，但是全總所屬的「工人日報」、「中國工人」雜誌對一些受到工人群眾歡迎的寫工人的優秀作品，大多數都沒有組織評論和推薦。他表示今後要改變這種情況。〔註 38〕顯然總工會對政策的把握非常敏銳，準備通過刊物發表；組織作品座談會、評論；支持作者下廠體驗生活等多種形式積極培養「工人作家」。

正如研究者指出的，「工人作者」這個概念帶有政治意義。在「十七年」時期，所謂的「工人作者」以及後來成爲專業作家的「工人作家」分爲三種人：產業工人、在城市從事體力勞動的勞動者、描寫工業題材的工廠幹部或工人文藝活動的組織領導者。在「工人作者」隊伍中第一種人占大多數。他們主要是鋼鐵、紡織和機器製造業的工人，即所謂血統工人，如胡萬春、唐克新、費禮文等。這些一線工人大多像胡萬春一樣，幾乎沒有受過正規的文化教育，他們成爲作家的過程基本是制度培養的結果。〔註39〕

「工人作家」幾乎主要是存在於「十七年」和「文革」時期，也與當時的國內外社會、政治、經濟形勢相關。如美國學者莫里斯·邁斯納分析的，到 1952 年年底，隨著城市的復興和農村土地改革的完成，新中國的統治者已經兌現了他們的一半諾言。政府的注意力現在轉向「十年發展」，即完成使一個仍然落後貧窮的國家工業化的任務。〔註40〕1953 年，政府的日常事務是工業化，第一個五年計劃實質上是發展重工業的計劃。至少在整個 1955 年，第

〔註38〕 張修竹：《作家們，請爲英雄輩出的工業戰線歌唱！》，1956 年第 7 期《文藝報》，第 3 頁。

〔註39〕 任麗青：《上海工人階級文藝新軍的形成——暨工人小說家論》，第 4、3 頁，上海大學出版社，2010 年。

〔註40〕 〔美〕莫里斯·邁斯納著，杜蒲，李玉玲譯：《毛澤東的中國和後毛澤東的中國——人民共和國史》，第 129 頁，四川人民出版社，1990 年。

一個五年計劃的實質是加強迅速實現城市工業化的進程以建立社會主義的經濟基礎。而這個工業化進程的最重要特徵，是全盤採用斯大林主義的方法、措施和理論設想。蘇聯爲在社會主義政黨領導下使一個經濟落後的國家工業化提供了唯一的歷史模式。而採用蘇聯工業化模式的決定必然造成政治組織和國家行政組織的蘇聯化形式的發展。

具體到文藝政策上，如本文之前即提到的，新中國伊始就著手運作的作協制度都是從蘇聯學習的。至於對工農兵作家的培養，除了制度上直接從高爾基文學院學習之外，還摻雜著中國革命具體的複雜性。「從建立新中國那一天開始，對工人階級這一新的歷史主體的認同，就成爲中國當代文學最重要也是最自覺的使命。」但遺憾的是，「經過近三十年的努力，直到『文革』結束，中國文藝界仍然未能收穫公認的佳作。對一種自覺服務於主流政治的文學而言，始終無法將主流政治轉化爲成功的文學形象。」〔註41〕這是研究者事後看到的結果。回到上世紀50年代初期，不論是國家領導者還是具體分管文藝的領導，都是很努力地要把「工農兵文藝」，尤其工人創作抓好的。因爲當時中國的工業化建設是重中之重，而毛澤東又對小資產階級知識分子具有著本能的不信任，從「根正苗紅」的工人當中直接培養作家，自然變成緊要任務。但問題是，中國工人階級和革命的關係又非常複雜。「一方面，官方理論持續不斷地宣稱，中國共產黨是無產階級的政黨，然而，黨與城市工人階級的聯繫早在1927年就已經被切斷了，當共產主義革命在農村不斷發展並取得勝利時，城市工人階級在政治上卻處於消極狀態。甚至遲至1957年，當無產階級的隊伍已經非常壯大，城市中的黨組織也已經健全時，共產黨也只能宣佈，在它的成員中，工人只占14％。」〔註42〕惟其有著這樣的複雜歷史和難以言傳的尷尬，在當時「文藝爲政治服務」的要求下，努力培養合格的工人作家顯得更爲緊迫。

所以配合著國家工業化建設的需求，周揚在一九五三年九月二十四日召開的「中國文學藝術工作者第二次代表大會」上所做的報告當中，就明確指出「正確地幫助和指導工農群眾創作，發現和培養工農作家、藝術家，是我們文學藝術方面的最重要的任務之一。」並要求「（我們的文學藝術家）必須

〔註41〕 李楊：《工業題材、工業主義與「社會主義現代性」──《乘風破浪》再解讀》，文學評論，2010年第6期，第47頁。

〔註42〕 〔美〕莫里斯·邁斯納著，杜蒲、李玉玲譯：《毛澤東的中國和後毛澤東的中國──人民共和國史》，第92頁，四川人民出版社，1990年。

幫助（工農兵群眾）通過業餘活動方式進行自己的創作和表演，從這些活動中發現和培養勞動人民中的藝術天才。」〔註43〕

北京和上海在「工人作家」培養方面成績顯著。「六十年代，提起全國的工人文學創作，有『上海的小說，北京的詩歌』之說。上海以胡萬春、費禮文、唐克新為代表的工人作家，所創作的小說在全國可謂獨領風騷。而北京以溫承訓、李學鰲、韓憶萍、王恩宇、何玉鎖等為代表的工人詩歌創作，在全國也獨樹一幟。五六十年代，在報刊上經常發表詩歌的北京工人詩作者，有二三十人之多。他們創作的作品，有些曾產生過廣泛影響。」〔註44〕

據北京「工人作家」張寶申回憶，1950 年，北京市就創辦了北京市業餘藝術學校。藝術學校在勞動人民文化宮專門設立了工人部，培訓工人文藝積極分子。此後，文化宮又成立了北京職工文學創作組。那時的北京工人作家，大多都參加過文化宮的培訓。上世紀 50 年代，北京最紅火的「工人作家」當屬趙堅、高延昌、李維廉、張錫和工人詩人溫承訓、李學鰲了。趙堅 50 年代出版了短篇小說集《互助》和《磨刀》，他的小說《檢查站上》，曾獲 1952 年北京市工人文藝競賽特等獎。高延昌和李維廉、張錫、溫承訓，都是北京第一機床廠的工人，1950 年開始發表作品，後調到北京市文聯當了專業作家。1956 年加入中國作家協會。50 年代出版了短篇小說集《朋友之間》、《離婚後》和《玉蘭子的婚事》。李學鰲被稱為「新中國第一位工人詩人」。他原為北京人民印刷廠工人，1951 年開始發表詩歌，以《每當我印好一幅新地圖的時候》而成名，受到臧克家的好評。1956 年加入中國作家協會，並出版了第一本詩集《印刷工人之歌》。溫承訓 1952 年 18 歲開始發表詩歌，1956 年出席「全國第一次青年創作會」，並在大會上發言。1959 年加入中國作家協會，出版有詩集《我愛這生活》和《母親的城》。他發表在 1959 年 9 月 30 日《北京日報》上的《母親的城》，成為描繪北京新舊對比膾炙人口的代表作。

50 年代已嶄露頭角的「工人作家」，還有高占祥、李武魁、馬千里、舒麗珍等。

〔註43〕 周揚：《為創造更多的優秀的文學藝術作品而奮鬥──一九五三年九月二十四日在中國文學藝術工作者第二次代表大會上的報告》，文藝報，1953 年第 19 號，第 16 頁，1953 年 10 月 15 日出版。

〔註44〕 張寶申：《那個榴花綻放的歲月──追述上世紀五六十年代的北京工人作家們》，工會博覽，2012 年第 4 期，第 54 頁。

　　後來又有一批新的「工人作家」、詩人成長起來，其中佼佼者有夏紅、王慧芹、馬占俊、張虎、瞿祖賡、傅用霖、韓憶萍、范以本、王恩宇、何玉鎖、陳滿平、方孜行、崔金生等。他們在 50 年代後期開始創作，60 年代進入創作的成熟期，成為北京工人文學創作的主力軍。

　　相比北京，上海那時期的「工人作家」創作更顯突出。上世紀 50～70 年代，在國家集中發展工業的時期，上海是排頭兵。東北重工業基地雖可在規模上與之相提並論，但是由於「高崗事件」的影響，在政治和文化上自然不能佔有相應的優勢。上海的「工人創作」在 50～70 年代冠傑全國，是容易理解的。毛時代對文化的重視，政治和文學的緊密關係，已經無需贅述。看一下研究者提供的資料：「在 1950 年代，特別是『大躍進』時代，上海的工業題材文學達到了既前所未有而又空前絕後的程度，以致成為上海文學與其他地域創作的重要區別。魏金枝在談到上海解放十年來短篇小說的成就時，首先提到的就是工業題材：魏金枝認為，始於第一個五年計劃初期的工廠文學，到『大躍進』時代，已經進入成熟期。到 1959 年，這一類小說作品數量已經多得驚人。」「工業題材在當時上海文學中居於最重要的位置，具有明顯的題材上的等級優勢地位。」〔註 45〕相對其他地區，當時上海的工人創作辨識度極高。以至於「五六十年代，提起全國的工人文學創作，有『上海的小說，北京的詩歌』之說。上海以胡萬春、費禮文、唐克新為代表的工人作家，所創作的小說在全國可謂獨領風騷。〔註 46〕

　　大量「工人作家」的出現並不是偶然，「上海等城市本地工人作家群的興起，這似乎更說明了工業生產在整個城市文化、文學關係中的權力因素。這種情況表明，工業題材文學是一個被國家培養起來的門類，包含了相當的體制性內容。」〔註 47〕當事人費禮文曾非常詳細地描述了體制對他們那一代「工人作家」的培養過程：包括黨指示上海各報刊的文藝部門大力在廠礦企業中發展工人通訊員〔註 48〕；《解放日報》、《勞動報》和上海人民電臺和市文聯等

〔註45〕張鴻聲：《「十七年」與「文革」時期的城市工業題材創作──兼談滬、京、津等地工人作家群》，社會科學，2012 年第 4 期，第 169 頁。

〔註46〕張寶申：《那個榴花綻放的歲月──追述上世紀五六十年代的北京工人作家們》，工會博覽，2012 年第 4 期，第 54 頁。

〔註47〕張鴻聲：《「十七年」與「文革」時期的城市工業題材創作──兼談滬、京、津等地工人作家群》，社會科學，2012 年第 4 期，第 170 頁。

〔註48〕培養工農兵作家也是發起文藝通訊員運動的另一個重要目的，以建設社會主義的文藝隊伍。1949 年以後，建設「完全新型的無產階級文藝大軍」的設想

單位合辦工人文藝創作組；上海新文藝出版社在 1954 年和 1955 年，先後編選出版了《上海工人文藝創作選集》一、二集，收有二十名工人作者寫的近五十篇作品。與此同時，工人出版社出版了選有很多上海工人作者作品的《工人文藝創作選集》；中國作協和作協上海分會批准唐克新和我入會，胡萬春等也加入了作協上海分會；1956 年 3 月，中國作家協會和團中央在北京聯合召開了首屆全國青年文學創作者會議，上海代表團中有我和唐克新、胡萬春、毛炳甫、福庚、鄭成義、徐錦珊、金雲八名工人作者；會後，作協上海分會和上海團市委建立了專門組織，加強對青年和工人文學創作小組的領導和輔導，創辦了以發表工農兵和青年作者作品爲主的刊物《萌芽》；圍繞上海工人創作的發展，當時有許多作家和文學評論家進行分析和評述。〔註 49〕

四、成功個案：從「通訊員」到「工農兵作家」

魯迅先生曾就工農作家問題發生過感慨，他說：「所可惜的，是左翼作家之中，還沒有農工出身的作家。」〔註 50〕他分析有兩種原因造成這種局面。一是因爲農工歷來只被壓迫，榨取，沒有略受教育的機會；二是因爲中國的象形字比較難掌握，農工往往讀上十年書都不能任意寫出自己的意見來。「左聯」時期，雖然成立了大衆文藝委員會（簡稱「衆委」）、工農兵委員會、工農兵通訊委員會及工農教育委員會等機構，但主要還只是培養了一些工農通訊員。不過工農通訊員制度在上世紀五六十年代卻發揮了很大的作用，幾乎當時大多數知名的「工農兵作家」都是經由「通訊員」成長起來的，比如高玉寶、黃聲孝、胡萬春、浩然等等。他們是業餘作家培養模式的成功產物，一般因爲自幼家貧，識字少，當上報刊的通訊員後開始練習寫作、讀書，不斷投稿，由編輯指導幫助，開始發表作品，產生影響，甚至被吸納進入作家協會成爲專業作家。

使得工農兵作家在作家隊伍的建設過程中開始佔據重要位置。在培養工農兵作家的過程中，文藝通訊員運動無疑是一種有效的依託方式，爲實施大規模培養工農兵作家提供了制度化保障和群衆性基礎。參見王秀濤：文藝與群衆：「十七年」文藝通訊員運動研究──以《文藝報》和《長江文藝》爲中心，文藝研究，2011 年第 8 期，第 83 頁。

〔註 49〕費禮文：《我們那一代工人作家》，《檔案春秋》，2007 年第 4 期，第 26 頁。
〔註 50〕魯迅：《黑暗中國的文藝界的現狀──爲美國〈新群衆〉作》，魯迅《論文學》第 98 頁，人民文學出版社，1959 年。

高玉寶是上世紀 50 年代初期部隊作家培養模式的成功典型。他自幼家窮，只在學校讀過一個多月的書。1947 年家鄉解放後，參加中國人民解放軍，第二年加入共產黨，在部隊內當過通訊員、警衛員、軍郵員和收發員。〔註51〕1949 年 8 月開始寫作 20 萬字的長篇自傳體小說《高玉寶》，1951 年完成，1955 年出版發行。〔註52〕中國少年兒童出版社、人民文學出版社出版《高玉寶》，譯成二十多種文字，被選入課本或改編戲劇、電影、連環畫，印行 500 萬冊，發行量僅次於毛選、字典，極大地推動了工農兵學文化運動和群眾創作熱潮。〔註53〕他本人於 1956 年加入中國作家協會，進入中國人民大學學習文化課。

一個幾乎等於文盲文化程度的士兵，兩年時間完成 20 萬字的長篇，不能不說是一個奇蹟。但是這個奇蹟與其說是個人的成功，不如說是上世紀 50 年代作家培養體制的成果。高玉寶本人在代序中這樣解釋自己學習寫作的過程：

一九四九年八月，到長沙後天天抓緊時間學習文化。

想起領導上過去經常教育我看新書是有道理的，我下決心從此以後再不看舊書了。從此以後決心多看文件。

宣教股遲股長，看我用心學習，他更鼓勵我和幫助我，他親自給我訂學習本，給我鉛筆，他還叫宣教幹事單奇同志，教我學文化。從這時起，遲股長和單奇幹事就成了我的老師了。

股長、幹事常常不在家。我為了早點把書寫出來，就想了一個辦法，訂它一個大本子，一個小本子。首長們在家的時候，就在大本子上寫，首長們不在家的時候，就在小本子上寫，不會寫的字，就畫一個符號來代替。比方說：日本鬼子的「鬼」字不會寫，我就畫一個鬼臉；蔣介石那個「蔣」字我不會寫，我就畫一個漫畫上的蔣光頭；一群東西那個「群」字不會寫，我就畫一些小圓圈；殺人的「殺」字不會寫，我就畫一個小人脖子上按一把刀……

〔註51〕高玉寶著：《高玉寶》，人民文學出版社，1959 年，第 3 頁《我是怎樣學習文化和學習寫作的》（代序）。

〔註52〕http://blog.sina.com.cn/s/blog_4e0c77ab0102e93c.html，周春富：「半夜雞叫」與《高玉寶》背後的真實故事。

〔註53〕http://club.kdnet.net/dispbbs.asp?id=8927339&boardid=1，荒草同志，終於找到你了！http://blog.china.com/u/100430/389657/201105/8159089.html。

　　一九五〇年二月，部隊到廣東生產，我除了參加生產外，有了
時間我就寫書。〔註54〕
而實際上也許事實並沒有這麼簡單，直接幫助高玉寶成功或者說「發現」了
他的其實另有其人。這就是在《高玉寶》一書後記中署名爲「荒草」的那個
人。〔註55〕
　　荒草在《後記》當中詳細描述了如何幫助高玉寶完成此書的過程：

　　　由於高玉寶同志的文化水平、藝術水平、政治理論水平和生活
　經歷的限制，他的初稿，在許多地方，在性格描寫、情節安排、材
　料選擇以及表現能力上，都還存在著一些缺點。

　　　高玉寶同志的初稿就是在軍隊的黨和上級領導同志的鼓勵和具
　體幫助之下寫出來的。初稿寫出後，中國人民解放軍總政治部文化
　部和中南軍區政治部文化部都特別重視這部稿子，決定叫我來幫助
　他進行修改。於是，在一九五一年夏天，我就開始了幫助高玉寶同
　志修改他的小說的工作。

　　　首先是幫助高玉寶同志根據已寫成的初稿和他的生活經歷重新
　選擇材料和組織材料，去掉多餘的人物和故事，讓高玉寶同志充分
　發揮自己的想像力，把人物故事加以集中，使小說中的人物性格更
　鮮明，情節更生動、更完整、更具有典型意義。但高玉寶同志的初
　稿既是一部自傳，要這樣重新加以結構，勢必會影響到高玉寶同志
　個人歷史的眞實性。可是，如果不這樣來加工修改，作品就會大大
　減低它對讀者的教育意義。因爲，初稿中許多人物，此有彼無，給
　人印象不深；許多情節，意義不大。

　　　高玉寶同志的初稿，受了過去某些「訴苦故事」（姑且這樣稱呼
　它！）的影響，對勞動人民的鬥爭精神和他們的聰明智慧表現不足；
　看不見黨的影響；始終玉寶和他的家庭生活，大部分是哭哭啼啼、
　挨打受氣的悲慘、可憐的生活，激發人的鬥爭意志和勝利信心的東
　西是不多的。當然，勞動人民的悲慘生活也是必需寫的，但勞動人

〔註54〕高玉寶著：《高玉寶》，人民文學出版社，1959年，第4頁《我是怎樣學習文
　　　　化和學習寫作的》（代序）。
〔註55〕荒草：《我怎樣幫助高玉寶同志修改小說》（作爲後記），高玉寶著：《高玉寶》，
　　　　第166頁，人民文學出版社，1959年。

民的鬥爭精神和黨的影響更是必須突出地寫出來的。這個內容上的提高，就成了修改小說的首要任務。

改寫中的第二個重要任務，是加強修改對敵人的內心世界和他們的必然滅亡的命運的刻畫，激起讀者對敵人的深刻仇恨和提高我們民族自信心的。

總之，修改的目的，是在於加強人物性格的刻畫，使作品更眞實，更生動感人，對讀者更富於教育意義。

以後就採取了一章一章細緻修改的辦法。

高玉寶同志所碰到的第一個最大的困難，就是對於過去的某些生活體會不深。高玉寶同志寫的是他自己過去的生活，為什麼對自己過去的生活還會體會不深呢？原因是：高玉寶同志寫的是他的童年、少年和青年時代的生活，他那時究竟年紀還輕，又沒有文化，……對人們的內心世界的豐富和複雜，他卻理解不深，……因此，要深刻地刻畫人物的內心世界，就感到困難了。

其次，高玉寶同志的文化水平很低，馬克思列寧主義的理論學習還很不夠，因此，認識生活、分析生活、掌握生活的發展規律的能力也就差了，許多地方，不能不停留在對於生活的表面現象的認識上面。

第三，高玉寶同志過去愛聽鼓書和愛讀舊小說，對於他的寫作當然是有很大幫助的；但是，由於舊社會剝奪了高玉寶同志學習文化的權力，書讀得很少，文藝書籍讀得更少，外國和中國古典的作品還讀不懂，加上他又是第一次學習寫作，缺乏創作經驗，因此，在刻畫人物、結構作品、安排情節上也遇到了很大的困難。至於在文字運用上的困難，那就更不用說了。

我幫助他認識生活，分析生活，選擇生活素材；幫助他研究小說的結構，安排情節，挖掘人物的內心世界；平時，由淺入深地介紹他讀一些作品，給他分析一些作品；並結合我對他的小說的修飾或修改之處來幫助他學習寫作方法和提高文化水平；這種結合高玉寶同志的創作實踐來幫助他提高的辦法，對於他的認識能力、寫作能力和文化水平的提高是有一定的作用的。

這個「荒草」是誰？他為什麼要這樣悉心幫助高玉寶，而又刻意低調描述自己的幫助？而這個幫助過程顯然又並不像書面描述的那麼容易。據後來的史料揭秘，〔註56〕原來荒草本名郭永江，「發現」和培養高玉寶的時候擔任中南軍區文化部文藝科長。而早在延安時期，他就寫出了反映軍隊大生產運動的秧歌劇《張治國》，受到偉大領袖毛主席稱贊。1946年任東北民主聯軍即第四野戰軍總政治部編輯科科長，主編《部隊文藝》雜誌，兼聯軍總政青年幹部訓練隊隊長，為部隊培養文藝幹部。〔註57〕開始的時候，郭永江遵照組織意圖，手把手輔導，逐章逐段、逐字逐句啓發誘導高玉寶修改，可惜始終不得要領，最後中共中央軍委總政文化部部長陳沂同高玉寶不謀而合，乾脆要求郭永江捉刀代筆。於是，在從事編輯工作之餘，郭永江寫出長篇小說《高玉寶》前13章12萬字。為證明他付出的艱巨勞動，總政文化部文藝處還約定三條：只署名高玉寶、稿費平分、每版書必附荒草《我怎樣幫助高玉寶同志修改小說》。〔註58〕

「真相」說明了當時解放軍樹立業餘寫作典型的急迫性，這個案例看起來有些極端，也不怎麼正大光明，但其實類似的方式在1964年後發展成為一種普遍的「工農兵」集體創作的方法。〔註59〕

與高玉寶相比，黃聲孝和胡萬春作為工人作家也是從通訊員做起，最後得以成為作協會員，他們的成功同樣是體制培養的結果，但是不像高玉寶這樣大篇幅由編輯代筆。黃聲孝並不寫長篇小說，創作以快板詩為主。他是湖北省宜昌市港務局工人，生於1918年，父親是碼頭苦力，自幼家貧讀不起書，小時候一本「人之初」都沒念完。〔註60〕解放後進入掃盲班學習，那時即開始學習寫快板詩。碰到不會寫的字，也是以圖代文。如「牙刷」的「刷」字

〔註56〕 http://club.kdnet.net/dispbbs.asp?id=8927339&boardid=1，荒草同志，終於找到你了！http://blog.china.com/u/100430/389657/201105/8159089.html。

〔註57〕 王洪林：《〈周扒皮扒皮記〉序》（節錄)http://club.kdnet.net/dispbbs.asp?id=8927339&boardid=1,荒草同志,終於找到你了！http://blog.china.com/u/100430/389657/201105/8159089.html。

〔註58〕 王洪林：《〈周扒皮扒皮記〉序》（節錄）http://club.kdnet.net/dispbbs.asp?id=8927339&boardid=1,荒草同志,終於找到你了！http://blog.china.com/u/100430/389657/201105/8159089.html。

〔註59〕 即所謂「黨委領導」、「工農兵業餘作者」和「專業編輯人員」三部分的結合。

〔註60〕 湖北省群眾文藝創作躍進大會編：《工農作者和他們的創作經驗》，湖北人民出版社，1959年。宜昌市工人，黃聲孝第1頁《我是這樣寫作的》。

不會寫，則畫把牙刷；「鳥」字不會寫，則畫隻鳥，如此等等。1951年，他被評為宜昌市甲級模範宣傳員。爲了培養他，港務局送他進職工業餘學校學文化；還請來創作老師，輔導創作，幫助他修改作品。這一時期，他寫了《我是一個裝卸工》，這是他的成名作；該詩發表後，眾多刊物爭相轉載，後被教育部門選入中學語文教材，影響很大。1954年，他加入中國共產黨。1958年7月，參加了全國民間文學工作會議，受到了毛主席的接見並合影。1959年再次入京，登上天安門，參加了建國10週年國慶觀禮。1960年出席全國第二次文代會，被選爲主席團成員，並加入中國作協。〔註61〕

上世紀五十年代的業餘作家培養體制依託地方文聯、作協機構，從工農兵當中選拔突出人才由擔任通訊員開始，訓練他們寫作，並在報刊編輯的幫助下迅速成長，出版作品，加入作協，樹立爲典型，形成爲一種制度化的培養模式。

第二節 「工人作家」「回爐」

一、「回爐」改造

隨著執政黨知識分子政策的不斷調整，五十年代被培養出來的作家進入六十年代後卻可能遭遇質疑和批評，被重新下放勞動改造。「反右派」鬥爭以後，知識分子的大多數被確定無疑地歸入資產階級行列。〔註62〕1962年秋黨的八屆十中全會以後，特別是1964年以後「知識分子」被重新定性爲資產階級的。到「文革」前，「資產階級知識分子」這頂帽子已經在很大程度上戴到了所有「知識分子」包括新中國自己培養的「知識分子」頭上。「從培養未來革命事業接班人的角度，從防止和平演變、防止第三代、第四代變修的角度強調改造。其方式一是加強馬克思主義理論、毛澤東著作的學習，明確『階級鬥爭是一門主課』，尤其是階級鬥爭和生產鬥爭的實踐，接受工農群眾的『再教育』。」〔註63〕「再教育」的對象囊括了幾乎所有的「知識分子」包括「文

〔註61〕工人作家黃聲笑軼事，http://news.sxxw.net/html/20069/29/140231.shtml。
〔註62〕楊鳳城：《中國共產黨的知識分子理論與政策研究》，第150頁，中共黨史出版社，2005年6月第1版。
〔註63〕楊鳳城：《中國共產黨的知識分子理論與政策研究》，第190頁，中共黨史出版社，2005年6月第1版。

革」初期曾被認爲或自認爲的「革命知識分子」。同工農兵結合，爲工農兵服務，則是「再教育」的根本途徑。

上海「工人作家」胡萬春就是在更激進政策下被「回爐」改造的典型一例。胡萬春生於城市貧民家庭。解放前，在他小時候，他的媽媽給人做奶媽，父親做過碼頭小工、輪船上的伙夫、水手、鋸木廠的鋸木工。父親失業後，他寄住在姨父家，因樓下有一個耶穌教佈道所，有機會讀了一年多《馬太福音》，唱贊美詩，也有算術，畫圖等課。但一年多後，離開那兒，就失去上學機會。他十三歲開始當學徒，十七歲進鋼鐵廠，每天十二小時勞動。1949 年解放的時候，他 20 歲。後來，通過工人自願組織的讀報組的讀報活動，接觸《勞動報》。1951 年，由於黨的群眾性的辦報路線，和報社有了聯繫。在《勞動報》登了篇小稿子。當時是用嘴巴向報社記者彙報的，記者代寫，用他的名字發表。再後來被《勞動報》吸收爲通訊員。就開始買了本字典，買了筆、紙張，決定自己提起筆來寫稿。第一篇稿子只有三十多個字。從寫新聞、通訊，開始寫作生活。退稿的數字多達二百多篇。從寫通訊開始，漸漸接近文藝性寫作。1952 年，發表了第一篇作品。《修好軋鋼車》，發在《文匯報》上。後來，黨委同意他參加上海工人文藝創作組，學習文藝基本知識；學習毛主席《在延安文藝座談會上的講話》以及黨的方針政策，懂得了文藝應該爲什麼人服務和怎樣服務。以後就一篇接一篇地寫出了作品。1956 年 1 月號的《文藝月報》上發表了小說《骨肉》。接著被調到了《勞動報》當記者。到北京參加了全國青年文學創作者會議。然後，在北京「中國作家協會文學講習所」學習了三個多月〔註 64〕。同年，參加了上海作家協會。〔註 65〕

作爲五十年代被培養出來的上海「工人作家」的代表，胡萬春在 1964 年卻被時任上海市委書記的張春橋不點名批判。在 1964 年 5 月紀念毛主席《講話》發表二十週年大會上，張春橋說「有個工人作家，創作上有了成就，不是尾巴翹上天去了嗎？誰的話他也聽不進了。什麼工人出身？工人出身又怎

〔註 64〕 會議結束後，留下來 60 餘代表，其中有吉學霈、曲延坤、阿鳳、李學鰲、朋斯克、敖德斯爾、達林、胡萬春、胡景秀、流沙河、謝璞、任大霖、張有德、郭良信等，辦了文學講習所第三期。參見徐剛：文學研究所到文學講習所，《新文學史料》2000 年第 4 期。

〔註 65〕 胡萬春：《是親愛的黨哺育了我》，《我是怎樣學習創作的》，第 6～21 頁，人民文學出版社，1965 年。

麼樣？赫魯曉夫不是礦工出身嗎？還不是一個修正主義的頭子？」〔註 66〕被批判後，胡萬春被重新下放回工廠勞動，接受「再教育」。

二、「中宣部」、「文化部」倒臺

在更為激進的文藝政策指導下，不僅「知識分子」整體遭受質疑，連同文藝管理機構本身及其領導者也被打倒。一直以「毛澤東文藝思想闡釋者」形象示人的中宣部常務副部長周揚在「文革」一開始就被指責為「文藝黑線的祖師爺」。1963 年 12 月 12 日和翌年 6 月 27 日，毛澤東在關於文藝問題的兩個批示中指出：各種藝術形式，問題不少，人數很多，社會主義改造在許多部門，至今收效甚微。許多部門至今還是「死人」統治著。……1966 年 3 月 17 日，毛澤東又在政治局常委會上說：現在學術界和教育界是資產階級知識分子掌握著實權。〔註 67〕他判定扣壓左派稿件，包括反共知識分子的人是大學閥，說中宣部是「閻王殿」，要打倒閻王，解放小鬼！〔註 68〕1966 年 6 月 1 日，《人民日報》發表社論《橫掃一切牛鬼蛇神》。1966 年 7 月 2 日，《紅旗》雜誌編輯部以《無產階級文化大革命的指南針——重新發表〈在延安文藝座談會上的講話〉按語》為題，明確指出：「毛澤東同志這些話，正是針對周揚這些人說的。」為「挖出」這條隱蔽在革命內部的「文藝黑線」，按照過去一貫的做法，從 4 月份開始，《人民日報》、《解放軍報》、《光明日報》等權威報刊對周揚等人發起了強大「攻勢」。〔註 69〕

1967 年新年伊始，《紅旗》雜誌第一期發表姚文元長文《評反革命兩面派周揚》。1 月 3 日，《人民日報》從第一版到第五版轉載。〔註 70〕1967 年 2 月 17 日，《中共中央關於文藝團體無產階級文化大革命的規定》指出：「文藝界的鬥爭重點，是打擊黨內一小撮走資本主義道路的當權派，即反革命修正主義分子。……肅清以周揚、夏衍為首的反革命修正主義文藝路線的毒害，批

〔註 66〕 胡萬春：《胡萬春中篇小說集》，後記，哈爾濱：黑龍江人民出版社，1983 年，轉自張紅秋：《「文革」後期主流文學研究（1972～1976）》，2005 屆北大博士學位論文，第 58 頁。

〔註 67〕 楊鳳城：《中國共產黨的知識分子理論與政策研究》，第 170 頁，中共黨史出版社，2005 年 6 月第 1 版。

〔註 68〕 黎之：《文壇風雲錄》，河南人民出版社，1998 年 12 月版，第 487 頁。

〔註 69〕 程光煒：《文藝黑線專政》，參見洪子誠、孟繁華主編《當代文學關鍵詞》，第 133 頁，廣西師範大學出版社，2002 年。

〔註 70〕 羅銀勝：《周揚傳》，第 332 頁，文化藝術出版社，2009 年。

判資產階級反動學閥、反動『權威』。」〔註71〕姚文元在《評反革命兩面派周揚》一文中直接否定了作協。〔註72〕

> 周揚一夥用一打一拉、封官許願、招降納叛、相互吹捧等等卑
> 劣手段把一批叛徒，反革命分子，右派分子，極端個人主義者，都
> 收羅進來安插到各種崗位上去，當作反黨反社會主義的工具。他們
> 還竭力用種種方法，使青年中毒，變成資產階級的接班人，罪惡地
> 把一批青年作者拖入反黨反社會主義的黑店。這條黑線控制了文化
> 界，控制了各個協會，又伸展到各地，用所謂「會員」制度和重重
> 疊疊的「協會」組織，養了一批資產階級作家，排斥打擊工農兵，
> 搞了大大小小一批「裴多菲俱樂部」。這條黑線是為資本主義復辟服
> 務的。

1966 年，江青在《部隊文藝工作者座談會紀要》中直接提出要「重新教育文藝幹部，重新組織文藝隊伍」。正如李潔非所說，《紀要》下達之後文藝乃至整個文化領域裏的局勢，可用「崩解」形容。一九六六年下半年，有「三舊」之說。即舊中宣部、舊北京市委和舊文化部。其中，文化領導部門就佔了兩個。文化部、中宣部垮掉，帶來原有文藝體制的整體坍塌。具體領導全國文藝工作的兩個團體全國文聯和中國作協，隨之取消。〔註73〕建國之後確立起來的作家管理和培養機制當然就相應地停止工作。從 1966 年 7 月開始，全國的文學刊物相繼停刊。「文革」初期唯一繼續出版的文學刊物《解放軍文藝》，在 1968 年底也停刊。1972 年前後，《解放軍文藝》和許多省市的文學刊物陸續復刊，但《詩刊》、《人民文學》、《文藝報》、《上海文學》、《文學評論》和《收穫》等則遲至 1976 年，或 1976 年以後才得以恢復。1974 年 1 月在上海創辦了文學月刊《朝霞》，是文革中表達激進派文學主張和創作實踐的刊物。〔註74〕文學刊物長時間的停刊當然也意味著「業餘作家培養」的途徑也基本被堵死。「文革」前中期，「作家培養」制度基本癱瘓，直到後期開始，《朝霞》雜誌以及復刊的部分文學刊物重新承擔起「培養青年作家「的功能。

〔註71〕 《「文化大革命」研究資料》（上），中國人民解放軍國防大學黨史黨建政工教研室編，1988 年，第 314 頁，轉自楊鳳城，第 186 頁。
〔註72〕 《紅旗》雜誌，一九六七年第一期。
〔註73〕 李潔非：《「文藝革命」述略》，典型文案，第 368 頁，人民文學出版社，2010年 8 月第 1 版。
〔註74〕 洪子誠：《中國當代文學史》（修訂版），第 163 頁，北大出版社，2007 年 6月第 2 版。

第三節 「一個作家」與「集體創作」時代

正如陳曉明老師所言，「『文化大革命』在中國並不是突然發生的，它乃是整個五六十年代的政治文化鬥爭和運動的必然產物，也可以說它是中國現代性激進化的最強烈的表現。」〔註75〕這股激進化思潮否定了絕大部分古今中外的藝術作品，樹立了「八個樣板戲」作為經典，在小說方面沒被打成「毒草」的作品，只剩《豔陽天》、《金光大道》以及《虹南作戰史》等。從創作主體的角度講，「文革」的大部分時間裏受到主流承認的是「一個作家」浩然和「集體創作」的方式。「作家培養」制度隨著文聯和作協的取消而停止，雖然激進派提出重新組織文藝隊伍，但是青年作家的培養實際上只能依託「三結合」的方式勉強進行，取不到實質性效果。不論是浩然，還是「三結合」這類的「集體創作」方法，也都是五六十年代「作家培養」體制的產物。

一、「一個作家」

「浩然在『文革』後期被『重新發現』。在1974年前後，對其創作的政治、文學價值的評價迅速提升，這包含有在文學領域（小說）上推出『樣板』的考慮。」〔註76〕之所以說是「重新發現」，是因為浩然並不是「文革」期間培養出來的作家，而是上世紀五十年代「作家培養」體制的產物。浩然本名梁金廣，1932年出生於河北省薊縣的一個農村裏。十三歲以前，在家鄉只斷續上過三年學。解放戰爭時期，是村子裏的兒童團長，十五歲，當了村治安員，參加支前擁軍、保護治安等工作。1949年，被選拔到區裏搞青年工作。由於實際鬥爭的需要，根據真人真事編寫了一齣反映群眾生產自救的小戲，受到當地農民的歡迎。〔註77〕解放後，被聘為《河北青年報》通訊員，期間由寫小通訊和生活小故事開始，發展為寫小說。〔註78〕一開始的時候嘗試寫長篇大部頭，結果被退稿，受編輯啟發後，學寫短篇小說，並且成功發表《喜

〔註75〕 陳曉明：《中國當代文學主潮》，第221頁，北京大學出版社，2009年。
〔註76〕 洪子誠：《中國當代文學史》（修訂版），第175頁，北大出版社，2007年6月第2版。
〔註77〕 南京師範學院中文系資料室編：《浩然作品研究資料》，第1頁，1973年4月。
〔註78〕 浩然：《答〈文學知識〉編輯部問》（原載《文學知識》1959年12期），南京師範學院中文系資料室編《浩然作品研究資料》，第33頁，1973年4月。

鵲登枝》等作品。1958 年短篇小說集《喜鵲登枝》出版發行，1959 年浩然被
作協秘書長郭小川推薦加入中國作家協會。1962 年底，開始動手創作長篇小
說《豔陽天》，1965 年 12 月完成了這部一百二十萬字的長篇，分三卷陸續出
版。「文革」期間完成《金光大道》的創作。

雷達稱其為「『十七年文學』的最後一個歌者，認為他的方式中含有大量
『十七年文學』的積澱」。〔註 79〕其實浩然的成功本身就是「十七年」「工農
兵作家」培養體制的成功。一個只上過三年學的農民，從報社通訊員成長為
作協專業作家，除了他自身的勤奮、天賦之外，體制的培養也是關鍵因素。
天津解放不久，浩然被送到幹部訓練班受訓，正是這次學習改變了他的信仰
和世界觀。在這次訓練班裏他學習了《社會發展簡史》，又學習了《政治經濟
學》。配合這堂課，學校還給學員放了一場很精彩的電影，是蘇聯集體農莊的
紀錄片。看完這個紀錄片，浩然就下決心要「參加社會主義建設，讓全國農
民都過上社會主義的好日子，讓全國農民都不破產，讓他們的後代都不成為
無依無靠的孤兒，而且都成為有文化的人。」〔註 80〕差不多 60 年後，垂暮的
老人仍這樣深情地回述當年社會主義信仰的形成：

> 一個人的信仰和世界觀的形成很複雜嗎？要有一個漫長的過程
> 嗎？也許是。然而，對我來說卻是極為簡單而迅速的——彷彿就在
> 洵河河邊那個明淨的早晨，就那麼一閃念，便冒出了芽兒、紮下了
> 根子，一直到年逾古稀，都在長，都在長。這期間，儘管有過動盪
> 與波折，我也不敢說已經長成了大樹，但是，要想把它連根拔掉，
> 那就絕對辦不到。〔註 81〕

在之後的創作中，浩然一直堅持馬克思列寧主義理論，特別重視學習黨的方
針政策，掌握它的精神實質，〔註 82〕來發現和理解新事物。寫作《金光大道》

〔註 79〕雷達：《論浩然的創作道路》（代序），原載《文學評論》1988 年第 1 期，轉自
中國當代作家選集叢書《浩然》，第 5 頁，人民文學出版社，1997 年 10 月北
京第 1 版。

〔註 80〕浩然口述，鄭實採寫：《浩然口述自傳》，第 124 頁，天津人民出版社，2008
年。

〔註 81〕浩然口述，鄭實採寫：《浩然口述自傳》，第 124 頁，天津人民出版社，2008
年。

〔註 82〕浩然：《我寫人物特寫的體會》，原載《新聞戰線》1959 年第 23 期，引自南京
師範學院中文系資料室編《浩然作品研究資料》，第 33 頁，1973 年 4 月。

時「更是把這一次的創作過程作為我對《在延安文藝座談會上的講話》這一偉大著作精神深一步理解和實踐的過程。」〔註83〕

但是浩然作為「文革」的樣板作家，其成功不應僅從政治上考慮，實際上他的創作在藝術上也達到了較高的水準。從他的回憶當中，我們也可以窺見其藝術趣味：「我正學習范文瀾先生的《中國歷史簡編》，並重讀陸侃如、馮沅君兩位教授所著的新版《中國文學史》。鑽研的作品，古典的有《聊齋誌異》，現代的有葉聖陶和許傑的短篇小說。葉、許兩位寫的都是20年代南方農村生活，跟趙樹理、柳青和孫犁的作品極為不同，從反差對比之中，倒能夠品嘗其中一些有益的新鮮味道。」〔註84〕浩然讀書和寫作都極其勤奮，他對農村的熱愛也是發自內心，尤令人感動的是，即便時代變化，他仍能坦然無悔地面對自己當初的信仰。

浩然在接受《環球時報》記者的採訪時說過這樣一段話：

> 我是不是一個作家，一個什麼樣的作家，怎樣從一個祖輩為農民的平民百姓，竟然幹起文學這一行。這種現象，在中國歷史上是沒有出現過的，除了前蘇聯有過高爾基之外，其他國家還不曾聽說過。我從一個只讀過三年小學的農民，靠黨給予的機會，經過八年業餘文化學習，掌握了大學專門課程，最終由中國作協的秘書長、黨組書記郭小川當介紹人，成了組織上承認的、名正言順的作家。

> 我想這是個奇蹟，亙古未曾出現過的奇蹟。這個奇蹟的創造者是中國農民。由於無產階級領導革命勝利的法寶之一是「農村包圍城市」，因此，生活在農村的我就參加了浩浩蕩蕩的革命大軍，我成了實施包圍城市戰鬥的一員。農民政治上解放我解放，農民經濟上翻身我翻身，農民文化上提高我提高。我站在前列，在向文化進軍的農民中間我是一個代表人物。

> 我不是蠹賊，不是爬蟲，而是一個普通的文藝戰士，一個有所貢獻、受了傷的文藝戰士。迄今為止，我還從未為以前的作品後悔過。相反，我為它們驕傲。我認為在「文革」期間，我對社會、對人民是有積極貢獻的。

〔註83〕 浩然：《為誰而創作》，原載《中國建設》（中文版）1972年第5期，南京師範學院中文系資料室編《浩然作品研究資料》，第14頁，1973年4月。

〔註84〕 浩然口述，鄭實採寫：《浩然口述自傳》，第93頁，天津人民出版社，2008年。

　　第一，我的兩部作品堅持寫生活寫人物，寫人情世態，對當時流行的創作之風——《虹南作戰史》、《牛田洋》等「小說樣板」是個迎頭痛擊。第二，他們推行「樣板戲」的創作經驗，我當時沒有認識到是陰謀，總覺得有些人對毛澤東思想有片面的歪曲。比如「三突出」，光強調寫作時的「三突出」，不全面、不正確，應當從深入生活開始就強調「三突出」。所以我到處講深入生活，談深入生活的體驗，寫上百篇談深入生活的文章。在那時的文壇上，這形成了另一種聲音，一種新鮮的、與眾不同的聲音。這種聲音對當時的文藝界有相當重要的影響力。

　　在當時的形勢下，我沒有利用我在社會上的影響，搞任何整人的勾當，沒搞任何歪門邪道，沒有順應一些「樣板」的路子，順水推舟地沿著他們開出的路子往前推進，而是本著自己的理解，盡力地堅持正確的方向。

　　在中國展開對極「左」路線進行揭批清理之初，國際上一次討論中國文學現狀的會上，有一位外國評論家說，那時只有浩然的小說創作是沙漠中的一片綠洲。

　　在中國到處是一片徹底否定我的浪潮中，聽到這樣的聲音，我很欣慰。想到我們國內，最瞭解中國當時情形的中國人，對這些卻視而不見，實在可悲！

　　當時受到觀念和水平的限制，有些東西不太恰當，特別是《金光大道》強化了階級鬥爭和路線鬥爭，淡化了一些東西，但它們真實地記錄了那時的社會和人，那時人們的思想情緒。

　　所有作品中，我最喜歡《金光大道》，不是從藝術技巧上，而是從個人感情上。我是農民的兒子，我一直想用筆給農民樹碑立傳，《金光大道》圓了我的夢。〔註85〕

浩然確實是一個「奇蹟」，他的成功既得益於 50 年代的工農作家培養體制，同時他又通過自己在藝術創作上的成就描繪了那個時代，實現了他為農民寫作的夢想。他的價值決不能因為政策對「文革」的否定而被我們否定。當然，

〔註85〕浩然口述，鄭實採寫：《浩然口述自傳》，第 302 頁，天津人民出版社，2008 年。

從作家培養制度角度來看，浩然的成功也不能歸結為「文革」時期制度的成功。

二、「集體創作」高潮

作協體制被關停、文學刊物停辦後，建設「無產階級文化」的重任卻還是迫在眉睫。激進派在「文革」期間採用的主要是「三結合」為主的「集體創作」模式，據統計，1972 年到 1976 年出版的長篇小說約一百餘部，其中近二十部標明是「集體」（或「三結合」）創作，約占總數的五分之一。〔註86〕比如《虹南作戰史》、《革命春秋》、《驚雷》等等。這一時期可以說個體作者基本隱沒，作家培養制度消失，直到文革後期，隨著文學刊物恢復，青年作者才又陸續湧現。

研究者趙錦麗梳理了當代「集體創作」的歷史狀況。她指出：

「集體創作」作為文藝的生產方式，最早出現在解放區文藝實踐中。當時，在解放區，廣受歡迎的是有表演性質的秧歌劇、新編傳統戲和其他的藝術樣式，比如秧歌劇《兄妹開荒》，京劇《逼上梁山》、《三打祝家莊》，歌劇《白毛女》等。《白毛女》作者儘管有賀敬之、丁毅的署名，卻是魯藝成員以及解放區各種人員參與的集體創作。到了 1958 年，隨著經濟上「大躍進」的開始，文藝的「大躍進」也被提出。考慮到文藝為中心工作服務的任務，運動中明確提出「集體創作」與「領導出思想，群眾出生活，作家出技巧」的所謂「三結合」的創作方法。這個時期大量的「新民歌」和「工廠史」、「公社史」等作品，有的雖說有具體寫作者的署名，但大量標以「集體創作」。

而到了 60～70 年代，「集體創作」發展到極端的程度。1964 年，林彪指示文藝創作要搞好「三結合」，實現「三過硬」（即「思想過硬、生活過硬、技術過硬」），對作品的「思想」、「生活」、「技術」全面把關。與「大躍進」運動中「三結合」的內涵有所不同，這一次是「黨委領導」、「工農兵業餘作者」和「專業編輯人員」三部分的結合，專業作家與專業評論的作用受到貶低和否定，被排除在寫

〔註86〕洪子誠：《中國當代文學史》（修訂版），第 180 頁，北大出版社，2007 年 6 月第 2 版。

作隊伍之外。「文革」期間，常見的是組織「三結合」寫作小組。其中的成員，一般有：從廠礦抽調出來文化程度較好的群眾，負領導責任的黨委，協調寫作的文化幹部與指導創作的作家、編輯或大學生等。寫作過程中，先要進行政治學習，然後黨委拿主意選定主題和題材，再由當編輯的設計提綱，作者寫出初稿，經反覆修改，最後由黨委拍板。先前業餘寫作較少涉及的長篇小說，也在「三結合」的口號下展開製作。最早出現的《虹南作戰史》被視爲執行「三結合」理論的「樣板」。《虹》寫作組就是一個「以貧下中農土作者爲主體」，實行「土作者和農村基層幹部相結合，業餘和專業相結合」的復合的寫作群體。〔註87〕

可見「集體創作」方式之所以在「文革」期間被大量使用，其實質是爲了從形式上規避作家「專門化」的風險，但是在具體操作上，業餘工農兵作者還是要依靠文學編輯的專業技能。這樣的尷尬處境也預示著激進派拒絕幾乎所有的文化遺產，「無中生有」地培養「無產階級作家」的目標是很難實現的。「文革」後期文學刊物的陸續恢復也說明了這一點。

　　文學編輯在「集體創作」中不可替代的作用，在《紅岩》等創作實例中可以得到映證。《紅岩》是「中國青年出版社」的「重點書」。「編輯部下工夫做工作」是中青社保證「重點書」成功的三條原則之一。（「保證重點書成功」的三條成功經驗是：（1）根據當前的政治形勢和黨的要求來愼重地擬定選題；（2）認眞地選擇作者；（3）編輯部下工夫做工作。）〔註88〕《紅岩》的成書經歷了數次改稿，以編輯張羽負責的《禁錮的世界》第三稿爲例，首先，在編輯部專門爲《禁錮的世界》第三稿召開的座談會上，張羽就「結構與佈局」、「開頭和收場」、「暴露與歌頌」、「人，英雄人物，英雄形象」、「江姐和許雲峰」等問題作了一個比較系統的發言，代表編輯部對小說的進一步修改和補充提出了具體的意見。與此同時，沙汀和王覺同志也反覆讀了第三稿，又給羅廣斌、楊益言出了許多好點子。1961 年 9 月中旬，羅廣斌和楊益言帶著川渝兩地眾多同志的

〔註87〕趙錦麗：《集體創作》，洪子誠、孟繁華主編：《當代文學關鍵詞》，第 103〜105 頁，廣西師範大學出版社，2002 年 2 月第 1 版。

〔註88〕1964 年 1 月文化部召開農村讀物出版工作座談會上邊春光的發言《抓重點書的一些情況和體會》，非出版物，中青社檔案室，1964 年，轉自錢振文著：《〈紅岩〉是怎樣煉成的：國家文學的生產和消費》，第 145 頁，北京大學出版社，2011 年。

意見，再次來到北京，住在出版社宿舍，準備對書稿做最後一次修改。張羽爲了便於和他們交流情況，及時解決問題，也搬進他們的宿舍，三床、三桌依次擺開，進行流水作業：楊益言先改出第一遍稿，交給羅廣斌修改；羅廣斌改定後再交張羽加工處理；張羽對稿件進行推敲、訂正、刪削或潤飾後，再交羅、楊傳閱；三人都認可後，即作爲定稿，等待發稿付排。幾乎每個晚上，三人都是徹夜工作，直到天亮以後，才各自上床，蒙頭睡覺。〔註89〕

在這一次修改中，張羽付出了巨大的勞動，據他在《我與〈紅岩〉中》回憶：這一稿「除一般性修改的章節外，重新構思、重新寫作的部分約有 10 萬字，可見修改工程之大」。不僅張羽，從《在烈火中得到永生》在《紅旗飄飄》上發表，到《紅岩》的最後定稿，歷時近五年，「中青社」的江曉天、蕭也牧、張羽、黃伊、王扶、畢方、王維玲等編輯，都不計個人得失，爲這部長篇小說的創作成功付出了辛勞，可以說，這部書稿不僅是羅廣斌、劉德彬、楊益言合作的成果，也是這群文學編輯心血的結晶。〔註90〕

這樣的合作與 50 年代初期郭永江「幫助」高玉寶的情形何其相似，只不過到了 60 年代乃至「文革」，這樣的行爲已經無需遮遮掩掩，而發展成爲「培養業餘工農兵作者」的一種主流方式。「個體作者」的消失，「集體創作」的興盛，倒正符合「無產階級文化」建設的題中之義。如同「文革」初期被打倒的周揚在 1956 年批判「一本書主義」時所說：「文學不是爲個人利益服務，不是爲了滿足自己的發表欲，而是爲了反映人民的利益和要求。應該考慮文學事業還是整個革命事業的一部分，不是超過其他事業之上。我們的作品在任何時候都是宣傳共產主義思想，集體主義思想的，宣傳歷史是群眾創造的，而不是哪一個英雄創造，不是哪一個領袖創造的。」〔註91〕「文藝事業不是個人的事業，而是集體的事業。文藝事業，正如我前面所說的，是國家的人民事業的一個重要部分。」〔註92〕

〔註89〕《一部〈紅岩〉血凝成》，石灣著：《紅火與悲涼——蕭也牧和他的同事們》，第257 頁，上海錦繡文章出版社，2010 年 8 月第 1 版。

〔註90〕《一部〈紅岩〉血凝成》，石灣著：《紅火與悲涼——蕭也牧和他的同事們》，第 271 頁，上海錦繡文章出版社，2010 年 8 月第 1 版。

〔註91〕周揚：《在全國青年文學創作者會議上的講話》1956 年 3 月，《周揚文集》第二卷，第 137 頁，人民文學出版社，1985 年。

〔註92〕《整頓文藝思想，改進領導工作——一九五一年十一月二十四日在北京文藝界整風學習動員大會上的講話》，《周揚文集》第二卷，第 137 頁，人民文學出版社，1985 年。

　　但是以革命的名義也只能暫時掩蓋「無產階級作家培養」的困境,「文藝創造所具有的複雜的精神勞動的性質,使缺乏必要文化準備的『無產階級』難以勝任」〔註93〕恐怕是難以迴避的問題。推翻 50～60 年代行之有效的「作家培養」體制,乃至打破全部教育體制,完全不依靠中外古典文學遺產,在避免「資本主義文化」侵蝕的同時也使得「無產階級作家」培養失去了可供支撐的基礎。這種激進的「反現代性的現代性」嘗試在「文革」結束後,隨著「思想解放」的潮流必然被反轉。作協等相關體制在「新時期」將得到恢復,只不過它在 1980 年代面對的問題和 1950 年代是不可能一樣了。

〔註93〕洪子誠:《中國當代文學史》(修訂版),第 177 頁,北大出版社,2007 年 6 月第 2 版。

第四章 「文學講習所」到「魯迅文學院」(1980 年代)

經過更激進的文學實驗和更廣闊天地裏的「作家培養」實踐，時隔 22 年之後，1957 年被停辦的「中國作協文學講習所」隨著思想解放的潮流再度開張。在新的意識形態環境下，文學和政治的關係看上去沒有那麼緊密相關，「無產階級作家」的提法也已經沉寂在歷史當中，那麼「文學講習所」這一形式為何仍要存在呢？在「新時期」它究竟要承擔何種功能呢？1980 年代的「文學講習所」在「純文學」的時代背景下，形成了一道獨特的風景。開張之後的第一屆「明星班級」就薈萃了當時「傷痕文學」、「改革文學」、「知青文學」潮流當中的重要青年作家，他們當中不僅很大一部分是榮獲了全國文學獎項後入學的，而且在畢業之後，這個班級也出產了不少各級作協、文聯的「領導」。80 年代的「文學講習所」仍然延續了 50 年代的「培養」模式，在對「傳統」形式的傳承當中，又綜合了新的意識形態訴求。在「正規化」的呼聲再次響起之後，1984 年，「文學講習所」成功改建成為「魯迅文學院」，但是「正規化」的努力仍舊沒有在「新時期」得到實現。1990 年代的魯院受到「市場經濟」衝擊，在資金短缺情況下，依靠「函授」和收費辦學維持生存，經歷了低迷期，但是到了「新世紀」之後，「魯迅文學院」重新受到國家重視，中宣部重金打造「高研班」，繼承「文研所」早期的小規模高規格辦學模式，使「魯院」重新煥發生機，成為中國作協的「金字招牌」。不僅傳統作家在這裏受到高規格培訓，「80 後」青年作家和「網絡文學作家」也開始成為「魯院」的座上客。這些曲折變化都表明了「魯院」這樣的「作家培養」機構作為當代文學制度的重要組成部分所具有的「象徵」意義。

第一節 「文學講習所」的「新時期」

在談及爲何開展「重返 80 年代文學」研究時，李楊指出他力圖解構的是存在於 80 年代主流文學史敘述當中將文學與政治高度二元對立化的思想觀念。他認爲 80 年代文學並不像我們所想像的那麼「自主」，「針對文學的規訓同樣無所不在。」〔註1〕這些規訓涉及兩個層面，一個是「文學制度」，另一個則是「政治無意識」。除了文藝政策和文藝鬥爭，以及作協、文聯這樣的文學組織之外，還有文學出版、文學評獎、文學批評、文學史寫作這些文學活動等一起構成了「文學制度」的存在。與此同時，80 年代的規訓方式不再是 50～70 年代常見的那種外在的暴力形式，而是採取內在的方式實施的，即意大利馬克思主義理論家葛蘭西所說的「認同」。通過建構一種「文學自主」的集體幻象，依靠對文學的情感和政治無意識領域建構的「認同」，80 年代的文學本身構成了福柯意義的一種權力和政治。

從這個意義上來說，他反對 80 年代主流文學史的「斷裂論」。這種「斷裂論」的敘述方式通常將中國現當代文學史的結構描述爲：由所謂左翼文學開創、到文革文學發展到頂峰的「政治化文學」中斷了「五四文學」的「純文學」傳統，文革後的「新時期文學」接續了「五四文學」，使文學回到了「文學」自身〔註2〕。所以人們把 1978 年之後的文學稱爲「新時期文學」。但是，李楊指出「文學『新時期』是一個依附於政治『新時期』的概念，前者在後者的嚴格制約之下。」〔註3〕只不過可能是通過「認同」的方式展開的。

「文學講習所」在 1980 年的重新開張某種程度上印證了李楊的這一理解。很有意思的是，它一方面說明了「斷裂論」的不準確，另一方面印證了「文學制度」在 1980 年代的依然存在。不過這種制度是怎樣以「認同」的方式展開它的規訓，則是需要我們進行辨析的。

前文已經提到，「文學講習所」從 1953 年開始到 1957 年停辦，整個 50 年代只辦了三期，第二期時間稍長，有差不多兩年，其餘兩期都是短訓班，呈逐漸縮小的規模。在停辦 22 年之後，「文學講習所」得以恢復，但是它的

〔註1〕 李楊：《重返 80 年代：爲何重返以及如何重返——就「80 年代文學」研究與人大研究生對話》《當代作家評論》2007 年第 1 期。

〔註2〕 李楊、洪子誠：當代文學史寫作及相關問題的通信，文學評論，2002 年第 3 期。

〔註3〕 李楊：《重返新時期文學的意義》，《文藝研究》2005 年第 1 期。

壽命也只維持了 4 年就被改爲「魯迅文學院」。這四年裏，辦了差不多四期。總第五期的小說創作班，第六期少數民族文學創作班，第七期編輯評論班和第八期的作家班。第八期比較特殊，由於籌備轉向「正規化」，這一個班採取了招生考試的方式，學習年限也達到兩年多。開班當年學校就轉爲了「魯迅文學院」。而第五期到第七期基本都是延續 50 年代「文學講習所」的辦學模式，不論是形式和學制，授課方式都非常相似。

所以這裡就會帶來一個問題，在 80 年代所謂「純文學」的背景下，這種在 50 年代文學充分服務於政治要求下建立起來的制度，怎樣在新形勢下實現它「培養青年作家」的初衷呢？W・理查德・斯科特指出，制度包括「爲社會生活提供穩定性和意義的規制性、規範性和文化——認知性要素，以及相關的活動與資源。」〔註4〕它具有多重的面向，是由符號性要素、社會活動和物質資源構成的持久性社會結構。它們相對抵制變遷，往往通過代際傳播而得以維持和再生產。同時，制度概念還必須涵蓋相關的行動與物質資源。它依靠各種承載、傳遞和實施工具來實施與傳播，並因此在各種各樣的媒介中具體化和表現出來。

新時期的「文學講習所」存在時間不長，它存在的四年多時間，恰好是被文學史家描述爲「新時期文學」第一個段落的時期。這一時期「傷痕文學」和「改革文學」等都明顯地參與社會——政治實踐，使文學產生巨大的社會影響。而「文學講習所」開張後招收的學員很多都是這些文學潮流的中堅者。「文學講習所」怎樣對他們進行「再教育」；這些學員怎樣繼承和改變「文學講習所」的傳統；他們在學習過程中建立起來的突出的「同窗情誼」都是值得反思的現象。

一、「純文學」背景下的體制建構

1957 年，僅辦了四期的「文學講習所」就因爲「反右」運動被取消。「文革」結束之後，各項平反工作展開，恢復原有的機構建制也陸續進行。文聯和作協恢復後，「文學講習所」的恢復工作由當年的幾個學員提出申請，很快得到了作協領導批覆。王景山回憶一九七九年，朱靖華來找他共同簽名寫信給已恢復工作的中國作家協會領導，建議也盡快恢復「文學講習所」的建制和重新

〔註4〕〔美〕W・理查德・斯科特著，姚偉、王黎芬譯：《制度與組織——思想觀念與物質利益（第3版）》，第 57 頁，中國人民出版社，2010 年。

開始培養青年作家的工作，仍由丁玲或公木任所長。此信大概受到了作協領導的重視，張僖同志很快就找了他們座談，表示接受他們的建議，但因條件限制，準備先辦短期訓練班。後來短訓班由徐剛和古鑒茲負責搭班子籌備，在招生、安排教學計劃、請老師等方面，基本上是一仍舊貫，辦得井井有條。〔註5〕

當年就讀第一期「中央文學研究所」的研究員，前教務處長徐剛是籌備小組的核心成員，時任中國作協主持工作的黨組副書記李季專門將他從甘肅調回北京負責這項工作。由他和王劍青、古鑒茲三人組成恢復「文學講習所」的籌備組。恢復工作進行得非常快，1979 年 12 月開始寫報告申請，1980 年 1 月份就得到了中共中央宣傳部的批覆：「同意恢復中國作家協會文學講習所。」要求「邊籌備，邊辦班，先辦個小說創作短訓班。」〔註6〕

徐剛將其稱爲「復蘇的年月」。無論從籌備恢復的人員組成，到後來的課程設置、教學模式來看，「文學講習所」在「新時期」的重新亮相確實帶有延繼傳統的色彩。招生方式，採取的是和五十年代第一期一樣的推薦制。教學模式仍然採用的講座式教學，從外面聘請兼職教師，繼續實行導師輔導制。「有不少教師是長久沒有露面的老作家，有在秦城監獄學《資本論》的丁玲，有自稱爲「出土文物」的蕭軍，有被定爲右派分子發配到廣西自治區的秦兆陽，有身體欠佳由親人扶持他來授課的曹禺，還有著名的理論家王朝聞。」〔註7〕除此之外，老作家，比如陳荒煤、沙汀、馮牧、孔羅蓀、吳伯簫、李英儒、王願堅、叢維熙、王蒙、馮其庸、蔡其矯等都曾到講習所講課，王蒙、王願堅、鄧友梅、叢維熙、嚴文井、李英儒、孟偉哉、駱賓基、徐懷中、秦兆陽等擔任了輔導教師。

第五期學員韓石山在回憶文章裏詳細列出了絕大部分文學類課程的安排：

> 四月十四日：開學茶話會，參加的人有馮牧、陳荒煤、沙汀、吳伯
> 　　　　　簫、劉賓雁、王蒙、從維熙、李英儒、王願堅、和谷
> 　　　　　岩；

〔註5〕 王景山：《我與魯院——從中央文學研究所到文學講習所到魯迅文學院》，《文學的日子——我與魯迅文學院》，第61頁，光明日報出版社，2000年。

〔註6〕 徐剛：《復蘇的年月》，《文學的日子——我與魯迅文學院》，第395頁，光明日報出版社，2000年。

〔註7〕 徐剛：《復蘇的年月》，《文學的日子——我與魯迅文學院》，第397頁，光明日報出版社，2000年。

四月二十二曰：人大馮其庸教授講《紅樓夢》版本問題；

四月二十九曰：吳組緗教授講《紅樓夢》；

五月五曰：下午西苑飯店禮堂聽周揚同志講話；

五月十三曰：上午去外國文學研究所聽李歐梵教授（美籍華人）講
　　　　　美國文學流派，畢朔望主持；

五月二十九曰：上午袁可嘉先生講歐洲當代文學；

六月五曰：楊周瀚教授講莎士比亞；

六月九曰：劉賓雁談創作；

六月十二曰：蕭軍談創作；

六月二十一曰：丁玲談創作；

六月二十六曰：劉再復講魯迅雜文；

六月二十八曰：李何林講魯迅；

八月十六曰：上午馮牧談文學創作問題；

八月十九曰：孔羅蓀談人性論；

八月二十一曰：上午秦兆陽談當前創作問題；

八月二十二曰：王朝聞談美學問題；

九月五曰：曹禺講課；

九月十三曰：下午開結業茶話會，周揚來並講話。

據別的學員回憶還有社會科學院外文所的吳學運老師講蘇聯當代文學。從課程設置來看，第五期由於時間短，課程並不多。《紅樓夢》研究、魯迅研究是傳統課目，作家談創作也保留了下來，並且所佔分量大。政治課肯定是要保留的，團中央書記高占祥同志談青年問題；蘇紹智先生被請來講馬列課。除此之外，還有一些經濟及藝術類課程，這方面與 50 年代有不同。除中央美術學院蘇暉老師講西方現代藝術外，還有音樂課，這些是 80 年代的新增課程。〔註8〕講座方面很豐富。經濟類是新增項目，有經濟學專家講經濟學理論；許滌新做經濟情況報告。

〔註 8〕 張抗抗：《文學講習所瑣記》，《文學的日子——我與魯迅文學院》，第 234 頁，
　　　　光明日報出版社，2000 年。

　　另外，還會組織學員到校外去聽一些講座。比如到總政去聽徐懷中老師講在越南自衛反擊戰中採訪的經驗；到社科院文學所去聽美籍華人學者李歐梵教授講中國文學；去政協禮堂聽美籍華人作家聶華苓介紹臺灣文學狀況；還有安格爾的專場講演，談愛荷華大學國際寫作計劃的情況以及姚雪垠先生的報告等。〔註9〕

　　除了上課和聽講座以外，更主要的學習方法是自學，50年代的讀書傳統被保留下來。第六期民族班學員李傳鋒保留了那時候文講所為學員開設的書目。書目分三部分：

　　　　第一部分是馬克思主義理論和黨的文藝政策等方面的書，有馬克思、恩格斯、列寧、普列漢諾夫和毛澤東、周恩來、鄧小平等人論文藝的著作。第二部分是文學作品名著選讀，中國古代部分有《中國歷代散文選》、《中國歷代詩歌選》、《古代白話短篇小說選》、《紅樓夢》、《格薩爾傳》、《江格爾》、《福樂智慧》；現代作家作品有魯迅的《吶喊》、《徬徨》、《魯迅雜文選》，郭沫若的《女神》，茅盾的《子夜》，巴金的《家》，葉聖陶的《潘先生在難中》、《稻草人》，朱自清的《背影》、《荷塘月色》，老舍的《駱駝祥子》，曹禺的《雷雨》、《日出》，艾青的《向太陽》、《火把》，丁玲的《太陽照在桑乾河上》，柳青的《創業史》；當代文學作品主要選讀了從建國以來的少數民族短篇小說和詩歌，近幾年全國小說獲獎作品。

　　　　外國文學作家作品有莎士比亞的《哈姆雷特》、《奧賽羅》、《李爾王》、《羅密歐與朱麗葉》，巴爾扎克的《歐也妮‧葛朗臺》、《高老頭》、《巴爾扎克中短篇小說選》，塞萬提斯的《堂‧吉珂德》，喬瓦尼奧裏的《斯巴達克斯》，莫泊桑的《項鍊》、《羊脂球》，司湯達的《法尼那‧法尼尼》，梅里美的《卡爾曼》，都德的《最後一課》，普希金的《葉甫蓋尼‧奧涅金》，果戈理的《死魂靈》、《塔拉斯‧布爾巴》，列夫‧托爾斯泰《復活》、《安娜‧卡列尼娜》，屠格列夫的《羅亭》，法捷耶夫《毀滅》，肖洛霍夫的《被開墾的處女地》，還有《外國短篇小說選》《契訶夫短篇小說選》、《高爾基短篇小說選》、《當代蘇聯短篇小說選》《泰戈爾詩選》、《裴多菲詩選》、《源氏物語》、《外國現代作品選》。

〔註9〕張抗抗：《文學講習所瑣記》，《文學的日子——我與魯迅文學院》，第236頁，光明日報出版社，2000年。

第三部分是關於文學史著作和文學創作理論方面的書目,有《中國文學史》,《中國現代文學史略》,《魯迅論文學》,瞿秋白的《魯迅雜感選序言》,車爾尼雪夫斯基的《藝術與現實的審美關係》,別林斯基評《死魂靈》的文章和《給果戈理的一封信》,杜勃羅留波夫《黑暗王國的一線光明》,《什麼是奧勃洛莫夫精神》。〔註10〕

二、「明星班級」

除了上課、讀書和開展作品討論這些傳統形式外,新時期的文講所也順應時代形成了自己的一些特點。在80年代「純文學」的背景下,「文講所」仍然充分延續了它的制度功能。以第五期小說班為例,先從招生上看,幾乎就直接與「傷痕文學」和「改革文學」發生關聯。另外,在「新時期」的「文講所」,文學刊物與學員們的互動非常緊密。而且所部還通過積極組織各類活動,將這些學員領進「文壇」圈子。從培訓效果來看,雖是短訓班性質,但是第五期小說班當之無愧地作為「明星班級」產生了「首屆效應」。

洪子誠先生認為1979年到1984年前後,是「新時期文學」的第一個段落。這幾年的文學的直接指向是社會——政治方式的,也都具有不同程度的社會——政治的「干預」性質。這個階段的文學,其內容、情緒與社會各個階層的思考、情緒基本同步。重建中國作家作為「啟蒙者」的人文意識,以文學承擔社會批判、思想批判的責任是作家努力的著重點。文學作品與民眾、與社會政治的聯繫的密切,也是這個階段文學的重要特徵。〔註11〕洪先生在此描述的主要是文學史上被稱為「傷痕文學」、「反思文學」和「改革文學」的潮流特徵。

「傷痕文學」之所以被看做「新時期」的歷史總體性的起源,「在於它在兩個關鍵點上給時代的政思趨向提供了情感基礎。其一,揭露了「文革」給中國社會造成的廣泛而深刻的災難,並把所有罪惡的根源都指向「四人幫」。其二,在敘述這段歷史時,重新確立了歷史的主體和主體的歷史。」〔註12〕

〔註10〕 李傳鋒:《文講所第六期回憶》,《文學的日子——我與魯迅文學院》,第212頁,光明日報出版社,2000年。

〔註11〕 洪子誠:《中國當代文學概說》,第93頁,北京大學出版社,2010年。

〔註12〕 陳曉明著:《中國當代文學主潮》,第242頁,北京大學出版社,2009年。

「傷痕文學」的作家群相比「反思文學」來說一般更爲年輕，青年主體「干預」社會──政治的狀況當然會受到國家的關注。比「傷痕文學」更複雜的「知青文學」「也有很強的現實指向性，但他們更注重個人對顯示的感受，試圖從個人的經驗中獲得文學表達的直接依據。」〔註13〕這些不同干預社會的方式，在當時都產生了重大的社會影響。

如何引導這些青年作家則是文講所這樣的機構的職責所在。我們在第五期小說班學員身上就能明顯感覺到文學與社會──政治的關聯。從「文講所」這一期的招生情況看，學員很多都是所謂「傷痕文學」、「改革文學」、「知青文學」潮流的領頭人或者中堅者。他們中不少已經是全國文學獎項的獲得者。學員共有 33 人，入學時已經有 13 人的作品分別獲 1978、1979、1980 年度全國優秀短篇小說獎或全國優秀中篇小說獎，有些甚至不止獲過一次獎。比如莫伸的《窗口》；孔捷生的《姻緣》；賈大山的《取經》；陳世旭《小鎮上的將軍》；陳國凱《我應該怎麼辦》；蔣子龍《喬廠長上任記》、《開拓者》；葉文玲《心香》；張抗抗《夏》等等。獲獎學員比例幾乎達到 40%。

賀桂梅在分析 80 年代純文學的知識譜系與意識形態時說過：「導致文學在 90 年代『失效』和『失勢』的原因，並不在於『純文學』觀念自身，而在於『純文學』（或『純藝術』）的體制與具體作品內容的政治性之間的『張力關係』的消失。」〔註14〕從這句話，我們完全可以反推出 80 年代文學體制與作品內容的政治性之間是存在張力關係的。如上所說，「傷痕文學」、「反思文學」、「知青文學」、「改革文學」的作品內容都是或直接反映政治問題，或表達整個社會情緒的。

這些作品的創作者對政治是直接關注的。所以當我們看到張抗抗回憶第五期學員在中國社會科學院教授蘇紹智先生到所講馬列課時，被臺下一張接一張遞上去的紙條提問，就像搶購緊俏商品爭著付款似的情景並不應該感到奇怪。據說那是提問最爲踴躍的一堂課，所有的學員都對「馬列主義」有強烈興趣。〔註15〕

〔註13〕陳曉明著：《中國當代文學主潮》，第 289 頁，北京大學出版社，2009 年。
〔註14〕《「純文學」的知識譜系與意識形態──「文學性」問題在 1980 年代的發生》，賀桂梅：《歷史與現實之間》，第 93 頁，山東文藝出版社，2008 年。
〔註15〕張抗抗：《文學講習所瑣記》，《文學的日子──我與魯迅文學院》，第 235 頁，光明日報出版社，2000 年。

文講所使學員產生「認同」的方式有很多，因為它不是一個孤立的機構，與它配套的有整個「新時期」的文學制度。除了前文提到的評獎制度，大學制度支持外等等以外，文學刊物出版制度也是重要的環節。我們知道，1957年作協停辦「文講所」時，就明確指出過「今後對文學新生力量的培養，主要依靠文學報刊和各地作協分會以及文聯的業餘文學教育活動。」〔註16〕在整個50～70年代，要求文學刊物編輯像傳統師傅「帶徒弟」那樣指導和培養業餘有前途的作家，是被作為制度固定下來，並且確實產生了豐碩成果的。進入「新時期」以後，「作協的權威性在減弱，文學期刊佔據了更中心的位置。『新時期』文學期間，這一編輯系統發揮了重大作用，編輯也不再僅僅是黨的文藝政策的貫徹者和創作藝術的指導者，更可能是新文學思潮的引領者。」〔註17〕

　　王安憶和張抗抗等第五期的學員都不約而同回憶過文學編輯們到「文學講習所」來約稿的盛況。「由於講習所集中了這麼一大批新時期文學的中堅分子，編輯就絡繹不絕地前來約稿。」〔註18〕「那時講習所常有客人來訪，不是出版社雜誌社的編輯來約稿，就是報社的記者探訪」〔註19〕當時還是文學編輯的白描更是為了搶到稿源而蹲點文講所。「全國各地很多文學刊物也都瞄準了文講所這塊稿源富礦，一時間趕赴文講所約稿的編輯絡繹不絕。從4月到6月，我便守在北京，守在文講所。每隔一兩天，我都像上班一樣，從居住地新街口趕往小關，去文講所與學員們見面和交流，謹防即將到手的成果意外流失。」〔註20〕他後來將好不容易搶來的稿子組成「全國部分獲獎作家、優秀青年作家小說專號」在《延河》當年第八期、九期、十一期三期整個版面，推出三個專號。當時引起很大反響，謝望新、何西來、范伯群、徐俊西等評論家紛紛發表文章給予專號作品相當高的評價。

　　文講所為了把學員們帶進「文壇」圈子，組織了很多活動。「當時北京文藝界凡有重要活動，講習所總是儘量安排組織大家參加。史沫特萊逝世三十

〔註16〕　魯迅文學院課題組：《魯迅文學院與中國當代文學》，中國作家協會2006年重點作品扶持課題，第66頁。

〔註17〕　邵燕君：《新世紀文學脈象》，第15頁，安徽教育出版社，2011年。

〔註18〕　王安憶：回憶文學講習所，http://www.chinawriter.com.cn，2010年12月23日。

〔註19〕　張抗抗：《文學講習所瑣記》，《文學的日子——我與魯迅文學院》，第243頁，光明日報出版社，2000年。

〔註20〕　白描：《三進魯院》，《文學的日子——我與魯迅文學院》，第117頁，光明日報出版社，2000年。

週年紀念會、美籍華人作家於梨華與北京作家的見面會、外國留學生同中國作家對話會、人大會堂的兒童文學發獎大會……」〔註21〕

這樣本來底子就好的班級，經過這樣精心的「培養」，當然會出產豐饒。除了創作上的成績之外，這屆學員後來很多都成了作協成員甚至是官員。遠的不說，1985 年在北京召開的第四次中國作家協會會員代表大會，第五期文講所的學員，就有近二十人到會。〔註22〕更準確的數字是：「33 名同學有 23 名是作代會的代表；會議閉幕時又有一個令我們自豪不已的消息：17 名當選爲理事。」〔註23〕後來，「當中國作協副主席的就有蔣子龍、葉辛、王安憶、張抗抗 4 人，省市作協主席有蔣子龍、王安憶、陳國凱、陳世旭、葉文玲，副主席有王士美、劉富道、戈悟覺、王梓夫、古華、喬典運、賈大山等。這在以後的幾期及現在的「魯迅文學院」絕無僅有。」〔註24〕

三、「同窗情誼」

雷蒙・威廉斯用「感覺結構」來形容某一代人或某一時期人們共享的一種社會經驗和社會關係的某種獨特性質。〔註25〕他將之與「世界觀」或「意識形態」作區分，來表達人們對意義和價值的參與，並指明這些意義和價值同傳統正規的或體系性的信仰之間的關係是多變的。它是一種感受的思想觀念和作爲思想觀念的感受。

在很多關於八十年代「文學熱」的回憶文章中，我們能體會到這種「感覺結構」的存在，它是一種把社會經驗與個人經驗相連接的東西。在有關「新時期」「文學講習所」的回憶文章裏，我們也能發現一種共通的「感覺結構」，比如他們對「同窗情誼」的記憶和重視。王安憶回憶「文學講習所」的生活時提到很多的細節，都與這種同窗間的友誼相關。這些細節經過了

〔註21〕張抗抗：《文學講習所瑣記》，《文學的日子──我與魯迅文學院》，第 236 頁，光明日報出版社，2000 年。

〔註22〕張抗抗：《文學講習所瑣記》，《文學的日子──我與魯迅文學院》，第 241 頁，光明日報出版社，2000 年。

〔註23〕魯迅文學院課題組：《魯迅文學院與中國當代文學》，中國作家協會 2006 年重點作品扶持課題，第 69 頁。

〔註24〕韓石山：文學講習所第五期，http://blog.sina.com.cn/s/blog_473d7d850102e3yl.html。

〔註25〕雷蒙・威廉斯：《馬克思主義與文學》，第 140 頁，河南大學出版社，2008 年。

這麼多年仍然存在她腦海裏，真的令人驚歎。即便是記在日記裏，再去翻的時候，還會引到文章中，也說明它喚起了她曾經多麼深刻的感受。她說因為缺米票，有一回，在賣飯的窗口她就與食堂師傅商量能不能將麵票當米票用，結果師傅堅決拒絕了。這時，排在她後面的吉林作家王世美，二話不說，從兜裏拔出一捆米票，刷，刷，刷，抽出一堆放在她面前。〔註26〕還有去北戴河的時候，張抗抗請她到西餐廳吃了一次色拉，艾克拜爾慶賀得子，又請她和陳世旭吃了一回聖代。她還記得陳世旭將他杯中的攪奶油都分給了她和張抗抗。另有賈大山，有一次她在水池邊洗衣服，遇到他，他說：「你發在《河北文藝》上的《平原上》，寫得不錯，我和張慶田——就是《河北文藝》主編說，這孩子會有出息。」王安憶為此受到莫大的鼓舞！

還有陳世旭、張抗抗等，許多學員的回憶文章都必定要闢出一節來寫當年他們的同窗。這絕對不是一般的巧合。第五期是「明星班級」，人才濟濟，學員個個都有些傲氣是難免的。但他們之間從來沒有發生惡性競爭，彼此的情誼是那麼的自然、親切。伊麗莎白・特爾弗認為有三種類型的活動全都是友誼的必要條件：互惠的幫助，相互交往和共同的追求。〔註27〕「文學講習所」裏的友誼確實是符合這三個必要條件的。

李陀認為「友情」是促成八十年代文學熱的一個重要因素。「在中國，友情，以及和友情伴隨的熱烈批評和討論，曾經在八十年代幫助作家們創造了一個文學的燦爛時代，而且，即使今天，我以為它還是讓我們的文學和藝術不斷獲得新的活力的必要條件。」〔註28〕

在接受查建英的訪談時，他講述了八十年代「友情」的特徵。他覺得和今天相對照，那個時候重友情，朋友多。甚至半夜都可以去敲朋友家的門，然後整夜談文學，好像大家都充滿了激情。除了私人場所之外，朋友聚會還有個特別的方式，就是利用會議。當時官方組織的會議相當多，會上發表意見自然受限制，真正的討論和爭論是等到散會之後回到房間才開始，常常徹

〔註26〕 王安憶：《回憶文學講習所》，《文學的日子——我與魯迅文學院》，第26頁，光明日報出版社，2000年。

〔註27〕 伊麗莎白・特爾弗著，閻嘉譯：《友誼》，汪民安主編，《生產》第二輯，第155頁，廣西師範大學出版社，2005年。

〔註28〕 查建英：《八十年代訪談錄》，第285頁，北京三聯書店，2006年。

夜不眠。在這些「會中會」或「會下會」裏，平時的友誼還是主導因素，它決定你到誰的房間裏，參加哪個圈子的討論。李陀把這種環境稱爲八十年代的「公共空間」，並且認爲這是一種非常特殊的公共空間，是那時候知識界的一個重要的創造。〔註29〕

這樣的「公共空間」還以另外一種更爲神秘的方式出現在查建英對第一次參加《今天》聚會的回憶中：

> 我至今還記得第一次去參加《今天》聚會的情景。那是七九年初吧，一個下過雪的寒冷冬夜，我和我的同學王小平一起從北大過來，拐進胡同見前面走著一個男人，也穿著很厚的冬天的棉衣。那人回頭看了我們一眼，問：也是去那兒的吧？我們倆點點頭，他就不動聲色地說跟著我走吧。三個人就一言不發相跟著走，曲曲彎彎一直走進胡同裏頭院子最深處的一個人家。然後一推門進去，裏邊坐了一屋子人，都穿著當年那種灰不溜秋的藍衣服，特別樸素。記得屋裏燒著爐子，上面蹲著一把錫鐵大茶壺，旁邊一個沙發後背上還臥著一隻肥胖的貓，有人抽煙，屋裏熱氣騰騰煙霧濛濛的，眾人表情都特嚴肅。然後就有人給做介紹。……感覺特神秘，有點像小時候看革命電影裏地下黨接頭。〔註30〕

二十多年後，查建英仍記得當時身歷其境的興奮：陌生、新鮮、刺激，似乎還有隱隱的危險。

與這些略帶驚險、刺激的出場方式不同的是，新時期「文學講習所」的學員們是「光明正大」在主流的召喚之下出場的，他們以「文學」的名義集結在已經具有歷史傳統的培養機構裏，但是他們在其間體驗到的東西，比意識形態要求他們的要更多和更複雜。同窗之間的情誼是八十年代環境下一種獨特的體驗，這種體驗不僅豐富了他們對「文學講習所」的感受，也促進了他們對整個八十年代文化的「認同」。

四、回憶錄裏的情感和傳承

> 課堂是兼作飯廳的。前面是講臺和黑板，後面的角落裏，有一扇玻璃窗，到開飯時，便拉開來，賣飯賣菜。裏面就是廚房。所以

〔註29〕 查建英：《八十年代訪談錄》，第261頁，北京三聯書店，2006年。
〔註30〕 查建英：《八十年代訪談錄》，第72頁，北京三聯書店，2006年。

上課時，飯和饅頭的蒸汽，炒菜的油煙，還有魚香肉香，便飄忽出來，彌漫在課堂上，刺激著我們的食欲。〔註31〕

拿掉王安憶《回憶文學講習所》的題目，應該很少有人能猜得出來這段文字描述的是被稱爲「文學黃埔」，前身是 1950 年創辦的「中央文學研究所」——「文學講習所」亦即今天大名鼎鼎的「魯迅文學院」在「文革」後恢復辦學的物質條件。和今天保證一名學員一個單間宿舍，宿舍配備全套的寫作、讀書、上網、會客、洗浴等設備，教室安裝著中央空調，教學樓地下一層就附帶乾淨整潔的食堂以及健身室相比，眞可以用「往事如煙」、「今非昔比」來概歎。

在紀念「魯迅文學院」成立五十週年、六十週年等活動的文字中，學員們不約而同地回憶了 1980 年恢復「文學講習所」到 1984 年更名爲「魯迅文學院」後搬入新校舍期間艱苦的物質條件。條件雖然艱苦，但是這些回憶文字都很溫馨、俏皮。

作家鄧剛和劉兆林同屬「文學講習所」第八期，「魯迅文學院」第一屆學員，他們都對當時在朝陽區綠化隊租的校舍廁所作了有趣的回憶。鄧剛說到學校報到後，大失所望。因爲學校租的房子和農村小學差不多。院落不大，只有幾間土氣的平房。廁所非常可怕，一排糞坑一覽無餘，「老師同學都蹲在一起，光亮的屁股相互映照，彼此面面相覷」〔註32〕，風光眞的是極其自然。

劉兆林講述的廁所故事採取的是更幽默詼諧的筆法，而且環境、人物、情節一樣不缺，讀來令人捧腹：

這所文學聖殿最先給我打下烙印的竟是廁所，一排獨立於整個院落西南角的平房廁所。廁所門前就是一排柿子樹，秋天時蹲在廁所裏就可以看見樹上一盞盞紅燈籠似的熟了的柿子。關於廁所外面柿子的印象是後來到了秋天才有的，開初的烙印是師生一邊同蹲廁所一邊左右嘮嗑的情景。那個室外的平房廁所七八個蹲位，是沒有隔斷的。記得開初有一次，剛蹲下就誰來了楊覺和毛憲文老師。二位老師若無其事在我左右蹲了就聊問部隊的這事那事，我不僅嘴上

〔註31〕 王安憶：《回憶文學講習所》，《文學的日子——我與魯迅文學院》，第 26 頁，光明日報出版社，2000 年。

〔註32〕 鄧剛：《「黃埔八期」》，《文學的日子——我與魯迅文學院》，第 76 頁，光明日報出版社，2000 年。

拘謹，其他更是緊張，根本就無法完成解手任務。待二位老師繫了褲袋悠然離去，我這個軍人才慌忙用力，惟恐再來了哪怕不是老師的也解不下手來。當然，到了後來，哪怕是作協的領導如馮牧先生一同來蹲，我們也能如楊、毛老師那樣若無其事了。〔註33〕

這種艱苦辦學條件的回憶文字很容易令人想起另外一本類似的書──《延安魯藝回憶錄》。「延安魯藝」辦學條件的艱苦我們很容易想像，從小接受的革命歷史傳統教育為我們提供了情感理解的基礎。但是看到具體的回憶文字，我們還是會感動，會因親歷者的回憶中釋放出來的因艱苦而驕傲的那種情感而震動。文學系第二期學生柯藍講述了當時因極缺油水經歷的尷尬往事：「每天三餐是粗糙的小米和水煮洋芋片，上面沒有一點油花，日子久了實在叫人吃不下去。又一次我餓慌了，走進伙房，看見有一個油缸，知道是炒菜用的。趁無人之際，便偷偷用小勺子舀了兩勺澆在熱飯上。誰知一吃到嘴裏，又苦又澀。……這種沒有熬熟的小蓖麻籽油，是吃不得的。」〔註34〕

因為是供給制，當時在延安，吃穿用都很差。住的環境也不好。學生住集體窯洞，一般七八個人一孔，少的是四五人，多的時候要十幾個人一起分享。教師和研究人員基本保證一人一孔，有床睡。但是學生只能睡火炕通鋪。到了冬季，碰上木炭發得少的時候，火爐到了晚上就要熄滅，一到夜裏，盆、罐裏的水就凍成了冰。〔註35〕

與艱苦的物質條件形成鮮明對照的，是人們精神的昂揚奮發和無窮鬥志。王培元在《延安魯藝風雲錄》裏描述了「魯藝」當時流行的「抄書熱」，因為圖書館存書少，副本更少，流通困難，所以有些同學就想出辦法來抄書。以至這種抄書的風氣後來從「魯藝」蔓延到整個延安城。吃得沒有油水，住的地方天寒地凍，衣服沒有換洗的，還常要打補丁，但是都阻擋不住人們求學的熱情。整個「魯藝」的精神氛圍非常活躍，甚至具有濃烈的小資色彩。「魯藝」開始的時候也曾經像「抗大」、陝北公學等學校一樣，採取軍事學校的學生編制形式，即大隊和區隊的組織體制。後來羅邁覺得這種方式不適合「魯

〔註33〕劉兆林：《我們「八一期」》，《文學的日子──我與魯迅文學院》，第 136 頁，光明日報出版社，2000 年。

〔註34〕柯藍：《青春火樣紅》，《延安魯藝回憶錄》，第 567 頁，光明日報出版社，1992 年。

〔註35〕王培元：《延安魯藝風雲錄》，第 29 頁，廣西師範大學出版社，2004 年 12 月。

藝」這種性質的學校，所以提議把偏重自上而下的軍隊式管理制改為「領導與自治並重的、委任與民主並用的制度」。〔註36〕

在爭分奪秒的學習、工作之餘，「魯藝」師生開展了形形色色的活動。文學系辦了文學社團路社；戲劇社組織了小劇場；美術系發起了漫畫研究會等。牆報也成了培養作家和藝術家的園地，各種的藝術展覽活動很多，還在土窯洞裏辦起了「文藝沙龍」。最使人們難忘的是黃昏延河邊的散步。師生借散步交流感情，或者思考問題，很多浪漫的愛情故事也由此產生。不得不說的還有「跳舞風」。「魯藝」當時是延安最有名的舞場之一，每週六都有舞會，吸引了包括毛澤東、周恩來在內的不少中央領導人和國際友人。〔註37〕

「魯藝」的這種「苦中作樂」的傳統在40年後的「文學講習所」被傳承和延續。在《文學的日子》中，王安憶、張抗抗等都很動情地回憶了當時的周末舞會。

> 大約是在講習所學習的後半期，不知如何開的頭，我們興起了舞會。周末晚上，吃過晚飯，將桌椅推到牆邊，再拎來一架錄音機，音樂就放響了。先是一對兩對比較會跳和勇敢的，漸漸地，大家都下了海。那時候大多數人都不大會跳，而且跳舞這事情也顯得有些不尋常。所以跳起來，表情都很肅穆。要羅曼蒂克地，一邊閒聊一邊走舞步，那是想也別想。在剛開放的年頭裏，每一件新起的事物，無論是比較重大的，比如「意識流」的寫作方法，還是比較不那麼重大，跳舞這樣的娛樂消遣，都有著啟蒙的意思，人們都是帶著股韌勁去做的。〔註38〕

> 我和安憶也下決心走進了舞場，只要走出第一步，再堅持走下去，就把腳步走到了音樂裏去了。有男生自嘲說，有什麼了不起的，不就是兩個人摟在一塊兒走步嗎。經過幾個星期的突擊訓練，許多人都勉強可以踩得上節拍了。由於女生太少，我們幾個「舞伴」每次都累得精疲力竭。〔註39〕

〔註36〕 王培元：《延安魯藝風雲錄》，第52頁，廣西師範大學出版社，2004年12月。
〔註37〕 王培元：《延安魯藝風雲錄》，第56頁，廣西師範大學出版社，2004年12月。
〔註38〕 王安憶：《回憶文學講習所》，《文學的日子——我與魯迅文學院》，第31頁，光明日報出版社，2000年。
〔註39〕 張抗抗：《文學講習所瑣記》，《文學的日子——我與魯迅文學院》，第245頁，光明日報出版社，2000年。

得到傳承的並不只是娛樂的風氣。更主要的是讀書的氛圍,是強烈的精神追求和強大的榮譽感、使命感以及責任感。

　　孫靜軒回憶第二期「文學講習所」時這樣形容,「那時,我們最大的樂趣是讀書。」〔註40〕同窗和谷岩更為細緻的描述映證了他的回憶。「當時,文學研究所學習和創作的空氣是很濃的。從全所大會到小組會,內容總離不開兩個主題:學習、創作,連課餘時間與同學到什剎海邊去散步時,談的也都是彼此的讀書心得、作品分析、個人將來深入生活的打算和創作計劃。」〔註41〕連散步都帶著「延安魯藝」的餘韻。

　　王安憶回憶當時的學習,讀書上課寫作都非常緊張。寫作總是在晚上寫,或在飯廳,或在院子一側的另一座平房的小會議室裏。小會議室很小,大家圍著桌子,各寫各的。白天課總是排得很緊。一週六天,上下午都排滿了課。「有古典,西方,現當代,基礎類,思潮性的,理論的,實踐的——這是請著名的作家來作創作的經驗談,我們聽了多少課啊!」〔註42〕

　　不同時代的回憶錄文字,內蘊的情感卻如此的相似。這種相似性不僅反映出葛蘭西意義上的「認同」,而且也表明從「延安魯藝」——「中央文學研究所」——「文學講習所」確實形成了一種傳統。威廉斯曾經分析了「傳統」所具有的霸權功能和在文化實踐當中的作用:「傳統實際上被視為一種能動的塑造力,因為在實踐中傳統極其明顯地表現出主導的和霸權的那種壓力和限制。傳統的這種作用遠勝過那種惰性的、歷史化的作用,傳統的確是進行組構的最有力的實踐方式。我們不得不見到的,恰恰不是某種「傳統」,而是一種有選擇的傳統,即對於仍由塑造力的過去和已預先塑造好的現在進行有意選擇而形成的一種說法,這種說法在社會的、文化的定義和認同中發揮著強有力的作用。」〔註43〕有意選擇的傳統能為當代秩序提供一種歷史的和文化的認可。而成功確立有選擇的傳統,則要依賴那些可以認定與它有著同一性關係的習俗機構(institutions)。「文學講習所」在1980年的恢復完全可以看成是這樣的一個對傳統有意進行的選擇。

〔註40〕孫靜軒:《那時,我們年輕》,《文學的日子——我與魯迅文學院》,第166頁,光明日報出版社,2000年。

〔註41〕和谷岩:《我的母校我的搖籃——中央文學講習所學習生活回憶》,《文學的日子——我與魯迅文學院》,第321頁,光明日報出版社,2000年。

〔註42〕王安憶:《回憶文學講習所》,《文學的日子——我與魯迅文學院》,第27頁,光明日報出版社,2000年。

〔註43〕雷蒙·威廉斯:《馬克思主義與文學》,河南大學出版社,2008年。

但是，威廉斯進一步指出，我們不能把這種習俗機構化約成「意識形態國家機器」之運行。因爲習俗機構不是「社會化」而是一種具體而複雜的執掌霸權的過程，它在實踐中充滿了各種矛盾對立和無法解決的衝突。這也可以解釋爲什麼同樣一個機構會從「中央文學研究所」改爲「文學講習所」又改爲以後的「魯迅文學院」。

第二節 改建「魯迅文學院」

1984 年 11 月 12 日，中宣部發文批准將「文學講習所」改建爲「魯迅文學院」，自此從 1950 年成立的「中央文學研究所」算起，這個中國唯一一所國家級培養作家的機構，經歷了改名、停辦、恢復，開始進入新的探索、調整期。改建後的「魯迅文學院」起初致力於進入國家高教體制，接續「延安魯藝」時期和「文講所」的「公木時代」都未完成的「正規化」建設。在學員們「鬧文憑」的壓力之下，1986 年「魯迅文學院」與北京大學聯合舉辦了作家班；1988 年還與華中師範大學聯合舉辦「文藝學·文學評論」研究生班；與北京師範大學合辦文學創作研究生班。

而進入 90 年代，「魯迅文學院」主要面臨的是市場經濟的衝擊，在文學日益邊緣化，上級撥款又不足的情況下，魯院不得不通過舉辦各種類型的進修班與函授教育的收益來維持辦學。也是在這個時期，魯院的課程設置有了很明顯的變化，比如明確提出「大文化課」的概念，增加了關注現狀文學的課程。最明顯的改變是招生方式上，改變了一貫由作協內部招生的做法，學員不再由省作協推薦，而是由學院直接將廣告發在刊物上，面向社會招生。招生標準的降低，加上「市場化」的收費行爲，使得這一時期被內部的工作人員認爲是最難管理的時期。〔註44〕

這種局面在新世紀之後得到了很大的改善。2001 年開始魯院主打「高研班」品牌，摒棄收費辦學的路子，由國家出錢資助作家學習和創作，恢復到建國初期「中央文學研究所」的辦學模式上，由中宣部大力撥款，徹底改善辦學條件，恢復由作協內部推薦人選的招生方式，並對課程和教學方式重新進行調整。「高研班」成爲了魯院的黃金品牌，也將魯院帶入了新世紀的輝煌時代。各地爭相出現青年作家搶佔基本一省一個的學習名額的局面。因爲此

〔註44〕根據對魯迅文學院普及部主任溫華先生的訪談。

時的魯院帶給這些作家的更多是象徵資本的積累。在成功舉辦「高研班」的同時，魯院積極對 80 後「青春文學」作家以及越來越不容忽視的「網絡文學作家」的關注。

「魯院」從上世紀 80 年代中期改建，經歷了「文學熱」，市場的衝擊，到新世紀重新受到國家高層的重視，在作家中產生越來越大的影響，其中不僅昭示出文學與社會關係的變化，更反映出這種辦學形式的獨特性和探索性質。

在上世紀八十年代，文學的確在很長一段時間處於社會的中心位置，這個領域當時集中了大量的精英人才。人才多的地方，自然也容易有各種各樣思想的碰撞。「文講所」在「新時期」恢復辦學後，學員們和機構的關係與 50 年代相比發生了很大的變化。可能也是在思想解放的潮流驅使下，80 年代的學員不是完全被動地接受組織的安排，他們明顯比 50 年代的學員更積極主動地爭取自己的權益，對上級領導提出各種要求。

這種要求最初表現爲續「家譜」。王景山是 50 年代「中央文學研究所」第一屆的學員，也曾擔任「文學講習所」教學幹部。當他調到北京師範大學中文系任專職教師後，還被請回「文學講習所」擔任兼職教授。「文講所」恢復後，第一次上課的時候，他就自報家門，亮明身份，擺出了曾爲「中央文學研究所」第一期學員、曾任中國作家協會「文學講習所」教學幹部的老資格，並戴上了「文學研究所」和「文學講習所」的校徽，作爲證明。〔註 45〕結果這一舉措激起了學員們強烈的認同感，他們要求製校徽，續「家譜」，不滿足於第一期短訓班的名義。後來果眞接續「中央文學研究所」時期的第一期一班、二班，「文學講習所」時期的第二、三、四期，把新時期剛恢復的一期稱爲「文學講習所」第五期。此後第六期是民族班，第七期是編輯班，第八期是詩歌、小說班。

到了第八期，問題又來了，學員們開始「鬧文憑」。這第八期共 44 名正式學員，實到 43 人，有遼寧的鄧剛，黑龍江的孫少山，吉林的杜保平，北京的甘鐵生，陝西的梅紹靜、王蓬，天津的伊蕾，解放軍的朱蘇進、喬良、簡嘉、唐棟，江蘇的趙本夫、儲福金，廣東的呂雷，雲南的黃堯，河南的楊東明，四川的魏繼新，廣西的聶震寧，湖南的蔡測海、聶鑫森、葉之蓁、賀小

〔註45〕 王景山：《我與魯院──從中央文學研究所到文學講習所到魯迅文學院》，《文學的日子──我與魯迅文學院》，第 56 頁，光明日報出版社，2000 年。

形，湖北的江天民、李叔德，浙江的鄭九蟬、薛爾康，山西的張石山，山東的張玲、謝頤城，貴州的李發模，內蒙古的張廓、甘肅的張俊彪，寧夏的查舜，青海的程楓，上海的傅星，安徽的陳源斌等。﹝註46﹞大都是各省選拔出來的創作尖子，許多是全國獲獎作家。

作家鄧剛是這個班的學委會主席，作家班班長。據他回憶，學員們趁著他出外開會，背著學委會成了爲文憑而戰的「學歷委員會」。等他從外地回來之後，部隊作家朱蘇進提名鄧剛也加入成爲學歷委員會成員。結果鄧剛充分發揮了他說服人的才能，在與當時負責「文講所」日常工作的周艾若先生對話時，感動了周先生，﹝註47﹞取得了校方的支持。於是「文憑運動」就如火如荼地展開。學員們找到了當時作協的領導唐達成先生和鮑昌先生。鄧剛甚至在有一次會議上，直接衝到領導席，向賀敬之訴說「文講所」爲文憑而戰的苦衷。賀很感動，將他帶到更高一級的領導鄧力群房間，鄧力群也被鄧剛的懇求打動，在「申請書」上簽下支持的意見。

但是「一切努力幾乎是付之東流」，結果「我們發了瘋一樣的四十多個同學的苦苦努力」﹝註48﹞換來的是如下勝利：一、學校更名爲「魯迅文學院」。二、作家班（包括第七期的編輯班）全體進北京大學讀書，畢業後持有北京大學文憑。

學校的這次改名實現了老所長丁玲多年前的願望。1949 年在籌建「中央文學研究所」之初，全國文協創作部草擬的《創辦文學院建議書》就想將名字定爲「國立文學院」或「國立魯迅文學院」。1950 年 3 月由陳企霞負責起草的《國立文學研究院籌辦計劃草案》也是希望定名爲文學院。事實上，同時期剛成立的其他藝術部門，戲劇、音樂、美術等都是學院。唯獨「中央文學研究所」不能叫「學院」。復出之後的老所長丁玲對這件事情仍很介懷。她在1982 年與「文學講習所」第七期編輯評論班學員的一次見面會上特意談到學校命名的問題：「……按我的意思，是希望叫一個『什麼什麼院』的，但是，上面不批，只准叫『所』。『所』好呀。你看，『衛生所』，『托兒所』，『派出所』，

﹝註46﹞ 劉兆林：《我們「八一期」》，《文學的日子——我與魯迅文學院》，第 142 頁，光明日報出版社，2000 年。

﹝註47﹞ 鄧剛：《「黃埔八期」》，《文學的日子——我與魯迅文學院》，第 76 頁，光明日報出版社，2000 年。

﹝註48﹞ 鄧剛：《「黃埔八期」》，《文學的日子——我與魯迅文學院》，第 79 頁，光明日報出版社，2000 年。

還有『廁所』，都是『所』啊……」〔註49〕學員們鬨堂大笑之餘，也轉而思考這其中的深意。後來學員們積極開展「文憑運動」，力爭給學校改名，終於獲得遲來的「文學院」稱號，也算沒有辜負老所長的期盼。

「文學講習所」第八期文學創作班於 1984 年 3 月 2 號開學，1984 年 11 月 12 日，中宣部正式發文批准將「文學講習所」改建爲「魯迅文學院」。所以文講所第八期學員會自稱自己爲「八一期」，意即文講所第八期，「魯迅文學院」第一期。這一期的學習時長也由原計劃的兩年延長至 1986 年 9 月轉入北大中文系作家班，這屆作家班於 87 年畢業。

1986 年 9 月 1 日至 3 日，北京大學作家班舉行了統一招生考試。文講所第七期文學編輯班和第八期文學創作班的 63 名學員被錄取，進入北大學習。名單如下：

唐棟、薛爾康、傅星、張廓、呂雷、孫少山、簡嘉、梅紹靜、肖建國、燕治國、高紅十、袁和平、李小雨、查舜、程楓（程世管）、陳源斌、蔡測海、李叔德、趙宇共、何志雲、杜寶平、劉耀倫、劉永年、張遼民、袁敏、莊雅麗、薛炎文、聶鑫森、李發模、謝頤城、王蓬、黃堯、葉之蓁、尹俊卿、賀曉彤、伊蕾（孫桂貞）、金逸銘、宋學孟、陳秀庭、向義光、馬秋芬、聶震寧、趙本夫、范向東、張石山、姜天民、喬良、張玲、王澤群、陳文斌、高洪波、李劍、劉孟沐、林澎、秦文玉、張奧列、劉兆林、鄧剛、朱蘇進、儲福金、顧小虎、鄭九蟬、胡永年。

但是劉兆林、鄧剛、薛炎文、鄭九蟬、劉永年等放棄學習；朱蘇進、顧小虎、趙本夫、儲福金轉入南京大學中文系就讀。

爲爭取學歷積極努力的鄧剛最終卻放棄進入北大中文系作家班就讀，某種程度上反映出他對「鬧文憑」鬥爭結果的不滿。正如他自己寫到的「無論怎樣你也撼不動那些老氣橫秋的人，更無法感動他們的鐵石心腸。」〔註50〕其實鄧剛並沒有理解他曾經學習過的這所學校的性質。上級不把「文學講習所」改爲高等學校建制的結果，顯然不是因爲上級某些領導觀念老化，鐵石心腸，而是一個久遠的關於這所學校辦學根本性質和目的何在的探索性問

〔註49〕王澤群：《魯院是部「球磨機」》，《文學的日子——我與魯迅文學院》，第 52 頁，光明日報出版社，2000 年。

〔註50〕鄧剛：《「黃埔八期」》，《文學的日子——我與魯迅文學院》，第 79 頁，光明日報出版社，2000 年。

題。早在「延安魯藝」時期，周揚就曾經嘗試「正規化」辦學而遭到毛澤東批評。50 年代公木執掌「文學講習所」時期，也致力於「正規化」建設，結果是在反右運動中，「文講所」索性被關閉，停辦 20 餘年。如今到了 80 年代，希望將「文講所」納入高校體系以實現「正規化」辦學的努力，再次宣告失敗。

這一失敗絕不是鄧剛為代表的這一屆學員的失敗。實際上，爭取「正規化」的努力並不簡單像鄧剛所描述的只有學員們在使勁。也不是靠感動某些個別領導就能解決的問題。文講所和作協方面的領導也有這樣的打算。1983 年 1 月，文講所上報作協黨組和書記處一份《關於文學講習所工作改革意見的報告》，裏面第一條就談到「積極籌辦文學院，到 1985 年建成魯迅文學院。」〔註51〕在鄧剛這一屆學員入學前公佈的《中國作協文學講習所第八期招生簡章》中提到：「本期招收青年文學工作者，……努力按照正規化要求辦學，為創立中國文學院準備條件和積累經驗」。〔註52〕這一屆的招生採取的也是考試形式，以區別於 50 年代文講所由內部推薦為主的招生方式。考試範圍包括：一、政治理論與時事；二、文學語言與知識；三、史學常識。〔註53〕

王景山也回憶到：「馬烽到作協來擔任黨組書記了，大概是想解決魯迅文學院多年來未能解決的成為正式高校的問題。」〔註54〕1984 年 12 月份，魯院向中國作協各省市分會發出的 1985 年進修班招生通知和招生簡章，甚至直接寫明：「中國作協文學講習所現已改建為魯迅文學院，即將列入國家高教體制。我們在招生標準、考試辦法、學制、教學計劃和設施等方面都將按照教育部的要求向正規化發展。」〔註55〕1985 年 10 月 15 日，「魯迅文學院」全體教職工還給時任國家教委主任的李鵬同志寫信，反映魯院在

〔註51〕魯迅文學院課題組：《魯迅文學院與中國當代文學》，中國作家協會 2006 年重點作品扶持課題，第 83 頁。

〔註52〕魯迅文學院課題組：《魯迅文學院與中國當代文學》，中國作家協會 2006 年重點作品扶持課題，第 86 頁。

〔註53〕魯迅文學院課題組：《魯迅文學院與中國當代文學》，中國作家協會 2006 年重點作品扶持課題，第 86 頁。

〔註54〕王景山：《我與魯院——從中央文學研究所到文學講習所到魯迅文學院》，《文學的日子——我與魯迅文學院》，第 62 頁，光明日報出版社，2000 年。

〔註55〕魯迅文學院課題組：《魯迅文學院與中國當代文學》，中國作家協會 2006 年重點作品扶持課題，第 90 頁。

學歷申報備案中遇到的問題，請予關心、幫助。〔註56〕1985年12月4日，當時的教務處工作人員成曾樾陪同院長徐剛一起去國家教委高教三司談魯院申辦學歷教育事，但是得到的答覆是難點多，要研究。〔註57〕1986年2月25日，魯院寫出《關於申請魯迅文學院備案的報告》。報告主旨是必須爭取將魯院盡早納入國家教育委員會的體制，作爲一所特殊的高等學校審批。〔註58〕但是結果正如我們今天看到的，魯院一直到現在都並沒有被批准爲高等學校的建制。

爲解決學員們要求的學歷問題，「魯院」開展了與北京大學中文繫聯合開辦作家班的聯絡工作。據成曾樾先生回憶，當時北大中文系也正有辦作家班的打算，正好一拍即合。1985年12月22日，成曾樾代表「魯院」去當時的北大中文系系主任嚴家炎家中，商談關於第八期學員進北大作家班學習一事。1986年3月5日，再次去北大中文系詢問，得到的答覆是嚴家炎主任已經請求丁石孫校長去國家教委商談，丁校長已經答應此事。〔註59〕事情進展非常順利，4月份就得到通知，國家教委同意北京大學中文系接受魯院第八期學員轉學插班一年，畢業時發給北大四年制本科畢業證書。6月份，北大中文系主任嚴家炎還親自到魯院和第八期學員談關於進北大作家班事。於是，「文講所」第七、八兩期學員的學歷問題就此得到解決。

但是困擾「魯院」的學歷問題並沒有完全就此解決。正式改爲「魯迅文學院」後，在沒有被納入國家高教體制的情況下，「魯院」的第一次招生是以進修班的名義進行的。在「魯院」第一屆進修班的招生通知中，它們承諾自己「即將列入國家高校體制」〔註60〕，所以在招生簡章中表明進修期滿會給學員發放「魯迅文學院進修證書」。進修證書顯然無法滿足學員對學歷的要求，在成功嘗試與北大中文系合辦作家班發給本科文憑之後，1988年6月，「魯院」開始運作與北京師範大學研究生院合辦文學創作研究生班。在給國家教委研究生司的報告當中，北師大研究生院列舉的主要理由是在中國當代文學

〔註56〕 魯迅文學院課題組：《魯迅文學院與中國當代文學》，中國作家協會2006年重點作品扶持課題，第93頁。
〔註57〕 成曾樾：《文學的守望與探尋》，第238頁，作家出版社，2012年。
〔註58〕 魯迅文學院課題組：《魯迅文學院與中國當代文學》，中國作家協會2006年重點作品扶持課題，第94頁。
〔註59〕 成曾樾：《文學的守望與探尋》，作家出版社，2012年。
〔註60〕 魯迅文學院課題組：《魯迅文學院與中國當代文學》，中國作家協會2006年重點作品扶持課題，第90頁。

走向世界的過程中，我們的作家隊伍相比外國高學歷的作家來說，欠缺素質，所以需要使部分作家「學者化」﹝註61﹞，也進一步豐富研究生教育工作。

　　陳述這一理由倒真是符合當時中國文學急迫「走向世界」，作家們紛紛滿懷「諾貝爾文學獎」情結的時代氛圍。這一屆研究生班影響很大，招生簡章上列明的學制是兩年半：從1988年到1991年1月。這個班於1988年9月開學，錄取學員48人。其中如今我們在當代文學史教材上經常可見，也為大家耳熟能詳的作家就有七八位。比如莫言、遲子建、余華、劉亞偉、劉震雲、畢淑敏、徐星、洪峰等。事隔24年之後，當就讀於這個班的學員莫言真的獲得了「諾貝爾文學獎」，北師大研究生院再回頭看自己當年陳述給國家教委研究生司的辦班理由，真的可以暗自得意自己具有先見之明。

　　但是莫言的成功卻並不能完全說明「學歷」對於作家的重要性。事實上我們知道許多知名作家都沒有受過專業的中文系訓練。沒有讀過大學的也很多。比如魯迅、沈從文、郭沫若、丁玲等等。上世紀50年代北大中文系原系主任楊晦先生每逢開學就對新生說「中文系不培養作家」。這固然打擊了不少懷著創作夢同學的熱情。但其實這句話倒是符合現代大學教育制度的設計。

　　正如陳平原先生所說，現代大學中文系摒棄了中國傳統技能訓練的「詞章之學」，而轉為知識積累的「文學史」，並不取決於個別文人學者的審美趣味，而是整個中國現代化進程的有機組成部分。大學中文系主要訓練的是學生的文學素養和興趣，尤其是文學鑒賞的能力。﹝註62﹞培養作家不是中文系的必然任務，也許中文系會偶而出現一些作家，但是文學教育才是中文系主流的任務。1950年8月，《高等學校文法兩學院各系課程草案》出臺，其中明確中國語言文學系的任務是培養「文藝工作和一般文教工作的幹部」，強調寫作課。北大中文系根據這一原則調整課程設置，改進教學內容。1952年9月，制訂了新的教學大綱和教學計劃。明確漢語和文學專業「以培養文學和語言兩方面的科學研究人才以及高等學校和部分中等學校師資作為自己的任務。」﹝註63﹞

﹝註61﹞ 魯迅文學院課題組：《魯迅文學院與中國當代文學》，中國作家協會2006年重點作品扶持課題，第102頁。

﹝註62﹞ 陳平原：《假如沒有「文學史」》，生活讀書新知三聯書店，2011年。

﹝註63﹞ 溫儒敏主編：《北京大學中文系百年圖史（1910～2010）》，北京大學出版社，2010年。

　　不無巧合的是，楊晦先生其實也是 1950 年負責籌備「國立文學研究院」的組織人員之一，而且還是「文研所」的外聘教師，負責主講 1942 年以後的現代文學史課程。他對中文系和「中央文學研究所」不同的培養目標應該確實是感同身受的。到了 80 年代，「魯迅文學院」的辦學受到社會上「學歷熱」的影響，於是努力想把自己納入高教體制。而高教體制始終拒絕將「魯院」納入其中，的確也是因爲「魯院」這樣的機構要承擔的功能從一開始就是要區別於普通高校中文系的。在 50～70 年代，「中央文學研究院」和「文學講習所」與政治的關係更爲顯見，作爲專門培養社會主義作家的機構，它們要充分發揮其意識形態功能。正如洪子誠先生指出的，作家在新中國成立之後，更多的是一種「資格」。而培養社會主義作家的任務不僅必要而且艱巨，這當然不是一般的大學培養模式所能承擔的。進入 80 年代以後，在所謂「文學熱」的衝擊下，似乎文學的「主體性」增強，與政治的聯繫更爲疏離。連「魯迅文學院」內部的工作人員都找不准辦學的方向，〔註64〕但其實「魯迅文學院」的根本性質並沒有改變。雖然受 90 年代以後市場經濟等一系列因素的影響，「魯迅文學院」的辦學者還要走很長一段路，來重新找準他們的方向。

〔註64〕正如魯迅文學院自己的研究總結的：20 世紀 80 年代，魯院的發展存在一些教訓，其中之一就是「在學歷問題上搖擺不定，缺乏明確的辦學方向。這一狀態直到進入 21 世紀，舉辦高研班才得以結束。」魯迅文學院課題組：《魯迅文學院與中國當代文學》，中國作家協會 2006 年重點作品扶持課題，第 25 頁。

第五章 「市場化」及「網絡文學」 時代的「作家」與「培養」 （1990 年代以後）

第一節 面對「市場化」的衝擊

經歷 80 年代「學歷熱」的衝擊後，到了 90 年代，「魯迅文學院」開始直接面臨「市場經濟」的衝擊。「文學熱」退潮，國家撥款縮減，「魯院」的生存處於困難境地。「在很長的時期內，魯院不得不通過舉辦各種類型的進修班與函授教育的收益來彌補經費缺口。」〔註1〕「魯院」應對市場經濟衝擊的辦法主要體現在辦班形式的調整和課程調整兩大方面，不僅形式多樣化，而且課程設置也密切關注時代需求，注意前沿研究。「文學」不像 80 年代那麼備受關注，經費也短缺，沒有國家完全「包養」的情況反而促使「魯院」的辦學更具開放性，在一段時間裏和「政治」的關係看上去更為疏離。

從 1991 年下半年至 2001 年，「魯院」舉辦了三種類型的文學創作班：文學創作進修班、影視文學專業班和「文藝學·文學創作」碩士研究生創作班。這三種類型的培訓班不論從形式還是課程的設置上，都表現出緊跟時代的特徵。其中，以文學創作進修班為主，共有 18 期。文學創作進修班是從「文學講習所」改為「魯迅文學院」之後就開始嘗試的辦班形式，從 1985 年開始招

〔註1〕 魯迅文學院課題組：《魯迅文學院與中國當代文學》，中國作家協會 2006 年重點作品扶持課題，第 27 頁。

生，至 1989 年舉辦了五屆。進修班屬於短訓性質，一般學習時長爲 4～5 個月。教學的主要形式是按專題進行課堂教學，輔以課堂討論。

在 80 年代的進修班中，1987 年的第二屆進修班最有影響，不僅因爲這一屆雲集了知名作家比如余華、遲子建、洪峰等，從課程設置上它也非常有特色，爲 90 年代進修班的教學打下了堅實的基礎。這一屆進修班相比第一屆來說最重要的嘗試是加入了文化史的授課內容，並且增設了藝術鑒賞課。

這樣的嘗試到了 90 年代更進一步得到明確。90 年代的進修班在課程設置上，明確提出「大文化課」的概念，內容涉及影視、音樂、美術、書法、戲劇、舞蹈等方面，課程以講座形式展開，教課的老師都是外聘來的行業頂尖級專家學者。比如請著名劇作家蘇叔陽講《電影與人生》；著名音樂評論家周蔭昌講《音樂欣賞》；中央音樂學院指揮系鄭小瑛講《交響樂知識》；馮德初講《繪畫漫談》；周正講《朗誦藝術》；北京京劇院溫如華講《京劇的唱、念、作、打》；北京大學中文系戴錦華講《影片賞析》）；首都師範大學中文系陶東風講《流行歌曲與社會心理》；北京大學中國中古史研究中心吳小如講《中國古典戲曲鑒賞》；中國藝術研究院戲曲研究所王安葵講《當代戲曲中的文學性》；中國藝術研究院舞蹈研究所資華筠講《與作家談舞蹈》；人民美術出版社書法家沈鵬講《關於書法藝術》；北京師範大學藝術系秦永龍講《書法欣賞》等。〔註2〕

在文學專業教學方面，80 年代以後就開始調整中外文學的授課比例。1983 年文講所出臺的《關於文學講習所工作改革意見的報告》裏擬增加現代、當代文學的課時；在外國文學教學中，也準備將蘇俄文學的教學比例減至三分之一，東、西方文學的教學比例占三分之二。在 50 年代壓倒性的蘇聯文學已開始被有意縮減，其他西方文學的比例增強。比如 1985 年開始就邀請了中國社會科學院外國文學研究所柳鳴九先生講授《美國現代主義文學流派》；北京師範大學外國語學院盧惟庸講授《比較文學》；作協鮑昌講授《二十世紀世界文學新潮論》。1988 年中國社會科學院外國文學研究所陳光孚被邀請來爲進修班學員講授《拉美文學》。

1996 年，「魯迅文學院」教學部門對課程設置再次進行調整，外國文學史板塊乾脆取消了蘇聯文學。內容涉及：文藝復興及其帶給今天的啓示；英國

〔註 2〕 魯迅文學院課題組：《魯迅文學院與中國當代文學》，中國作家協會 2006 年重點作品扶持課題，第 30 頁。

文學（側重於散文隨筆、莎士比亞）；美國文學（側重於現代文學）；法國文學（側重於巴爾扎克、左拉、雨果以及現實主義與自然主義）；俄國文學（側重於如何看待現實主義高峰）；德國文學（側重於戰后德國文學）；日本文學；古印度文學；拉美文學（側重於魔幻現實主義）。〔註3〕

90年代中期以後文學發展態勢方面的課程增多。比如張韌主講的《九十年代文學的六大模式》、韓瑞亭《長篇小說的發展與現狀》、吳思敬《九十年代新詩態勢》、雷達《九十年代文學生態環境》、牛玉秋《九十年代小說的三種流向》、陶東風《轉型時期文學家的身份與定位》、張志忠《九十年代文學的青春敘述》等。〔註4〕

在外請教師方面，「魯院」在90年代也偏向聘請一些在學術界、高校中嶄露頭角的年青的文學研究者，如曹文軒、陳曉明、張頤武、戴錦華等。曹文軒講過《藝術感覺分析》，陳曉明講過《關於後新時期文學》，張頤武講過《從新體驗到新狀態》，戴錦華講過《文化漫議》等。通過這些更爲新銳的學者，爲課程不斷注入新的內容。

不僅如此，這一時期「魯院」還會及時跟進文學熱點，邀請一些暢銷書作家到院講課，姿態確實非常開放。比如在90年代因「學者散文」走紅的老學者張中行也被請到「魯院」講課。像80年代中後期就因「尋根文學」、「文化小說」備受關注的作家汪曾祺、林斤瀾等更是「魯院」的常客。

「市場化」刺激的另一個方面就是函授教育成爲支撐「魯院」辦學的重要經費來源途徑。在80年代的基礎上，90年代的函授教育更採取了新的形式拓寬招生渠道。早在1982年，「文講所」就向中國作協申報增設函授班的請求。列明招生條件：1.在省、市級以上報刊發表過文學作品；2.本人歷史清楚，政治上與中央保持一致，有道德、守紀律；3.本人有學習條件，並持單位證明；4.交納學費50元。〔註5〕1985年9月，「魯院」內部對舉辦函授教育一事進行最終的討論表決，全體人員都表示同意開設「魯院」文學創作函授教育。函授工作從這年9月就開始招生。12月還確定了專題研究函授工作的刊物《學文學》，計劃開設「講座專欄」、「創作談」、「文學知識」、「作品賞析」、「習作

〔註3〕 魯迅文學院課題組：《魯迅文學院與中國當代文學》，中國作家協會2006年重點作品扶持課題，第124頁。

〔註4〕 魯迅文學院課題組：《魯迅文學院與中國當代文學》，中國作家協會2006年重點作品扶持課題，第31頁。

〔註5〕 成曾樾：《文學的守望與探尋》，第229頁，作家出版社，2012年。

評點」、「文病診察」、「文學之路」、「函授信箱」、「文學之窗」等欄目。〔註6〕
1986 年「魯院」就開始派出工作人員到各地出差，聯絡利用地方文聯、作協
的力量發展招收函授學員。1987 年正式成立函授部。並且在學員比較集中的
北京、廣州、武漢、成都、上海、南京、西安、鄭州、昆明、青島、哈爾濱
等 11 個城市舉辦面授。〔註7〕除此之外，還開辦了函授改稿班、夏令營等其
他形式。1986 年「魯院」文學創作函授班招收了 5200 名學員，1987 年 6800
名，1988 年 8400 名，1989 年招收了 3400 名，1990 年 2343 名。

　　在 80 年代「文學熱」的推動下，函授的形勢一片大好。但是進入 90 年
代，招收學員數量開始下滑。魯院普及部也積極採取新的函授形式。比如與
中央人民廣播電臺聯合舉辦「文學新人創作班」。並將函授刊物《學文學》改
爲《文學新人》，1993 年又改爲《文澤》，2000 年改名爲《文學院》。爲宣傳
招生，還在《小說月報》、《人民文學》、《詩刊》、《青年文學》和《十月》等
雜誌做函授廣告。〔註8〕1991 年「文學新人創作班」招收了 858 名學員，接下
去的 1992 年 1876 名，1993 年 709 名，1994 年 937 名，1995 年 1300 名。1996
年 946 名，1997 年 1300 名，1998 年 1512 名，1999 年 1298 名，2000 年 989
名。1997 年還爲函授學員出版過作品集《這一片天》（小說卷）、《青春與花朵》
（散文卷）等。〔註9〕這些函授學員有一些在日後成了「魯院」的正式學員。
函授辦學雖然是籌集經費的一種方式，但從效果上來看，它倒是實踐了毛澤
東時代就一直強調的文學「普及」的工作。

　　雖然市場經濟體制初建對文學造成衝擊，像「魯院」這樣培養作家的機
構似乎也能少受些政治的束縛，但是「魯院」在課程設置上卻從未放鬆對政
治課的教學。不僅沒有忽視，還適時進行了符合時代形勢的調整。政治理論
課由過去的「馬列主義基本原理」、「中國共產黨史」、「辯證唯物主義」、「中
國社會主義」、「文藝與政治」調整爲以學習「馬列文論」、「鄧小平理論」和
「黨的三代領導人論文藝」爲主。〔註10〕具體內容爲：鄧小平建設有中國特

〔註6〕　成曾樾：《文學的守望與探尋》，第 243 頁，作家出版社，2012 年。
〔註7〕　成曾樾：《文學的守望與探尋》，第 251 頁，作家出版社，2012 年。
〔註8〕　成曾樾：《文學的守望與探尋》，第 257 頁，作家出版社，2012 年。
〔註9〕　魯迅文學院課題組：《魯迅文學院與中國當代文學》，中國作家協會 2006 年重
　　　　點作品扶持課題，第 128 頁。
〔註10〕魯迅文學院課題組：《魯迅文學院與中國當代文學》，中國作家協會 2006 年重
　　　　點作品扶持課題，第 31 頁。

色社會主義理論、當前經濟改革與政策研究、鄧小平建設有中國特色社會主義理論與文藝、馬列文論中的普遍眞理。〔註11〕

政治課不僅在傳統的文學創作進修班中得到強調，對於新興的「影視文學創作班」也一點不被放鬆。他們必須學習的政治課程有：黨的文藝方針與政策，馬列文論，鄧小平建設有中國特色社會主義的文藝理論。

而正式標誌著「魯院」告別經由80年代文學熱，90年代市場化衝擊造成的開放局面的是1998年文學創作研究班的舉辦。1997年鄧小平去世，1998年九屆全國人大第一次會議召開。在這樣的形勢下，1998年8月，中國作協爲深入學習鄧小平理論，落實中宣部指定的培養跨世紀人才規劃，多出優秀作品的號召，在作協機關舉辦「魯迅文學院」文學創作研究班。這個班是90年代後期舉辦的時間短，但規格很高、水平也很高的班，也爲後來新世紀「高研班」的創立提供了經驗示範。

此班學習時長只有兩個月，學員只有二十二名，來自全國十四個省、市、自治區。分別是：周梅森、張平、陸天明、秦文君、張宏森、何申、談歌、關仁山、劉立中、張品成、星竹、葉廣岑、李蘭妮、王旭烽、鄧一光、張黎明、范小青、邢軍紀、李鳴生、朱潤祥、程蔚東和紀宇。住在中國作協的大樓裏，每個人一個房間，學習條件十分優厚舒適。〔註12〕研究班的目的和任務：一是學習和討論，二是修改作品。〔註13〕課程設置精簡爲三個方面，即：鄧小平理論課、時政課、文學專業課。其中鄧小平理論和時政課占三分之二。〔註14〕在開學典禮上，作協黨組書記翟泰豐就給學員們搞了個突然襲擊，一人一張大卷子，考鄧小平理論。〔註15〕

鄧小平理論和時政課部分，「來講課的老師個個都是名流，或在國家政治、經濟、銀行、證券、司法、公安、科技界擔任重要領導工作的領導人或

〔註11〕 魯迅文學院課題組：《魯迅文學院與中國當代文學》，中國作家協會2006年重點作品扶持課題，第124頁。

〔註12〕 關仁山：《「魯院」的魅力》，《文學的日子——我與魯迅文學院》，第180頁，光明日報出版社，2000年。

〔註13〕 紀宇：《無緣有緣讀魯院》，《文學的日子——我與魯迅文學院》，第188頁，光明日報出版社，2000年。

〔註14〕 魯迅文學院課題組：《魯迅文學院與中國當代文學》，中國作家協會2006年重點作品扶持課題，第32頁。

〔註15〕 何申：《忘不了那個夏天》，《文學的日子——我與魯迅文學院》，第199頁，光明日報出版社，2000年。

者專家。」〔註 16〕比如：中央文獻研究室副主任冷溶，中宣部理論局局長李君如，中央黨校副校長楊春貴，著名科學家、博士生導師鄔江興，中國銀行行長副行長劉明康，外交部參贊黃權衡，國家經貿委副主任陳清泰，國務院證券辦公室主任馬忠智，公安部宣傳局長武和平，國家版權局長沈仁幹。講授的內容有鄧小平理論（鄧小平理論的形成、鄧小平理論體系和內容、鄧小平理論精髓三講）、國企改革、國際形勢、科技發展、亞洲金融危機、版權、證券等方面的知識。〔註 17〕

　　講授專業課的有：社科院文學所所長、中國作協副主席張炯，研究院評論家張韌、雷達。被請來與研究班學員對談交流的專家有：陳建功、曾鎮南、蔡葵、何西來、雷達、牛玉秋。〔註 18〕正如「三駕馬車」之一的何申事後感歎的「如此高水平的講課，若不是由中國作協和魯院組織，輕易聽不著。」〔註 19〕

　　舉辦這麼「高端」的學習班目的當然不僅是聽課。理論學習快結束的時候，中宣部邀請研究班的同學去參加座談。座談會由劉雲山常務副部長主持，出席會議的有中央政治局委員、書記處書記、宣傳部長丁關根以及翟泰豐、劉鵬、李準、陳昌本、施勇祥、王巨才、張鍥、鄭伯農、高洪波、郭運德、張小影、李榮勝、楊志今、張華山等等。〔註 20〕時任中央政治局委員、書記處書記、宣傳部部長的丁關根談到主旋律問題，明確指出，「一切弘揚真善美的，一切鞭笞假醜惡的文藝作品都是主旋律，千萬不能把主旋律看窄了。主旋律必須是與藝術性相結合的。」〔註 21〕他鼓勵學員要寫出「感受到時代的呼喚，反映社會前進的方向」的作品來。丁關根指示的創作方向，以及這個班的舉辦模式，標誌著新世紀「魯迅文學院」重新迎來與政治關聯的蜜月期。

〔註 16〕紀宇：《無緣有緣讀魯院》，《文學的日子──我與魯迅文學院》，第 189 頁，光明日報出版社，2000 年。

〔註 17〕魯迅文學院課題組：《魯迅文學院與中國當代文學》，中國作家協會 2006 年重點作品扶持課題，第 32 頁。

〔註 18〕紀宇：《無緣有緣讀魯院》，《文學的日子──我與魯迅文學院》，第 188 頁，光明日報出版社，2000 年。

〔註 19〕何申：《忘不了那個夏天》，《文學的日子──我與魯迅文學院》，第 198 頁，光明日報出版社，2000 年。

〔註 20〕紀宇：《無緣有緣讀魯院》，《文學的日子──我與魯迅文學院》，第 190 頁，光明日報出版社，2000 年。

〔註 21〕紀宇：《無緣有緣讀魯院》，《文學的日子──我與魯迅文學院》，第 191 頁，光明日報出版社，2000 年。

「這個班的舉辦，對魯院以後的辦學之路、辦學思想及方式有著深刻的影響。」
〔註22〕

第二節 「新黃金時代」

1998 年在中國作協機關舉辦的「魯迅文學院」第一期創作研究班受到了中宣部領導的直接關注，也釋放出新世紀之後國家重新高度重視「魯迅文學院」辦學的信號。2001 年金炳華調任中國作協黨組書記後，視察的第一個作協直屬單位就是「魯院」。〔註23〕金炳華本人是社會主義教育體制下培養出來的人才，1958 年 8 月至 1960 年 8 月期間曾就讀於復旦大學工農預科學校，後來的研究方向主要是馬列主義、毛澤東思想和鄧小平理論。作爲社會主義培養模式的直接受益者，他顯然對社會主義的人才培養模式有更深遠的理解。所以他的視察不是走過場式的，而是非常專業地提出了「魯院」今後整改的具體方向和措施。他要求「魯迅文學院」在「新世紀」的辦學恢復到上世紀50 年代「中央文學研究所」的辦學模式上去，堅決摒棄收費辦學的路子，走上由國家出錢資助作家學習和創作的途徑。〔註 24〕具體的辦班模式依據由中宣部部長丁關根在 1996 年發起的「中國京劇優秀青年演員研究生班」做法，在「魯迅文學院」開辦「中青年作家高級研討班」。

「魯迅文學院」「高研班」在 2002 年開班之後，打造成爲了中國作協的一塊「金字招牌」，也帶領「魯院」攀上了新的輝煌時期。說它是黃金時代貨真價實，因爲「高研班」的創辦計劃很快得到中宣部部長丁關根的批示，國家撥款也不日到賬。「高研班」改變了「魯院」80 年代以後一直比較窘迫的辦學條件，僅在開班之前，國家就投資了 900 萬專門對「魯院」的校舍進行翻建和改建，從教學和住宿各方面的硬件配備上予以改善。學員的宿舍一律改爲一人一間，並配有衛生間。

物質條件的改善並不單純代表物質，它體現的是不同的重視程度。回想1950 年創辦「中央文學研究所」的時候，當時找的房子是鼓樓附近的四合院，

〔註22〕 魯迅文學院課題組：《魯迅文學院與中國當代文學》，中國作家協會 2006 年重
　　　　點作品扶持課題，第 32 頁。
〔註23〕 魯迅文學院課題組：《魯迅文學院與中國當代文學》，中國作家協會 2006 年重
　　　　點作品扶持課題，第 38 頁。
〔註24〕 魯迅文學院課題組：《魯迅文學院與中國當代文學》，中國作家協會 2006 年重
　　　　點作品扶持課題，第 38 頁。

環境也非常不錯。但自從 80 年代恢復「文學講習所」之後，辦學經費一直短缺，環境簡陋，屢次搬家，經常靠臨時租借房子上課。80 年代的學員們在回憶錄裏每每提到師生同入露天廁所，飯廳當教室的往事。而新的辦學思想實際上是要以「研究」的模式將培訓班「高端化」，創造新的效應。

「高研班」的就讀名額很快變成炙手可熱的緊俏「資本」，各地趨之若鶩爭搶每次極為有限的指標。作家們開始重新以就讀「魯院」為榮，學員們自豪地為「高研班」編制班譜。從「魯一」到「魯十九」等等。「高研班」還將「80 後」作家也納入招收範圍，結合「青創會」的召開，把握這些更年輕作家的動向。

「高研班」之外，「新世紀」之後，「魯迅文學院」還開始試水「網絡文學」，舉辦「網絡作家培訓班」。看起來，不僅是所謂傳統作家，連「網絡作家」也開始進入「魯迅文學院」接受培訓。在短短幾個月的時間裏，很難說能改變作家文學方面的素養或者教會他們更豐富的寫作技巧，但是作家們越來越對這種培訓班感興趣，也正說明「魯迅文學院」給他們帶來積累象徵資本的機遇。

一、「高研班」品牌

「魯迅文學院」的「高研班」依據中宣部部長丁關根在 1996 年發起的「中國京劇優秀青年演員研究生班」模式，但又有區別。

「中國京劇優秀青年演員研究生班」採取導師制或導師小組制，廣聘中國戲曲學院院內外專家，視每個學員為一個「教學工程」，逐個制訂具有針對性、階段性和規劃性的培養計劃；在教學組織上，採取學與演結合，繼承與創造結合，提高藝術修養與表演水平結合的「三結合」方法；在教學管理上，採取階段性考評制，對教學及時進行檢查，由有關專家對學員的個人藝術現狀及發展進行專題研究，及時調整、完善培訓計劃；在教學方式上，提倡教學相長、交流研討、互教互學、觀摩與實習相結合；在教學內容上，安排了「劇目教學及排演」、「戲曲表演體系研修」、「文化藝術理論」三大序列的課程，同時，把思想政治教育、文藝方針教育和職業道德教育貫穿於辦學的全過程。〔註25〕

〔註25〕中國京劇優秀青年演員研究生班背景資料 2012 年 04 月 16 日 16：06，來源：人民網──文化頻道，http://culture.people.com.cn/GB/22226/242390/242392/17668749.html。

這樣的教學模式很大程度上回到了作坊式的師徒相授模式，是比較傳統的做法，同時它也呼應了「延安魯藝」早期注重實踐的教學原則。更關鍵的是，思想政治教育是這種研究班絕不容忽視的重要層面，以此保持社會主義教育的特色。作坊式的教學，必然只能在小規模內進行。所以這種研究班每一屆學員都不多，從各個省區市選拔出來。「魯迅文學院」的「高研班」與「中國京劇優秀青年演員研究生班」當然不盡相同，比如說學制，「高研班」一般學習時長爲 4 個月左右，不像後者會長達三年。

四個月的學習當然不可能在文學素養上明顯得到提高，「高研班」的課程設置甚至看不出「文學」的優勢，最受歡迎的課程是國情時政和大文化兩類，「文學」相對偏弱。之所以稱爲「高研班」，是強調其「研究」性質，亦即屬於「提高」的層次。首屆高研班的招收對象規定：「45 歲以下，政治思想和業務素質好，並在創作上有一定成績和影響的中青年作家」。〔註26〕從實際錄取的學員構成來看，第一屆 50 人，實到 49 人，不少人得過全國性文學獎項。學員中有談歌、關仁山、孫惠芬、荊歌、戴來、劉繼明、麥家、馬麗華、柳建偉、徐坤等知名作家。召集他們當然主要不是培訓其寫作水平。

金炳華在一次「高研班」的總結講話中表露了對當前文學狀況的不滿，他認爲當前文學領域存在的不和諧音，「主要表現在一些媒體片面宣揚文學的『特殊化』和『邊緣化』，在文學創作中還存在著疏離社會、遠離現實的現象，文學創作中『戲說歷史』的現象時有發生，一些作品出現了『低俗化』的情緒，以及『泡沫文學』『垃圾文學』等等。」〔註27〕所以在「第一屆高研班」開學典禮的講話中，他就明確指出這個班是文學界落實「三個代表」思想，進一步繁榮社會主義文學事業的一項主要舉措。「要繼承和發揚延安『魯藝』和中央文學研究所的光榮傳統，高舉鄧小平理論的偉大旗幟，全面貫徹『三個代表』重要思想，堅持先進文化的前進方向，堅持『二爲』方向和『雙百方針』，爲社會主義文學事業的發展繁榮作出更大貢獻。」〔註28〕「高研班」是政府爲糾正文學界存在的一些他們認爲的不良現象而投鉅資舉辦的，政治

〔註26〕 魯迅文學院課題組：《魯迅文學院與中國當代文學》，中國作家協會 2006 年重點作品扶持課題，第 144 頁。

〔註27〕 魯迅文學院課題組：《魯迅文學院與中國當代文學》，中國作家協會 2006 年重點作品扶持課題，第 162 頁。

〔註28〕 魯迅文學院課題組：《魯迅文學院與中國當代文學》，中國作家協會 2006 年重點作品扶持課題，第 146 頁。

教育當然在其中扮演著主要的作用。爲保證政治課的嚴肅性，同時保持一定的生動活潑，他們還將政治課與時政課結合起來，結果效果確實不錯。按照中宣部和中國作協的要求，政治課保持了約百分之二十多的比重。

上級指示的方向在「魯迅文學院」爲「高研班」制定的教學大綱都有體現：

1. 教學宗旨：以鄧小平理論和「三個代表」重要思想爲指導，培養學員具有較堅實的馬克思主義理論基礎，能夠正確理解和執行黨的文藝方針政策，緊跟時代步伐，較系統地掌握文學創作理論及相關知識，創作出適應時代要求、思想精深、藝術精湛的文學作品。

2. 招生對象：政治思想好，在創作上確有成績、具有發展潛質的中青年作家。

3. 錄取方式：中國作家協會各團體會員單位將相關人選推薦至魯院，經魯院初錄後，報請中國作協審核批准。

4. 辦學方針：根據教育對象與教育目標的特殊性，針對實際需要，開設以政治教育爲主導、以專業教育爲中心的課程。注重理論聯繫實際，注重授課、研討、創作、社會實踐相結合。

大綱提出，要適應作家的特點，採取生動活潑的模式辦學。具體是：

1. 時間分配上，三分之一授課，三分之一研討與輔導，三分之一自學與社會實踐。在安排課程的同時，爲作家提供一個空間，自我學習提高，使他們有時間系統思考一些問題。

2. 以學習先進文化爲主旨安排課程，根據作家的實際需要，向作家提供嶄新的思維材料。要保證絕大部分課程是作家們在其他地方聽不到的，具有相當的吸引力與衝擊力，使他們感到學與不學不一樣。

3. 授課以講座形勢爲主，貫徹濃縮、精鍊的原則，同時實行開放辦學，走出校門，使學院教育與社會實踐相結合起來。

4. 課堂教學多採取啓發式，避免灌輸式，以問題帶教學，充分活躍課堂氣氛，實現教師與學員的雙向交流。

5. 聘請國內一些有聲望、有成就的權威人士做教授，也聘請國內一
   些最具實力的學者、專家、作家等來院授課，確保教學質量達到
   目前國內最高水平。

6. 對於一些班次實行導師制，開小灶，使每位學員能夠得到名師的
   具體指導。

7. 研討與授課並重，通過研討充分發揮作家學員自身的特殊優勢，
   彼此啓發，取長補短，互相學習，共同提高，取得授課所不能達
   到的教學效果。研討的重要成果向社會發表。

8. 營造團結、和諧、寬鬆、活躍的氛圍，使作家在良好的政治和學
   術氛圍中受到薰陶，把研討班辦成國內優秀作家雲集、創作氣氛
   濃厚的文學基地。以此爲基礎，建立研討班與文學界、文化界、
   出版界、影視界等的聯繫與溝通，在開放的環境中辦學。同時發
   揮研討班的輻射作用，形成廣泛的社會影響。〔註29〕

「高研班」的「三三制」教學模仿了「延安魯藝」早期的教學方式，重新
注重實踐。授課也是採用導師制，靈活性比較強。爲了喚起學員對「延安
魯藝」的認知，學校甚至由當時的白描副院長親自帶隊，赴西安、延安等
地考察。〔註30〕

　　這種對傳統的召喚當然是出於比較現實的需要。霍布斯鮑姆認爲傳統「有
時是被發明出來的」〔註 31〕，它們與過去的連續性大多是人爲的。他認爲，
人們發明「傳統」的目的是採取參照舊形勢的方式來回應新形勢，或是通過
近乎強制性的重複來建立它們自己的過去。新一代領導人重提「延安魯藝」，
試圖找回逝去的傳統，絕不是簡單的懷舊行爲。它表明新世紀魯院的辦學方
針想回歸的是「延安魯藝」早期那種強調文學與實踐之間保持密切關聯，強
調文學對政治積極響應的模式。「高研班」的辦學顯然早已沒有了八九十年代
學歷的困擾，也沒有了經費缺失的困擾，在新形勢下，它要面臨的是如何重
新連接政治和文學之間的親密關係。

〔註29〕 魯迅文學院課題組：《魯迅文學院與中國當代文學》，中國作家協會 2006 年重
　　　　 點作品扶持課題，第 40 頁。

〔註30〕 魯迅文學院課題組：《魯迅文學院與中國當代文學》，中國作家協會 2006 年重
　　　　 點作品扶持課題，第 148 頁。

〔註31〕 〔英〕霍布斯鮑姆 T・蘭格著，顧杭、龐冠群譯：《傳統的發明》，南京：鳳
　　　　 凰出版傳媒集團，譯林出版社，2004 年，第 1 頁。

　　所以我們在「高研班」的課程裏看到大量的政治教育，看到許多高級別官員參與授課，就是意料之中的了。第一屆高研班請到了中央黨校教授張緒文講授《鄧小平理論精髓》；中央黨校副校長李君如講授《江澤民「三個代表」重要思想研究》；中宣部文藝局局長楊志今講授《黨領導文藝工作方式的改變》；國家行政學院教授胡治岩講授《領導科學與領導藝術》；國家氣象局局長秦大河講授《氣候變化的事實、影響及對策》；北大教授閻步克講授《儒生與文吏——中國古代士大夫政治的起源》；清華大學社會學系教授孫立平講授《九十年代以來中國社會的新變化》；國務院三峽建設委員會副主任張德楠講授《舉世矚目的三峽工程》；國家出版局副局長許超講授《你與著作權》；中國作家協會黨組成員張勝友講授《文學與市場》；中央美院副院長范迪安的《中國當代美術現狀》。專門的文學課不多，只有中國社會科學院文學研究所所長楊義的《中國敘事學的理論闡釋》；清華大學格非教授的《小說的空間與時間》；中國作協副主席王蒙的《〈紅樓夢〉與文學創作》等。課程的政治教育比例重，與社會時事的聯繫緊密，體現了鼓勵作家重視生活、參與社會的導向。除了課程講授強調實踐外，教學方式也通過增加作品研討會、出外實踐等形式強調實踐的重要性。

　　「高研班」自 2002 年創辦之後，基本每一年舉辦兩屆，不僅涵蓋作家研究班，還開辦了主編班、少數民族作家班、文學理論家評論班等等。不僅把理論研究、評論、編輯各種涉及作家培養的環節照顧到，而且對民族問題格外重視，不定期地就會舉行少數民族作家班。

　　「魯迅文學院」不僅關注體制內作家，對體制外作家也越來越重視。從 2005 年開始魯院成立課題組對「當下中國文學自由撰稿人（非會員部分）狀況」進行調研。〔註32〕2006 年 1 月邀請到了二十多位自由撰稿人到魯院參加調研會。課題組 3 月份開始赴各地調研，比如天津、深圳、廣州、武漢、上海等地。然後又召開調研會。在調研總結的基礎上完成研究報告，接著承擔作協委辦的《「80 後」文學群體調研報告》和《各地作家協會體制、機制改革情況調研》重點課題。

　　年輕的「80 後」作家代表也在 2007 年 9 月開班的第七屆「高研班」（歷時三個月）上亮相，這是平均年齡最低的一屆「高研班」。這一年 11 月適逢第

〔註32〕魯迅文學院課題組：《魯迅文學院與中國當代文學》，中國作家協會 2006 年重點作品扶持課題，第 168 頁。

六次全國青年作家創作會議召開，與 1957 年第一屆「青創會」召開時當時的「文學講習所」也大量招收青年作家的情形非常類似。一批著名的「80 後」作家參加了這屆「高研班」，比如張悅然、辛曉娟（步非煙）、周嘉寧、傅愛毛、魯敏、盛瓊、戴月行、霍豔等等。課程設置仍然分為政治理論與國情時政、大文化和文學課。還開展了作品研討交流會和社會實踐活動。

附課程安排：

創作感染力問題	胡平	魯迅文學院常務副院長
黨領導文藝方式的轉變	楊志今	中國文聯專職副主席
新神話主義	葉舒憲	社科院研究員
當前中國經濟發展的形勢	朱文鑫	國家發改委副主任
小說的可能性	王蒙	作協副主席
生命在銀幕上的流淌	蘇牧	北京電影學院教授

文學對談

外出實踐	白洋淀、蓮池書院、直隸總督府	
中國氣候與環境問題	秦大河	中國氣象局院士
中國股票市場	楊河清	首都經貿大學勞動經濟學院院長
當前散文創作中的若干問題	格非	中國散文協會會長、教授
國家安全戰略中的一個重大問題——國家危機管理	丁邦權	國防大學教授
中國京劇藝術	紐驃	中國戲劇學院教授
戲劇經典——從劇本到舞臺	王曉鷹	中國話劇院副院長
中國流行音樂的亞文化性	金兆鈞	《人民音樂》編輯部主任、音樂評論家
《紅樓夢》語言細讀	王彬	魯院副院長
中日海洋爭端問題	江新風	軍事科學院大校
文學寫作的五大關係	謝有順	中山大學博導
小民族文學與女性書寫	陳永國	清華大學博導
現代舞蹈	歐建平	中央藝術研究院研究員

人類的空間探測與中國的月球探測	歐陽自遠	中科院院士、中國月球探測工程首席科學家
2000 年以來中國文學的走向	雷達	原中國作協創研部主任、評論家
現代社會與文學的抒情和敘事	張檸	北師大教授、一級作家

奧運與藝術的公共化	鄒文	清華大學藝術學院副教授、博士
2000 以來中國文學的走向	雷達	文學評論家
亞文化與中國精神	白描	魯院副院長
文學與市場	張勝友	中國作協黨組成員、書記處書記
漫談青春文學	李敬澤	《人民文學》副主編
我國周邊環境形勢	酈濤	原總參三部九局局長
新聞傳播理論	胡正榮	中國傳媒大學副院長、博導
戲劇批評的經驗與技巧	蔣澤金	中國傳媒大學教授、外籍專家
我國的宗教政策	葉小文	國家宗教局局長
當下青春文學現狀與研究	郭豔、趙興紅等	魯院教研室教師
代際影響與經典	李建軍	文學評論家
現代人的心理疾病	張西超	北師大心理學院副教授
電視節目策劃	張紹剛	中央電視臺節目主持人

〔註 33〕

二、「網絡文學作家」培訓班

作協在「新世紀」後，不僅對年輕的「80 後」作家格外關注，將他們當中的代表吸納進體制，對越來越興盛的「網絡文學」也採取積極管理的態度。他們首先想出來的是將傳統作家與網絡寫手拉到一起「結對子」的做法。其實這種做法主要是在經濟領域，幫助扶貧採取的一種方法。「結對子」，一對一幫扶，這種說法本身就含有高低優劣之分。作協對「網絡文學」寫手的態度也由此可見一斑。他們不能放任不理對青年人產生影響的這一巨大空間，但是對於如何界定「網絡文學」，如何對這些寫手進行定性，則還是需要觀察

〔註 33〕此部分材料來自「魯迅文學院」檔案。

的。我們一再說過，在共和國體制中，「作家」是一種「身份」和「資格」。
雖然經過「市場經濟」的衝擊，現在又到了「網絡時代」，寫手們蜂擁出現在
網絡，擁有自己的受眾。但是對於作協來說，他們夠不夠格稱為「作家」是
需要辨析的。而對於一些網絡寫手來說，如果有足夠的市場，粉絲夠多，他
們似乎也應該不必擔優生存，不必一定要加入「作協」，擁有一個體制內的頭
銜。問題是，隨著網絡文學的影響越來越大，即便傳統作家可以和網絡作家
各據江山，互不侵犯，但是對於國家管理者來說，也是不可能任這個領域放
任自流的。

通過「結對子」，使網絡文學寫手建立與傳統文學和體制的聯繫，甚至幫
助他們提高文學素養；接著依託「魯迅文學院」選取其中的一些代表進行培
訓，使他們不僅適應傳統文學環境，而且接受必要的政治教育；然後將他們
中的突出代表吸收進作家協會，這是目前作協對待網絡寫手的主要辦法。當
然，他們還會設立一些課題，請專家學者對「網絡文學」進行調查和研究；
還會在今後的文學評獎當中將「網絡文學」納入。

2011年8月4日，中國作協黨組書記、副主席李冰親自主持了由18位著
名作家、評論家和18位網絡作家見面「結對子」的交友會。並在會上明確指
出，作協已經把加強對「網絡文學」的研究和引導列為重要議題，開展了專
題調研，採取了一些措施。這些措施包括：第一，明確了中國作家網、盛大
文學、中文在線、新浪讀書頻道、搜狐讀書頻道為網絡文學重點園地，並建
立起由上述五家網站參加的聯席會議制度，定期研究網絡文學發展中一些帶
共性的問題。第二，加強對網絡作家、編輯的培養。「魯迅文學院」舉辦了四
期網絡作家和網站編輯培訓班。第三，在中國作協重點作品扶持項目中，把
符合條件的網絡文學創作選題列入扶持範圍，給予經費上的支持。第四，在
魯迅文學獎、茅盾文學獎等文學評獎中，向網絡文學作品敞開大門，歡迎網
絡文學作品參評。〔註34〕這種對待網絡文學寫手的方法其實和50年代興起的
「青年作家培養」方法非常相似。

但是也有區別。畢竟「網絡文學」是一種新興寫作方式，怎麼處理它
與傳統文學的關係，是作協面臨的新課題。李冰代表官方解釋了「結對子」

〔註34〕中國作協破冰倡導網絡作家與傳統作家牽手「結對」2011年08月04日23：
34，來源：中國新聞網，http://www.chinanews.com/cul/2011/08-04/3235254
.shtml。

與傳統師徒關係的區別：「希望傳統作家和網絡作家結成對子後，是亦師亦友的平等關係，不是網絡作家拜師學藝，也不是傳統作家開門納徒。」〔註35〕雙方作家代表也相互表達了對對方的肯定。傳統作家周大新說，「網絡作家的想像力、對讀者心理的分析和把握能力以及創作的刻苦精神都值得傳統作家學習」。網絡作家「骷髏精靈」說，「傳統作家對民生問題的關注和思考深度是自己所不能及的」；「涅槃灰」說，「網絡文學常被評價故事性大於文筆，她希望通過結對老師的幫助和自己的努力，逐漸縮小與傳統作家之間的差距。」〔註36〕

在這次交友會上，麥家與李虎（網名「天蠶土豆」）、柳建偉與王小磊（網名「骷髏精靈」）、周大新與曹毅（網名「高樓大廈」）、孟繁華與陳淼（網名「涅槃灰」）、白燁與高豔東（網名「娶貓的老鼠」）等結成對子。〔註37〕這些網絡作家分別來自盛大文學、TOM網、新浪等網站，他們的作品在網上的點擊量都非常大。但是點擊量大並不就意味著「網絡文學」相對傳統文學佔有絕對的優勢。因為「網絡文學」和傳統文學相比，主要是載體和寫作方式的變化，對於國家管理體制來說，它們都是一樣要接受管理的。

網路寫手們與各類文學網站簽約，把寫作當成謀生的主要手段，看上去與50年代以來提出的「作家是靈魂的工程師」似乎有精神上的落差，但其實質倒更接近於馬克思的「藝術生產」原理。馬克思在《〈政治經濟學批判〉導言》裏已經提出了「藝術生產」的思想。〔註38〕學者李益蓀從馬克思「藝術生產」理論角度追溯了作家這一群體的產生及其在不同時代的作用。他認為「創作與謀生的合而為一卻正是職業作家最根本的標誌。」〔註39〕現代化是職業作家產生的大背景。隨著教育的平等化和極大普及，知識分子開始出現向整個社會「泛化」的現象。而其中的「作家、藝術家，由於他們的工作性

〔註35〕 袁洪娟：中國作協牽頭，傳統作家與網絡寫手結對子，來源：中國新聞出版報，http://data.chinaxwcb.com/epaper/2011/2011-08-08/13106.html。
〔註36〕 袁洪娟：中國作協牽頭，傳統作家與網絡寫手結對子，來源：中國新聞出版報，http://data.chinaxwcb.com/epaper/2011/2011-08-08/13106.html。
〔註37〕 袁洪娟：中國作協牽頭，傳統作家與網絡寫手結對子，來源：中國新聞出版報，http://data.chinaxwcb.com/epaper/2011/2011-08-08/13106.html。
〔註38〕 李益蓀：《馬克思「藝術生產」理論研究》，第245頁，四川出版集團，2010年。
〔註39〕 李益蓀：《馬克思「藝術生產」理論研究》，第240頁，四川出版集團，2010年。

質視爲社會大眾提供精神消費的對象，就淪爲生產性的精神勞動者，將自己
的創作成果提供給圖書出版商，然後由他們複製、傳播發行，以滿足精神消
費市場的需求。他們實際上是現代圖書出版業、文化工業這一社會生產部類
中從事具體勞動的工人。」〔註 40〕這種階級劃分與前資本主義階段佔據統治
階級的知識分子和附屬於統治階級的知識分子的狀況大相徑庭。本雅明在《作
爲藝術生產者的作者》一文中，也談到作家類似的生產屬性。〔註 41〕

　　在「現代的圖書出版行業中，『藝術生產』乃是最重要的組成部分，作家、
藝術家則是最基本的勞動力。」〔註 42〕「當精神生產已經成爲一個社會生產
過程時，作家、藝術家等實際上只是起著提供初步的產品這樣一種作用，而
這只是整個生產過程上的一個環節。」〔註 43〕作家王朔在 80 年代末就以「碼
字工」自居，而如今的「網絡時代」，網絡寫手們倒眞是像碼字工人。他們以
網絡爲載體寫作，每天基本固定完成一定的工作量，或靠博取點擊率，或一
次性把自己的版權賣給文學網站來生存。以 2012 年新出爐的「中國作家富豪
榜網絡作家之王」得主，第七屆中國網絡作家富豪榜首富唐家三少爲例，他
在接受《三聯生活週刊》時談到自己基本是個職業人士——「一天上網十幾
個小時，寫字六到八小時，一天寫九千到一萬字，一年寫三百萬字」；「不會
曠工，也不會放讀者鴿子，365 天沒休息，每天都更新」。〔註 44〕有一些網民
稱他爲「抽筋手」，也有人管他叫「網絡舒馬赫」。

　　唐家三少 2009 年就參加了「魯迅文學院」開辦的第一屆「網絡文學作家
培訓班」，這一屆作家班共有任怨、秋遠航、張小花等 29 名知名網絡作家參
加。培訓時間是 10 天。10 天時間，與其說是學習，不如說是與體制之間相互

〔註 40〕 李益蓀：《馬克思「藝術生產」理論研究》，第 252 頁，四川出版集團，2010
　　　　年。

〔註 41〕 「一種政治傾向，不管它顯得多麼革命，只要作家只是在思想觀念上，而不
　　　　是作爲生產者與無產階級休戚與共，那它也就只能起反革命的作用。」「對於
　　　　作家來說，這種背叛存在於這樣一種行爲之中，這種行爲使他從一個生產器
　　　　械的提供者成爲了一名工程師。他把使生產器械適應於無產階級革命的目的
　　　　視爲自己的任務。」瓦爾特·本雅明著，何珊譯、張工書校：《作爲生產者的
　　　　作者》。

〔註 42〕 李益蓀：《馬克思「藝術生產」理論研究》，第 254 頁，四川出版集團，2010
　　　　年。

〔註 43〕 李益蓀：《馬克思「藝術生產」理論研究》，第 255 頁，四川出版集團，2010
　　　　年，第 255 頁。

〔註 44〕 http://baike.baidu.com/view/102795.htm

示好的一種姿態。「魯迅文學院」的「網絡文學作家培訓班」很大程度上是為作協吸納「網絡文學作家」新會員「鋪路」。結束「魯迅文學院」的學習之後，唐家三少於 2010 年申請加入了北京市作家協會，又於同年 6 月，經人介紹加入了中國作協，成為第一個加入中國作協的網絡作家。他創造的「第一」還在繼續──2011 年 11 月 25 日，「唐家三少」與余華、劉震雲、陳忠實、賈平凹、莫言、二月河等一百餘名作家一道當選中國作家協會全國委員會委員，他也因此成為中國作協最高權力機構的第一位網絡作家。

唐家三少加入作協甚至當選為作協全委委員，表明網絡作家不像我們所想像的與體制不容，〔註 45〕同時也表明體制對網絡文學的包容和吸納是頗有成效的。除唐家三少之外，當年明月、千里煙、笑看雲起等知名網絡作家也都已加入作協。「魯迅文學院」的「網絡文學作家培訓班」也在以幾乎每年兩屆的頻率持續地舉辦。截止到 2013 年上半年，已經舉辦了 6 屆。網絡班與高研班相比有很大的不同，時間上更短，每個班的成員數量更少，課程和授課教師也不一樣。從目前的課程設置來看，文學類的課程占主流，政治教育的力度並不明顯。吸引網絡作家融入傳統體制，使他們感受到體制的「溫暖」，激發他們通過文學表達對社會的責任感，應該是當前課程設置的主旨。考慮到網絡文學的新興性和網絡作家構成的複雜性，怎樣吸引他們，並有效地對其展開培訓，應該是作協和「魯迅文學院」這樣的機構接下去面臨的重大課題。

附錄：「魯迅文學院」第五屆網絡作家班課程安排：〔註 46〕

一、專題講座

白描（魯迅文學院常務副院長）：《優秀作家素質解析──在對別人的解讀中確證你自己》，2012 年 4 月 13 日；

周熙明（中央黨校文史部副主任、教授、博士生導師）：《我國文化建設的主要問題及其成因》，2012 年 4 月 14 日；

〔註 45〕 筆者於 2013 年 1 月在魯迅文學院採訪時，正逢第六屆「網絡文學作家班」舉辦，有幸親眼看到了以前只在網上聽說的一些著名 ID 的真人。網絡文學班的作家整體年輕，看上去他們對「魯院」的生活也充滿好奇和新鮮感。從他們的神情，讀不出任何排斥和懷疑。聽說有些網絡寫手因為能進入培訓班，擁有這樣的學習機會，喜極而泣，當眾落淚。

〔註 46〕 http://blog.sina.com.cn/s/blog_4b43e86f0100zn09.html

胡平（中國作家協會創作研究部主任）：《長篇小說創作藝術問題》，2012
年 4 月 15 日；

馬季（中國作家網副主編）：《網絡文學創作的困境與前景》，2012 年 4 月
16 日；

閻晶明（《文藝報》總編、評論家）：《王朔與王小波小說的意義》，2012
年 4 月 17 日；

全勇先（作家、編劇，電視劇《懸崖》編劇）：《影視創作諸多問題——
從〈懸崖〉說開去》，2012 年 4 月 18 日；

張檸（北京師範大學文學院教授、博士生導師）：《當代文化語境中的文
學難題》，2012 年 4 月 19 日上午；

施戰軍（魯迅文學院副院長、評論家）：《旅人的足跡與世情的脈象》，2012
年 4 月 19 日下午；

倪學禮（中國傳媒大學廣電文學系主任、教授）：《電影的主題表達與主
流價值的建構》，2012 年 4 月 20 日；

王祥（魯迅文學院副研究員）：《網絡小說創作論》，2012 年 4 月 21 日；

白燁（中國社會科學院文學所研究員、博士生導師）：《文學格局中的網
絡文學》，2012 年 4 月 22 日；

李敬澤（中國家協會書記處書記、《人民文學》主編、評論家）：《小說的
速度》，2012 年 4 月 26 日。

二、座談會

1、作家權益保障座談會（2012 年 4 月 17 日下午）：

主講：張洪波（中國文字著作權協會總幹事長）

參加者：網絡作家班全體學員。

2、部分網絡作家座談會（2012 年 4 月 21 日下午）：

主持人：陳崎嶸（中國作家協會書記處書記）

參加者：中國作家網副主編馬季、五屆網絡作家班班主任王冰以及三千
寵、言鼎、泉泉、英霆、無罪、烽火戲諸侯、水龍吟等部分學員。

3、文學對話（2012 年 4 月 16 日下午）：

主持人：王冰

特邀嘉賓：唐家三少、崔曼莉

　　參加人員：中國作家協會書記處書記陳崎嶸、中國作家網副主編馬季、網絡作家班全體學員。

三、社會實踐活動

　　淄博、青島考察。2012 年 4 月 23～25 日。

附錄二：「魯迅文學院」網絡文學作家培訓班（第六屆）課程表

2013 年 1 月 14 日至 1 月 29 日

課程題目	授課教師	教師介紹
十八大文化建設的精神實質	周熙明	中央黨校文史部副主任
文學格局中的網絡文學	白燁	中國社科院文學所研究院、博士生導師
從劇本到影視	冉平	作家、一級編劇
網絡文學寫作的困境和前景	馬季	中國作家網副主編
多媒體時代的文學品格	白描	魯迅文學院原常務副院長、作家
電視劇的編劇技巧與藝術	全勇先	作家、編劇
網絡小說創作論	王祥	魯迅文學院副研究員
生長的短篇小說	劉慶邦	北京作家協會副主席、作家
文學的體驗	成曾樾	魯迅文學院常務副院長、作家
遷徙文化與城市文學	施戰軍	《人民文學》主編、評論家
小說與類型與人性	李敬澤	中國作家協會黨組成員、書記處書記
長篇小說創作問題	胡平	中國作家協會創研部原主任、評論家
文學對話：作家權益保障座談會	中國作協權保處	
文學對話	血酬	17K 創始人、總監、中文在線互聯網總監
	唐家三少	網絡文學作家、中國作協全委會委員

課程題目	授課教師	教師介紹
文學對話	西門	作家、編劇
	佟恩剋夫	電影電視製片人

〔註 47〕

第三節　學員的「姿態」

上世紀 80 年代以來，「文學講習所」和「魯迅文學院」培養了不少的作家、編輯和文學工作者。由於學員們在進入這些機構之前並不是「白紙一張」，也不是個個都是在校期間就能發表很多作品。所以怎麼判斷這個機構培養的有效性，不是短期能做出的結論。但是機構本身用什麼標準來確認自己的合法性，以及它出產的學員怎麼來看待自己母校的培養，則可以成爲我們觀察的角度。

一、兩類學員：王安憶和余華比較

W·理查德·斯科特認爲制度依靠各種承載、傳遞和實施工具來實施與傳播，並因此在各種各樣的媒介中具體化和表現出來。有三大基礎要素（規制性要素、規範性要素、文化——認知性要素）影響制度的傳承。詳見下表——

制度的三大基礎要素：

	規制性要素	規範性要素	文化——認知性要素
遵守基礎	權宜性應對	社會責任	視若當然、共同理解
秩序基礎	規制性規則	約束性期待	建構式圖式
擴散機制	強制	規範	模仿
邏輯類型	工具性	適當性	正統性
系列指標	規則、法律、獎懲	合格證明、資格承認	共同信念、共同行動邏輯、同形

〔註 47〕此部分材料均由「魯迅文學院」提供，特此鳴謝。

	規制性要素	規範性要素	文化──認知性要素
情感反應	內疚／清白	羞恥／榮譽	確定／惶惑
合法性基礎	法律制裁	道德支配	可理解、可認可的文化支持

〔註48〕

　　對於「文學講習所」和「魯迅文學院」這樣的機構來說，能否使新中國的「作家培養制度」有效實施，除了需遵循一些基本的規制之外，成員們對制度的認知也很重要。在前文的分析裏面，我們已經提到過，50 年代丁玲對「中央文學研究所」的執掌過程中，所部的工作人員對其管理模式就有頗多不認同之感。在後來的「文學講習所」和「魯迅文學院」辦學過程中，也經常發生因為學員的意見而對制度進行一些調整的情況。制度傳承是一個過程，這個過程必然包括學習於其間的學員們對這個制度的認同感或者情感反應。所以學員們對於母校培養的不同態度，也可以從側面幫助我們考察制度的有效性。有兩個例子可以提供一個對比的角度幫助我們分析這一問題。

　　王安憶和余華分別是「文學講習所」和「魯迅文學院」培養成果的傑出代表。在進入第五期「文學講習所」之前，王安憶基本是一個默默無聞的兒童文學編輯，但是從進入「文學講習所」之後，王安憶似乎就脫胎換骨。不僅在學習期間勤奮寫作，很快有作品發表獲獎；結業之後，也正如大家看到的，她幾乎在「新時期」以來各個重要文學潮流當中都有出色表現。2000 年她還憑藉《長恨歌》獲得第五屆茅盾文學獎。目前她還擔任上海市作協主席，中國作家協會副主席。

　　而余華的創作成就也是大家有目共睹的，他在文壇的出道本身就是 50 年代以來作家協會業餘作家培養體制的成果，也是 80 年代靠文學能夠改變命運的典型案例。早年余華是浙江海鹽小城的一個牙醫，通過在文學刊物發表作品，進入海鹽文化館。因發表《十八歲出門遠行》得到李陀賞識，從而進入文學主流，不斷在《收穫》等知名雜誌發表作品。1987 年他進入「魯迅文學院」第二屆進修班學習，和遲子建、曹征路等是同學；第二年他進入「魯迅文學院」與北師大研究生院合辦的「文藝學‧文學創作」研究生班學習，和

〔註48〕〔美〕W‧理查德‧斯科特著，姚偉，王黎芬譯：《制度與組織──思想觀念與物質利益（第 3 版）》，第 59 頁，中國人民大學出版社，2010 年。

莫言、劉震雲、畢淑敏、遲子建、洪峰、徐星等成爲同學，1991 年畢業，獲
得研究生文憑。1997 年他加入中國作家協會，2010 年當選杭州市作協名譽主
席。目前也是中國作協全國委員會主委之一。他還是杭州作協唯一一個拿年
薪的「專業作家」。

　　說他們二位是「文學講習所」和「魯迅文學院」培養的成果，應該無可
厚非。但奇怪的是，這兩位知名作家日後對待母校培養的態度卻是天壤之別。
王安憶是在紀念文章或者接受訪談時高調評價「文學講習所」對她的培養。
在爲「魯迅文學院」50 週年紀念活動而寫的回憶文章裏，她把講習所稱爲她
人生的轉折點：

> 　　就這樣，我乘虛而入，進了講習所。在我來了之後，北京卻又
> 將一名男學員換成了女學員劉淑華。所以，老師們有時會和我開玩
> 笑：要是劉淑華先來，你就來不了了。這眞是萬分幸運的事，想起
> 來都有些後怕。我將進講習所看得很重大，我也知道並不是所有人
> 都這麼看的。不是有人不來嗎？先是賈平凹，後是母國政，最後才
> 換上劉淑華。可這也影響不了。講習所是我生活的轉折點。

在 2008 年接受張新穎訪談回顧自己的創作道路時，她第一句就說到：在我的
寫作生平裏面，大概有幾個關節口，有一個是講習所，講習所應該說是比較
重要的。

　　王安憶上的是新時期第一屆「文學講習所」，也就是總第五期。事隔這麼
多年，她仍如此慶幸自己能夠進入「文學講習所」學習。而實際上，在當時
她是頂著壓力上這個短訓班的。因爲母親是茹志鵑，所以進校後就有人議論
她是開了後門才進的「文學講習所」。〔註 49〕更關鍵的是，如上一章所分析過
的，這一屆「明星班級」不少學員在入學前就有獲得全國獎項的作品發表。
王安憶當時只是寫了一篇兒童文學作品《誰是未來的中隊長》，獲獎還是入學
之後的事情。〔註 50〕她不僅要爲自己進校時的資歷「薄」而自卑，同時每當
文學刊物編輯們來向她的同學們約稿，她也會感到尷尬。

〔註 49〕參見陳世旭回憶文章《常山高士與永遠的雨》，「散步的時候，我偶然聽到議
　　　　論，王安憶是受了照顧的，因爲她是茹志鵑的女兒，而且巴金也爲她說了話。
　　　　似乎有一點不入流的意思。」見見《文學的日子──我與魯迅文學院》，第 284
　　　　頁，光明日報出版社，2000 年。
〔註 50〕獲得「第二屆全國少年文藝創作獎」二等獎。參見王安憶等：《萬千氣象（中
　　　　國著名文學家訪談錄）》，第 2 頁，人民文學出版社，2008 年。

　　當時，在講習所，我可實在是沒本錢，倘若不是前面說的那個偶然因素，我是進不來講習所的。周圍的同學們，我只在雜誌上讀到他們的名字，都是我羨慕和崇拜的人。然而，大家都對我很好，並且，我也能看出，這裡邊並不全是因爲我媽媽的緣故，我得到了許多真誠的關愛。同學中，有不少在當地主持刊物的工作，他們竟也來向我約稿，這其實是很冒險的。由於講習所集中了這麼一大批新時期文學的中堅分子，編輯就絡繹不絕地前來約稿，可是沒有人向我約稿。再是自謙，也是不自在的。逢到這時候，我便知趣地走開去。

但是王安憶並沒有因爲壓力自暴自棄。她在「文講所」學習非常勤奮，所有的課一節不落，筆記記得非常細緻，白天聽課，晚上寫作。到了周末，同學們到處逛北京，她也還在學校學習。她爲「魯院」成立 50 週年撰寫的紀念文章細膩感人，非常生動而充滿感情地回憶了那段歲月。雖然僅只有半年時間，但顯然對她的影響很大。

　　她把這些影響歸結爲「對於我來講，在剛開放的時候，能夠到北京去，能夠有半年時間接觸到很多開放的思想，我覺得這是很重要的。同時，又有了一段時間可以進行寫作，有了一種職業寫作的預習，……而且在班裏邊有一種互相影響的氣氛，都很想發表作品嘛，尤其是我，因爲我資歷特別薄，所以我就寫得特別勤奮。」〔註51〕王安憶覺得「文學講習所」這一期培訓班氣氛很好，因爲和許多中堅分子在一起。而且什麼事也不用幹，就過著文學的生活。她認爲這個非常重要，「是讓我在這個環境裏邊泡一泡；還有一個，從那時候開始至少給我一個暗示：將來可以過這樣的生活──寫作的生活。」〔註52〕

　　在「文學講習所」短短半年時間裏，王安憶完成了第一本短篇小說集《雨，沙沙沙》裏大部分的作品。當時在《人民文學》、《北京文學》和《廣州文藝》連發了三篇作品，在班上引起轟動。她覺得文講所培養了她的自信心，使她嘗試到「文學的生活方式」，〔註53〕帶她融入文學的氛圍，進入文學的「圈子」，所以非常重要。

〔註51〕 王安憶等：《萬千氣象（中國著名文學家訪談錄）》，第 5 頁，人民文學出版社，2008 年。

〔註52〕 王安憶等：《萬千氣象（中國著名文學家訪談錄）》，第 5 頁，人民文學出版社，2008 年。

〔註53〕 王安憶等：《萬千氣象（中國著名文學家訪談錄）》，第 9 頁，人民文學出版社，2008 年。

　　與王安憶對母校生活的高調肯定態度相比,同樣受益於母校培養的余華態度則不僅低調,簡直就是緘默以對。與莫言在諾貝爾文學獎頒獎禮上的發言裏直接感謝「軍藝」對他的「培養」相比,余華對母校的態度顯得有些沒有良心。雖兩次進入「魯院」學習,但是他從來不在任何公開場合感謝母校。母校的50週年、60週年紀念活動的文集裏,他也從來不肯提供一個字的回憶表達紀念之情。一個著作豐富的作家,不肯爲自己的母校提供哪怕一個字的紀念。而且他不是那種從來不談影響他文學創作因素的作家,他甚至非常喜歡寫此類文字,講述其他作家、音樂或童年經歷等等對他創作的影響。比如《我的寫作經歷》、《我爲何寫作》、《談談我的閱讀》等等,已經集結了幾本冊子發表。

　　我們只能從同學的回憶和「魯迅文學院」的花名冊裏找到他在「魯迅文學院」留下過的痕跡。比如進修班的同學王宏甲就「出賣」了同宿舍的余華。〔註54〕

　　　　同班有余華。余華來之前,發表了《十八歲出門遠行》,

　　　　1987年2月14日,寫了《西北風呼嘯的中午》,後登在《北京文學》。

　　　　這一時期,余華除了寫作,也在用心學習。他在讀卡夫卡、喬伊斯、福克納。

　　　　4月14日,余華在305室完成了一個中篇《河邊的錯誤》。

不寫出來,並不說明「魯迅文學院」對余華完全沒有影響。除了在魯院讀書、寫作之外,其實魯院的課程顯然也影響了余華的寫作。比如他屢次談到音樂對他的影響。在進修班的課程裏,就開有音樂課。還有影響他先鋒寫作技巧的,諸如博爾赫斯等人的作品,都是在學習期間大量閱讀的,也有老師專門的講解。

　　從正面去證明魯院對余華的影響沒有多大意義,這種實證也很難做到。我們更關心的倒是這種特意緘默的姿態。緘默是爲表達反抗嗎?如果全然抵抗,爲何不像賈平凹、母國政他們那樣,乾脆拒絕來上學呢?如果拒絕,爲何要上兩次呢?從行動上看,余華並不抵制與作協體制發生關聯,即便是他在市場獲得成功之後,他也沒有完全拒絕體制。

〔註54〕 王宏甲:《難忘同窗》,《文學的日子——我與魯迅文學院》,第39頁,光明日報出版社,2000年。

所以我們不妨把這種刻意的緘默理解爲另一種方式的「認同」或至少是一種爲保持「先鋒」作家形象的另類表達。布迪厄分析過作家、藝術家在文學自主場的獲得過程中的表現。「只有在一個達到高度自主的文學和藝術場中，一心想在藝術界不同凡俗的人，特別是企圖佔據統治地位的人，才執意要顯示出他們相對外部的、政治的或經濟的權力的獨立性。」〔註55〕余華以「先鋒文學」的姿態出現在 80 年代的文壇，這種「純文學」的形象與體制的「包養」之間確實有些格格不入。但是，不說並不表示不做。兩次學習本身，已經表達了他的「姿態」。

二、「獲獎後」／「後獲獎」

如何檢驗「文學講習所」──「魯迅文學院」的培養成果？對於辦學者來說，這是合法性來源的一個基礎。上世紀 50 年代，「中央文學研究所」的辦學與停學基本靠政治的指令就可以解決。但是到了「新時期」之後，尤其在「文學熱」、「市場經濟」和現在的網絡媒介衝擊下，「魯迅文學院」這樣的機構爲何還能存在，甚至他的「高研班」和「網絡文學培訓班」不僅不愁招不到學員，還出現僧多粥少、供不應求的局面又是爲什麼呢？

我們發現，在上世紀 80 年代之後，文學評獎制度就與「文講所」──「魯迅文學院」這樣的機構緊密相聯，相輔相成。80 年代的時候，學員的甄別和招收，曾借助文學評獎制度。比如前文提到的，第五期「文學講習所」33 名學員 17 名獲獎，比例非常高。但是 90 年代以後，出現了明顯的變化，就是學員學習後獲得重要獎項，開始成爲魯院判斷自己培養成果以及吸引學員的一個重要標準。

還有一個標準似乎就是學員當中出了多少「領導」。比如邢小群提供的一個數據：從 1984 年統計的文研（講）所第一期到第四期（至 1957 年停辦止）學院的情況看，在中國作協、文聯工作的幹部有 18 人，約占總人數（264 人）的 7%；任省級文聯、作協主席或副主席的 61 人，約占 23%；任國家級刊物、出版社正副總編的 19 人，約占 7%；任省級刊物正副主編的 38 人，約占 14%。〔註56〕比如韓石山提供的第五期文講所學員的相關數據：「當中國作協副

〔註55〕〔法〕皮埃爾‧布迪厄著，劉暉譯：《藝術的法則（文學場的生成和結構）》，中央編譯出版社，2001 年，第 75 頁。

〔註56〕邢小群：《丁玲與文學研究所的興衰》，第 67 頁，山東畫報出版社，2003 年。

主席的就有蔣子龍、葉辛、王安憶、張抗抗 4 人，省市作協主席有蔣子龍、王安憶、陳國凱、陳世旭、葉文玲，副主席有王士美、劉富道、戈悟覺、王梓夫、古華、喬典運、賈大山等。」〔註57〕還有現任中國作協副主席高洪波就是文講所第七期學員等等。

　　為什麼發表作品已經不足以說明培養成效？因為市場經濟體制建立之後，隨著文學期刊改制，以及「文學轟動效應」的喪失，僅靠發表文學作品改變命運的方法已成歷史，發表作品也不需要僅靠文學期刊這一條路徑。隨著整個社會文化程度、學歷水平的提高，「魯迅文學院」這樣的機構區別於一般大學的標誌，是它能夠提供更高級別的象徵資本。比如它高規格的外聘教師隊伍——「高研班」裏請到的學者、官員可不是一般的學校容易請到的，還有更實際的就是它與各類重要國家級獎項的緊密關係。這些象徵資本的價值是不言而喻的。

　　有些主流國家級獎項比如「五個一工程」獎等直接與魯院相關。比如 2000年 1 月，魯院召開「當前長篇小說創作研討會」。中宣部文藝局副局長楊志今就在研討會上重點介紹了「五個一工程」概括以及它入選作品的標準等。〔註58〕魯院「高研班」請來的授課教師，很多也都是各大重要獎項的評委。

　　在「魯迅文學院」課題組承辦的中國作協 2006 年重點作品扶持課題《魯迅文學院與中國當代文學》的結題報告中，前言部分就用最大的篇幅羅列了「魯迅文學院」學員獲得過的重要獎項。比如：

　　　　截止 2006 年，獲得茅盾文學獎的有：古華、柳建偉、王安憶、
　　　王旭峰、張平；獲得魯迅文學獎的有：陳桂棣、陳世旭、遲子建、
　　　鄧一光、何申、何建明、紅柯、李鳴聲、李松濤、娜夜、石舒清、
　　　孫惠芬、王安憶、王樹增、溫亞軍、夏天敏、邢軍紀、徐劍、徐坤、
　　　葉廣芩、張抗抗；獲得國家圖書獎的有：白冰、鄧友梅、黃堯、蔣
　　　子龍、轟震寧、秦文君、談歌、王宏甲、張鳳珠、張建行、周大新；
　　　獲得國家優秀新書獎的有：胡昭、李小雨、流沙河、梅紹靜、張志
　　　民；獲得「五個一」工程獎的有·高洪波、柳建偉、周梅森、張平；

〔註57〕韓石山：文學講習所第五期，http://blog.sina.com.cn/s/blog_473d7d850102e3yl
　　　.html。
〔註58〕魯迅文學院課題組：《魯迅文學院與中國當代文學》，中國作家協會 2006 年重
　　　點作品扶持課題，第 136 頁。

> 獲得全國優秀中篇小説獎的有：鄧剛、鄧友梅、蔣子龍、劉兆林、莫言、王安憶、張抗抗、周梅森、朱蘇進等；獲得全國優秀短篇小説獎的有：陳世旭、莫言、王安憶、張抗抗、周梅森、朱蘇進等；獲得全國優秀短篇小説獎的有：陳世旭、范小青、古華、孔捷生、呂雷、瑪拉沁夫、趙本夫、周大新等；獲得全國優秀報告文學獎的有：何建明、黃堯、王宏甲等；獲得全國優秀兒童文學獎的有：高凱、韓青辰、林彥、秦文君、湯素蘭等；獲得全國少數民族文學創作獎（駿馬獎）的有：關仁山、胡昭、敖德斯爾、瑪拉沁夫、鬼子等 56 人；獲得莊重文學獎的有：刁斗、何申、關仁山、邱華棟、烏熱爾圖、徐坤、劉震雲、馬麗華、扎西達娃、余華等。〔註 59〕

在一個出版比較「市場化」，寫作也可以依託網絡等新媒體進行的時代，「魯迅文學院」這樣的機構如何保持它的吸引力，如何完成它「培養」作家的使命？這種「培養」早已經不是對「工農作家」的培養，也不是學歷的提高，它主要進行的是對於分類越來越龐雜的「作家」的管理，通過培訓，力圖將他們納入主旋律，基本把握他們的寫作方向，使他們對社會主義管理體制產生「認同」。

象徵資本是「魯迅文學院」這樣的機構在今天這樣的時代能夠證明自己，能夠用來吸引學員的有力法寶。所以「魯迅文學院」的辦學如今基本按兩條道路同時走：對於傳統文學來說，走「提高」的道路，很大程度上回到「中央文學研究所」時期的「研究」模式，強調國家「包養」，高規格辦學；而對於網絡文學這樣的新型文學形態，採取先走「普及」的道路，用短訓的形式，將主要的「網絡作家」融合進來。爲什麼在文學越來越變成一種「生產」的時代，不論傳統作家和網絡作家都還不拒絕這種體制？因爲正如布迪厄所分析的，象徵資本能夠帶來名利的轉化。

> 象徵性財富是具有兩面性即商品和意義的現實，其特有的象徵價值和商品價值是相對獨立的。專業化導致一種專門供市場之用的文化產品的出現，且導致了一種作爲對立面的、供象徵性的據爲己有之用的「純」作品的出現。在這個專業化過程中，文化生產場根據區分的原則通常照目前的狀況組織起來，區分的原則不過是文化

〔註 59〕魯迅文學院課題組：《魯迅文學院與中國當代文學》，中國作家協會 2006 年重點作品扶持課題，前言第 1 頁。

生產機構相對於市場及明確的或潛在的需要的客觀和主觀距離，生
產者們在兩條界限之間進行分配他們的策略即對於需求的完全而厚
顏無恥的服從和相對市場及其需要的絕對自由，事實上從未實現。

在一個極點上，純藝術的反「經濟」利益的基礎上，賦予源於
一種自主歷史的生產和特定的需要以特權；這種生產從長遠來看，
除了自己產生的要求之外不承認別的要求，它朝積累象徵資本的方
向發展。象徵資本開始不被承認，繼而得到承認、并且合法化，最
後變成了真正的「經濟」資本，從長遠來看，它能夠在某些條件下
提供「經濟」利益。〔註60〕

從這個意義上來說，「魯迅文學院」這樣的機構存在已經越來越變成一種「意
識形態的形式」。

〔註60〕 〔法〕皮埃爾·布迪厄著，劉暉譯：《藝術的法則（文學場的生成和結構）》，
中央編譯出版社，2001 年，第 174 頁。

結語：從「形式的意識形態」走向「象徵的形式」

　　雷蒙德・威廉斯認爲既往的「意識社會學」存在兩種向度的局限性：要麼將其化約爲「知識社會學」；要麼從經驗性的傳統角度，把它進一步化約爲關於「組織起來的知識」的習俗機構（諸如教育機構、宗教機構等等）的社會學。〔註1〕「知識社會學」是盧卡奇的學生曼海姆提出的一種研究方法。曼海姆對「意識形態」概念進行了泛化的處理，將其視爲「受社會環境所制約的、是人們（包括參與意識形態分析的人們）所共有的思想與經驗模式的交織體系。」〔註2〕這樣的情況下，意識形態分析就過渡到了一般闡述，不再是一個黨派的思想武器，而成爲對社會與思想史的一種研究方法，被稱爲「知識社會學」。曼海姆試圖分析影響思想（包括自己的思想）的一切社會因素，從而「爲現代人們提供對整個歷史進程的一項修正觀」。〔註3〕但是雷蒙德・威廉斯認爲「知識社會學」的研究方法在將意識局限於知識的時候，存在一個問題，就是排除了明顯歸屬於社會範圍的「所有這些其他的現實文化過程」。〔註4〕所以他提出「文化社會學」的研究方法。

〔註1〕〔英〕雷蒙德・威廉斯著，王爾勃、周莉譯：《馬克思主義與文學》，第147頁，河南大學出版社，2008年。

〔註2〕〔英〕約翰・B・湯普森著，高銛等譯：《意識形態與現代文化》，第54頁，譯林出版社，2005年。

〔註3〕〔英〕約翰・B・湯普森著，高銛等譯：《意識形態與現代文化》，第54頁，譯林出版社，2005年。

〔註4〕〔英〕雷蒙德・威廉斯著，王爾勃、周莉譯：《馬克思主義與文學》，第148頁，河南大學出版社，2008年。

　　文化社會學的「最基本的任務是對這一複合體內部的各種相互關係作出分析。這種任務有別於那種只針對習俗機構、構形和傳播關係的、已被化約了的社會學；同時作爲社會學，它又完全不同於孤立的形式分析。」〔註5〕文化社會學把各種影響因素認定爲一個「整體的、相互關聯的社會物質過程」。〔註6〕

　　　　符號系統本身就是一種特定的社會關係結構：它有「內在的」
　　一面，即符號依賴於關係，又在關係中形成；它又有「外在的」一
　　面，即這種系統依賴於那些使它活動的制度機構，並且在這些機構
　　中形成（因而這些制度機構既是文化的，同時又是社會的和經濟
　　的）。這種特定的社會關係結構還有整體性，這也就是說，一個「符
　　號系統」經過恰當的理解，那它就既是一項特定的文化技術，又是
　　一種特定的實踐意識的形式──這些迥然互異的因素在物質性的社
　　會過程中實際上是統一的。〔註7〕

運用「文化社會學」的方法來分析中國當代作家培養機構從建國以來的變遷，能夠很好地揭示其中各種複雜關係的衝突、交接；同時也呈現出它在不同時代涵蓋的意識形態要素。

　　丁玲的「中央文學研究所」是新中國成立的第一家「作家培養」機構，它似乎從開辦的第一天起就注定了早夭的命運。第一任所長丁玲身上所攜帶的不僅有她自己作爲一個小資產階級作家向左翼作家轉向的複雜性；更有以她爲代表的左翼內部由左聯時期到延安一路延續到新中國的各種矛盾衝突。這些衝突表面上體現爲「宗派主義」的矛盾，但其實它並不是一個單一的衝突，也非個人的矛盾化解能夠平衡得了的，否則「中央文學研究所」縮編爲「文學講習所」之後，由周揚派過來的公木也不會同樣被劃爲「右派分子」。「中央文學研究所」的建立本身是對蘇聯模式的學習，但在具體辦學過程中，卻遠遠跨越了對蘇聯的模仿，即便在形式上，它也沒能做到它的範本「高爾基文學院」那樣的「正規化」。「正規化」問題一直是「文研所」──「文講

〔註5〕〔英〕雷蒙德・威廉斯著，王爾勃、周莉譯：《馬克思主義與文學》，第 148 頁，河南大學出版社，2008 年。

〔註6〕〔英〕雷蒙德・威廉斯著，王爾勃、周莉譯：《馬克思主義與文學》，第 149 頁，河南大學出版社，2008 年。

〔註7〕〔英〕雷蒙德・威廉斯著，王爾勃、周莉譯：《馬克思主義與文學》，第 149 頁，河南大學出版社，2008 年。

所」——「魯迅文學院」的不少領導和學員心頭揮之不去的情結，但是這個問題最終沒能解決，也反映出我們還是要在中國具體環境當中探索自己「培養社會主義作家」的模式。

正如高華所分析的，中共從有了自己的根據地開始就進行了自己的教育實踐。最初奉行的是「階級論」的教育理念，用以對抗「五四」以來的自由主義的「教育獨立」思想。在排拒了「五四」新教育後，中共從蘇俄接受和引進了馬克思主義的教育思想及其制度。在 1927～1937 的 10 年間，在江西中央蘇區和其他蘇區，參照蘇俄經驗，相繼建立起蘇區的共產主義教育制度。黨和蘇維埃政權首先將教育定性為進行階級鬥爭和政治動員的手段，同時也否定學校作為傳授知識單位而單獨存在的觀點。主張學校不是簡單傳授知識的讀書機關，而要成為黨和蘇維埃政權的宣傳者。﹝註 8﹞但是對蘇聯的學習並不是一以貫之的，經過整風運動，根據地教育排除了另一種階級論教育觀——蘇聯教育模式的影響，從而形成了烙有毛澤東印記的具有中國階級論教育觀。這兩種教育觀在本質上並無明顯區別，但是，蘇聯教育模式在強調政治第一的前提下，比較重視學校的正規化和知識傳授的系統性；而延安的階級論教育觀則更注重政治教育的通俗性和實用性，以及生產技能訓練。根據地教育是抗戰環境的產物。教育的目的是為了政治動員，教育內容也是為戰爭和為生產服務，表現為教育內容的簡單化和學制的靈活性。﹝註 9﹞

這種教育理念和實踐特徵在 1938 年創辦的「延安魯迅藝術學院」的辦學當中得到鮮明體現。為了培養更多的文藝幹部為抗戰服務，毛澤東親自發起創辦「延安魯藝」，並且在「魯藝」辦學出現「關門主義」的傾向後，迅速通過「整風運動」來扼殺這一苗頭。1942 年的《講話》按照列寧主張的文學「應當成為整個無產階級事業的一部分，成為由整個工人階級的整個覺悟的先鋒隊所開動的一部巨大的社會民主主義機器的『齒輪和螺絲釘』」的思想解決了「文藝為什麼人服務」的問題，確立了「文藝從屬於政治」的標準。《講話》的精神和「延安魯藝」的辦學傳統隨著新中國政權的確立從延安到達北京，成為「中央文學研究所」「幽靈」般的傳統。

但正如「文化社會學」方法所揭示的，機構建立之後，影響它的將會是由各種因素綜合而成的整體過程。「在這個意義上，我們分析的每一種因素都

﹝註 8﹞ 高華：《革命年代》，第 170 頁，廣東人民出版社，2010 年。
﹝註 9﹞ 高華：《革命年代》，第 170 頁，廣東人民出版社，2010 年。

將是能動的：在許多不同層次上，每一個因素都將體現一些眞實關係。在描述這些關係的過程中，眞正的文化過程將顯現出來。」〔註10〕「中央文學研究所」成立之後，丁玲作爲所長有自己的抱負，可是上級的領導、底下的工作人員，甚至學員，也都有自己的想法。拋開這些複雜的關係不算，丁玲按照《講話》精神來辦學，緊跟政治，不使「文研所」落下當時的任何一場文藝運動，還重點培養「工農兵」出身的「作家」，可是仍舊擺脫不了「無產階級作家」培養的悖論性困境。比如怎樣對待傳統，怎樣選擇「經典」，怎樣教學，哪些教哪些不教，怎麼教；在學員讀書的時候如何使他們避免受到「資產階級文化思想」的「侵蝕」；把工農兵學員納入學校體制，進行「專門化」培養，如何能夠保證他們原有的階級屬性不被「腐蝕」。這些從蘇俄傳統中就已攜帶來的悖論，似乎成爲「無產階級作家」培養無法抗爭的「宿命」。正如大家之後看到的，「中央文學研究所」舉辦不到三年就被壓縮規模，直到1957年乾脆被撤銷關閉。丁玲以及與她相關的文研所、文講所的一些領導幹部、學員被打成「右派」或者「右派傾向」分子，宣告這一作家培養機構探索的失敗。

但是「傳統」總會在不同的時代經由後人有選擇性的恢復。時隔22年之後，在「思想解放」和「文學熱」的背景下，1980年作協恢復了「文學講習所」的建制。「新時期」的「文學講習所」當然不像50年代那樣鮮明地爲政治服務，但是如果我們借用福柯分析「監獄」等機構的設置所使用的觀察角度，同樣會發現新時期「文學講習所」具有的意識形態功能。正如德勒茲分析的，福柯的《監視與懲罰》探討監獄這種「事物」：它既是一種環境建構（「監獄」環境），也是一種內容形式（內容就是囚犯）。但這種事物或形式並不指向意味著它們的「詞彙」，也不指向以它們作爲所指的能指。它們指向完全不同的詞彙及概念，即犯行或犯行者，它們表達一種論述違法、刑罰及其主體的新方法。我們稱這種陳述建構爲表現形式。〔註11〕形式以兩種含義被使用：它形成或組織材料；它形成或目的化功能、賦予其目標。不止監獄、而且醫院、學校軍營、工廠作坊都是被定形材料。懲罰則是一種形式化功能，治療、

〔註10〕〔英〕雷蒙‧威廉斯著，趙國新譯：《文化分析》，見羅鋼、劉象愚：《文化研究讀本》，第137頁，中國社會科學出版社，2000年9月第1版。
〔註11〕〔法〕吉爾‧德勒茲著，楊凱麟譯：《德勒茲論福柯》，第35頁，鳳凰出版傳媒集團，2006年。

教育、訓練與驅使勞動也都是。〔註12〕學校這種機構的功能類似監獄，是「作為內容的形式，界定著一個可見性的區域（『屏視式監獄』就是說，是一個人們每時每刻可以觀察一切而又不被發現的地方）」。〔註13〕

「文學講習所」這種機構體現的是一種「內容的形式」，也就是說它的形式本身就是內容。所以我們能夠看到，即便是在被很多人稱為「純文學」的80年代，「文講所」的存在也隨時向我們提示著文學的「不純」。它必然的是一種意識形態的建構，它必然延續政治教育、承擔對文學藝術進行「規訓」的功能。我們從它恢復之後的第一期招收的學員構成就可以初步地感知到這一點，這一期學員基本來自承擔了社會情緒撫慰，參與政治重建秩序的「傷痕文學」潮流當中的青年作家和重要的知青文學、改革文學作家。「我們自己時代的主導生產方式的改造也必然伴隨著同樣激進的對在結構上與之共存的所有古老生產方式的重建，這種改造也必然要由這種重建來完成。」〔註14〕當然，重建肯定不是照搬，也不可能照搬。「象徵形式由處於具體社會——歷史背景中的人們所接收，這些背景的社會特點塑造了象徵形式被他們接收、理解和評估的方式。接受過程並不是一個被動的吸收過程；相反，它是一個創造性的解釋和評價過程，一個象徵形式的意義被主動地構建和再構建。」〔註15〕「新時期」的「文講所」從形式上接續了50年代的「家譜」，把恢復後的第一期排為總第五期；招生方式、教學方法和學習方法也基本延續50年代的傳統，但也創造性地增加了新的政治教學內容和文學內容。

恐怕令很多一直主張「純文學」觀點的人們要失望的是，新時期「文學講習所」的學員們似乎並不抵制這種意識形態建構，而且積極參與其中。在為慶祝魯院成立50週年的紀念文集裏，我們看到很多有關文講所的文字，也是充滿深情地回憶了那段「苦中作樂」的學習時光，尤其是其中的「同窗情誼」。學員們帶著正面的感情認同自己的母校，對這一段資歷引以為傲。正如齊澤克所指出的，

〔註12〕〔法〕吉爾·德勒茲著，楊凱麟譯：《德勒茲論福柯》，第35頁，鳳凰出版傳媒集團，2006年。
〔註13〕杜小真 編選：《福柯集》，第562頁，上海遠東出版社，2003年。
〔註14〕〔美〕弗雷德里克·詹姆遜著，王逢振、陳永國譯：《政治無意識》，第90頁，中國社會科學出版社，1999年8月第1版。
〔註15〕〔英〕約翰·B·湯普森著，高銛等譯：《意識形態與現代文化》，第168頁，譯林出版社，2005年。

　　　　交換過程的社會有效性是這樣一種現實，它只有在這樣的前提下才是可能的：參與其中的個人並沒有意識到它的正確邏輯；就是說，它是這樣一種現實，它的本體一致性暗示出參與者的某些非知。如果我們「知道得太多」，洞悉了社會現實的運作機制，這種現實就會自行消解。

　　　　這大概就是「意識形態」的基本維度：意識形態不僅僅是「虛假意識」，不僅僅是對現實的幻覺性再現，相反它就是已經被人設想爲「意識形態性的」現實自身。「意識形態性的」是這樣一種社會現實，正是它的存在暗示出了參與者對其本質的非知。意識形態是一種社會有效性，是意識形態有效性的再生產，它暗示單個人「對他們的所作所爲一無所知」。「意識形態性的」並非是對（社會）存在的「虛假意識」，而是這種存在本身，雖然它爲「虛假意識」所支撐。〔註16〕

這段學習經歷確實爲不少學員積累了必要的「象徵資本」，我們在前文也已經總結過，從他們當中出產了不少作協官員和獲各種重要文學獎項的作家。他們也通過一種情感的記憶與抒發，將自己融合進了有關 80 年代文學熱的整體「感覺結構」當中，想像性地彌合了意識形態和「純文學」之間的縫隙。

　　　　相比起來，90 年代那段受市場經濟衝擊的「魯迅文學院」辦學反而沒有 80 年代在「文學熱」時代背景掩護下的天時地利。看上去，「政治」鬆綁了，辦學自由了，而實際上這段日子對於「魯院」來說最難過，經費上失去了國家的大力支持，招生也需要收費，爲了籌措資金，需要換著花樣辦班吸引學員。這一段時期，也是工作人員覺得對學員「最難管理」的時期。因爲「收費」這樣的經濟行爲改變了學員的認同結構。佛克馬和蟻布思對「經典」構成的分析很適合這個時期「政治」和魯院關係的描述，「只有當一政治或宗教機構決定對文學的社會作用較少表示擔憂時，它才會在經典的構成方面允許某種自由。但如果這種自由將被給予了的話，那麼結果有可能是文學（和作家）將會失去它們在政治和社會上的某些重要意義。」〔註 17〕「自由」有時候意味著「你已經不再重要」。

〔註16〕〔斯洛文尼亞〕斯拉沃熱・齊澤克著，季廣茂譯：《意識形態的崇高客體》，第 28 頁，中央編譯出版社，2002 年。
〔註17〕〔荷蘭〕D．佛克馬、E．蟻布思講演，俞國強譯：《文學研究與文化參與》，第 47 頁，北京大學出版社，1996 年。

　　「魯迅文學院」再次迎來它的「黃金時代」是「新世紀」之後，中宣部撥款爲魯院改善辦學環境，每年撥鉅款支持他們開辦「高研班」。「高研班」從形式上努力恢復「延安魯藝」和「中央文學研究所」的辦學傳統，採取短訓的形式，講座式教學。由於師資力量強大，都是各級專家、領導，對學員的要求也高，而且直接與主旋律評獎制度等掛鉤。「高研班」從此成爲中國作家協會的「金字招牌」，每年一個省（直轄市）的指標根本不夠分配，各地都出現爭搶名額的現象。在這種利好形勢下，魯院不僅加強了對傳統作家的培訓，對「80 後作家」和「網絡文學作家」也進行培訓。尤其是「網絡文學」班，目前還屬於探索的階段。

　　雖然表面形式接續傳統，但新的輝煌恢復的其實不是政治和文學的蜜月關係。學員對新世紀「魯迅文學院」的認同更多的是出於對「象徵資本」的追求。約翰・B・湯普森區分了三種形式的資本：「經濟資本」，包括財產、財富和各種金融資本；「文化資本」，包括知識、技能與各種教育資格；以及「象徵資本」，包括積累的讚揚、威信以及與某人或某位置有關的認可。〔註18〕進入「高研班」，從現實的考慮能夠走進主流的文學「圈子」，利於獲得各種國家級文學獎項，結識各類高級官員，成爲他們的「學生」。這些資本日後還可以與經濟等其他資本相互轉換。

　　從這個意義上來說，我們也可以回過頭來看，從「文研所」到「文講所」到「魯院」，很多人追求的「正規化」理想爲何一直不能實現。因爲這種機構的設立本身其實就是爲了「使這個『圈子』的擴展得到有效的控制，並且使這種擴展在文學規範的秩序中進行。」〔註19〕它一開始的理想就不是設立成大學中文系，更不是一般的「普及」機構或在西方社會很常見的那種「小說創作速成班」之類的培訓機構。〔註20〕從培養效果來看，這種機構選擇「作家」與其說是「培養」不如直接理解爲管理和「控制」。「壓制性主體（不管

〔註18〕〔英〕約翰・B・湯普森著，高銛等譯：《意識形態與現代文化》，第 163 頁，譯林出版社，2005 年。

〔註19〕洪子誠：《問題與方法——中國當代文學史研究講稿》，第 219 頁，北京大學出版社，2010 年。

〔註20〕比如芝加哥最成功的獨立作家工作室「作家閣樓」等。英美國家很多大學普遍開設創意寫作學位項目，美國當代作家幾乎都獲得了創意寫作學位，絕大多數知名作家也都在大學任教於創意寫作專業。參見傑里・克里弗著，王著定譯：《小說寫作教程》，第 8 頁，中國人民大學出版社，2011 年。

是主人、殖民主義者或是統治階級）實際上已經消失了，取而代之的是一個準客觀性過程，這一過程似乎事實上已不可挽回地存在著。這一控制過程甚至進入到人體本身的體驗。」〔註21〕事實上，幾十年來，很少有作家是依靠這種機構「培養」出來的，大多數是已經有了創作成績才有「資格」進入這個機構，然後這個機構又更明確地賦予他們一種更穩妥的「資格」。這個機構成功「培養」出來的大多數是文學工作者，比如官員、編輯等等，倒不是「作家」。對此機構來說，他們的培養「結果」不如「形式」的存在本身來得重要。

傑姆遜用「形式的意識形態」的概念來指稱「由不同符號系統的共存而傳達給我們的象徵性信息，這些符號系統本身就是生產方式的痕跡或預示。」〔註22〕這些不同符號系統會包含限定性矛盾。對「形式的意識形態」的分析，就是要尋求解釋文本內部一些斷續的和異質的形式程序的能動存在。「如果得以適當完成，應該揭示這些古老的異化結構──及其特有的符號系統──在形式上的固持，在所有新近產生的和歷史上原生的種種異化──如政治統治和商品物化──的重疊之下，已經成為所有文化革命中最複雜的文化革命即晚期資本主義的主導因素，在這場文化革命中，所有先前的生產方式都以一種或另外一種方式在結構上相共存。」〔註23〕這也是我們試圖通過對「文研所」──「文講所」──「魯院」這種機構的沿革史的分析試圖呈現的複雜性所在。站在今天的角度看，這一獨特「當代作家培養」機構的存在無論在上世紀50年代還是歷經80年代發展到現在，它的形式一直作為內容而存在，它的形式本身就是意義，在這個形式身上，各種諸如文學、政治、社會或者經濟等等關係錯綜複雜地糾纏在一起。尤其到了新世紀，它越來越發展為一種「象徵的形式」。從它這裡，「各種有意義的行動、物體和表述──關係到歷史上特定的和社會上結構性的背景和進程」〔註24〕一一呈現出來。揭示它們，也是我們研究的意義所在。

〔註21〕〔美〕傑姆遜講演，唐小兵譯：《後現代主義與文化理論》，第285頁，北京大學出版社，1997年。

〔註22〕〔美〕弗雷德里克‧詹姆遜著，王逢振、陳永國譯：《政治無意識》，第66頁，中國社會科學出版社，1999年8月第1版。

〔註23〕〔美〕弗雷德里克‧詹姆遜著，王逢振、陳永國譯：《政治無意識》，第89頁，中國社會科學出版社，1999年8月第1版。

〔註24〕〔英〕約翰‧B‧湯普森著，高銛等譯：《意識形態與現代文化》，第150頁，譯林出版社，2005年。

參考文獻

報　刊

1. 《解放日報》
2. 《文藝報》
3. 《人民日報》
4. 《紅旗》雜誌

作品集

1. 《馬克思恩格斯全集》，中共中央馬克思恩格斯列寧斯大林著作編譯局，人民出版社，2008 年。
2. 《列寧全集》，中共中央馬克思恩格斯列寧斯大林著作編譯局編譯，人民出版社，1984 年。
3. 毛澤東：《毛澤東選集》（第一卷至第四卷），北京：人民出版社，1991 年 6 月，第 2 版。
4. 丁玲：《丁玲全集（1～12）》，河北：河北人民出版社，2001 年 12 月，第 1 版。
5. 茅盾：《茅盾全集》，北京：人民文學出版社，1989 年，第 1 版。
6. 蔣光慈：《蔣光慈文集》，上海：上海文藝出版社，1988 年 10 月，第 1 版。
7. 周揚：《周揚文集（第一卷）》，北京：人民文學出版社，1984 年 12 月，第 1 版。
8. 周揚：《周揚文集（第二卷）》，北京：人民文學出版社，1985 年 10 月，第 1 版。

9. 周揚：《周揚文集（第五卷）》，北京：人民文學出版社，1994 年 3 月，第 1 版。

10. 瞿秋白：《瞿秋白文集》，人民文學出版社，1985 年。

11. 何其芳：《何其芳全集》，石家莊：河北人民出版社，2000 年。

傳記、回憶錄材料

1. 魯迅文學院編：《文學的日子：我與魯迅文學院》，光明日報出版社，2000 年 10 月。

2. 文化部黨史資料徵集工作委員會、延安魯藝回憶錄編委會：《延安魯藝回憶錄》，光明日報出版社，1992 年。

3. 黎之：《文壇風雲續錄》，北京：人民文學出版社，2010 年 10 月，第 1 版。

4. 張健：《我的魯院》，魯迅文學院編，新星出版社，2011 年 1 月，第 1 版。

5. 童學：《我們：51 個人的魯 15》，彼岸出版社，2011 年 7 月，第 1 版。

6. 徐光耀：《昨夜西風凋碧樹》，北京：北京十月文藝出版社，2001 年 2 月，第 1 版。

7. 丁利：《魯院日記》，吉林：吉林人民出版社，2011 年 10 月，第 1 版。

8. 魯迅文學院第十四屆高級研討班：《從八里莊到文學館路》，民流出版社，2010 年 12 月，第 1 版。

9. 劉錫誠：《文壇舊事》，湖北：武漢出版社，2005 年 5 月，第 1 版。

10. 劉錫誠：《在文壇邊緣上——編輯手記》，河南大學出版社，2004 年，第 1 版。

11. 查建英：《八十年代訪談錄》，生活·讀書·新知三聯書店，2006 年 5 月，第 1 版。

12. 楊揚選編：《文路滄桑：中國著名作家自述》，杭州：浙江大學出版社，2008 年 5 月，第 1 版。

13. 周明：《文壇記憶》，作家出版社，2011 年 11 月，第 1 版。

14. 張穎：《文壇風雲親歷記》，生活·讀書·新知三聯書店，2012 年 1 月，第 1 版。

15. 柳萌：《文壇親歷記》，東方出版社，2009 年 3 月，第 1 版。

16. 周仰之：《人間事都付與流風：我的祖父周立波》，團結出版社，2010 年 1 月，第 1 版。

17. 羅銀勝：《周揚傳》，文化藝術出版社，2009 年 5 月，第 1 版。

18. 胡風著：《胡風回憶錄》，人民文學出版社，1993 年，第 1 版。

19. 巴金：《隨想錄》，人民文學出版社，2000 年，第 1 版。

20. 張僖：《隻言片語——中國作協前秘書長的回憶》，北京十月文藝出版社，2002 年，第 1 版。

21. 丁景唐：《我與人民文學出版社》，人民文學出版社，2001 年，第 1 版。

資料類

1. 魯迅文學院課題組：《魯迅文學院與中國當代文學》，中國作家協會 2006 年重點作品扶持課題。

2. 林藍：《周立波魯藝講稿》，上海：上海文藝出版社，1984 年 8 月，第 1 版。

3. 熊明安：《中國高等教育史》，重慶：重慶出版社，1983 年 11 月，第 1 版。

4. 舒新城編：《中國近代教育史資料（上冊）》，北京：人民教育出版社，1981 年 3 月，第 2 版。

5. 璩鑫圭、唐良炎：《中國近代教育史資料彙編》，上海：上海教育出版社，1991 年 3 月，第 1 版。

6. 洪子誠：《中國當代文學史·史料選：1945～1999（上、下）》，長江文藝出版社，2002 年 7 月，第 1 版。

7. 〔蘇聯〕高爾基：《論文學（續集）》，北京：人民文學出版社，1979 年 9 月，第 1 版。

8. 瞿秋白：《瞿秋白論文學》，北京：人民文學出版社，1959 年 12 月，第 1 版。

9. 高爾基著，孟昌、曹葆華譯：《高爾基選集：文學論文選》，北京：人民文學出版社，1958 年 11 月，第 1 版。

10. 中國社會科學院文學研究所文藝理論研究室編：《列寧論文學與藝術》，北京：人民文學出版社，1983 年 2 月，第 1 版。

11. 白嗣宏編選：《無產階級文化派資料選編》，北京：中國社會科學出版社，1983 年 3 月，第 1 版。

12. 張秋華、彭克巽、雷光編選：《「拉普」資料彙編》，北京：中國社會科學出版社，1981 年 9 月，第 1 版。

13. 高平叔：《蔡元培教育論集》，長沙：湖南教育出版社，1987 年 4 月，第 1 版。

14. 《延安文藝叢書（第一卷）：文藝理論論卷》，《延安文藝叢書》編委會編，長沙：湖南人民出版社，1984 年 4 月，第 1 版。

15. 溫儒敏:《北京大學中文系百年圖史 1910～2010》,北京:北京大學出版社,2010 年 10 月,第 1 版。

16. 曾樾:《文學的守望與探尋》,作家出版社,2012 年 7 月,第 1 版。

理論著作

1.〔英〕雷蒙德·威廉斯著,王爾勃、周莉譯:《馬克思主義與文學》,鄭州:河南大學出版社,2008 年 9 月,第 1 版。

2.〔法〕雅克·德里達著,何一譯:《馬克思的幽靈──債務國家、哀悼活動和新國際》,北京:中國人民大學出版社,1999 年 8 月,第 1 版。

3.〔法〕皮埃爾·布迪厄著,劉暉譯:《藝術的法則──文學場的生成和結構》,北京:中央編譯出版社,2001 年 3 月,第 1 版。

4.〔俄〕列夫·托洛茨基著:《「不斷革命」論》,生活·讀書·新知三聯書店,1966 年 2 月,第 1 版。

5.〔德〕彼得·比格爾著,高建平譯:《先鋒派理論》,上海:商務印書館,2002 年 7 月,第 1 版。

6.〔法〕米歇爾·福柯著,汪民安主編:《福柯讀本》,北京:北京大學出版社,2010 年 1 月,第 1 版。

7.〔美〕約翰·L.坎貝爾著,姚偉譯:《制度變遷與全球化》,上海:上海人民出版社,2010 年 5 月,第 1 版。

8.〔美〕W·理查德·斯科特著,姚偉、王黎芳譯:《制度與組織──思想觀念與物質利益(第 3 版)》,北京:中國人民出版社,2010 年 3 月,第 1 版。

9. 許紀霖:《當代中國的啓蒙與反啓蒙》,社會科學文獻出版社,2011 年 10 月,第 1 版。

10.〔美〕朱迪斯·巴特勒、〔英〕歐內斯特·拉克勞、〔斯洛文尼亞〕斯拉沃熱·齊澤克著,胡大平、高信奇、蔣桂琴、童偉譯:《偶然性、霸權和普遍性──關於左派的當代對話》,南京:江蘇人民出版社,2004 年 5 月,第 1 版。

11.〔法〕吉爾·德勒茲著,劉漢全譯:《哲學與權力的談判──德勒茲訪談錄》,上海:商務印書館,2000 年 7 月,第 1 版。

12.〔法〕路易·阿爾都塞著,顧良譯:《保衛馬克思》,上海:商務印書館,2006 年 6 月,第 1 版。

13.〔英〕雷蒙·威廉斯著,劉建基譯:《關鍵詞:文化與社會的詞彙》,生活·讀書·新知三聯書店,2005 年 3 月,第 1 版。

14. 〔美〕勒內・韋勒克、〔美〕奧斯汀・沃倫著，劉象愚、邢培明、陳聖生、李哲明譯：《文學理論》，南京：江蘇教育出版社，2005 年 8 月，第 1 版。

15. 〔美〕阿里夫・德里克著，翁賀凱譯：《革命與歷史：中國馬克思主義歷史學的起源，1919～1937》，江蘇人民出版社，2005 年 1 月，第 1 版。

16. 〔美〕杜贊奇著，王福明譯：《文化、權力與國家：1900～1942 年的華北農村》，南京：江蘇人民出版社，2006 年 10 月，第 1 版。

17. 〔美〕C・賴特・米爾斯著，陳強、張永強譯：《社會學的想像力》，生活・讀書・新知三聯書店，2005 年 3 月，第 2 版。

18. 〔英〕E.霍布斯鮑姆，T.蘭格著，顧杭、龐冠群譯：《傳統的發明》，譯林出版社，2004 年 3 月，第 1 版。

19. 〔法〕米歇爾・福柯著，劉北成、楊遠嬰譯：《規訓與懲罰》，生活・讀書・新知三聯書店，2007 年 4 月，第 3 版。

20. 〔法〕米歇爾・福柯著，劉北成、楊遠嬰譯：《瘋癲與文明》，生活・讀書・新知三聯書店，2007 年 4 月，第 3 版。

21. 〔法〕米歇爾・福柯著，林誌明譯：《古典時代瘋狂史》，生活・讀書・新知三聯書店，2005 年 6 月，第 1 版。

22. 〔法〕米歇爾・福柯著，謝強、馬月譯：《知識考古學》，生活・讀書・新知三聯書店，2003 年 1 月，第 2 版。

23. 〔美〕弗雷德里克・詹姆遜著，王逢振、陳永國譯：《政治無意識》，北京：中國社會科學出版社，1999 年 8 月，第 1 版。

24. 〔日〕柄谷行人著，趙京華譯：《日本現代文學的起源》，生活・讀書・新知二聯書店，2006 年 8 月，第 2 版。

25. 〔美〕約翰・R・霍爾、瑪麗・喬・尼茲著，周曉虹、徐彬譯：《文化：社會學的視野》，上海：商務印書館，2002 年 8 月，第 1 版。

26. 〔美〕詹姆斯・G・馬奇、〔挪〕約翰・P・奧爾森著，張偉譯：《重新發現制度：政治的組織基礎》，生活・讀書・新知三聯書店，2011 年 3 月，第 1 版。

27. 何國瑞主編：《藝術生產原理》，武漢：武漢大學出版社，2010 年 8 月，第 1 版。

28. 〔蘇聯〕托洛茨基著，劉文飛、王景生、季耶譯：《文學與革命》，北京：外國文學出版社，1992 年 6 月，第 1 版。

29. 〔美〕麥克洛斯基：社會科學的措辭，北京：生活・讀書・新知三聯書店，2000 年。

30. 〔美〕華勒斯坦等著，劉健芝譯：《學科・知識・權力》，北京：生活・讀書・新知三聯書店，1999 年。

專 書

1. 洪子誠：《當代中國文學的藝術問題》，北京：北京大學出版社，2010 年 1 月，第 1 版。

2. 洪子誠：《重返八十年代》，北京：北京大學出版社，2009 年 9 月，第 1 版。

3. 洪子誠：《中國當代文學概況》，北京：北京大學出版社，2010 年 1 月，第 1 版。

4. 洪子誠：《問題與方法──中國當代文學史研究講稿》，北京：北京大學出版社，2010 年 1 月，第 1 版。

5. 洪子誠：《作家姿態與自我意識》，北京：北京大學出版社，2010 年 1 月，第 1 版。

6. 陳平原：《中國大學十講》，上海：復旦大學出版社，2002 年 10 月，第 1 版。

7. 陳平原：《現代中國的文學、教育與都市想像》，北京：北京師範大學出版社，2011 年 1 月，第 1 版。

8. 陳平原：《假如沒有「文學史」……》，生活‧讀書‧新知三聯書店，2011 年 7 月，第 1 版。

9. 陳平原：《壓在紙背的心情》，上海：復旦大學出版社，2011 年 1 月，第 1 版。

10. 黃子平：《遠去的文學時代》，上海：復旦大學出版社，2012 年 1 月，第 1 版。

11. 溫儒敏、李憲瑜、賀桂梅、姜濤：《中國現當代文學學科概要》，北京：北京大學出版社，2005 年 5 月，第 1 版。

12. 謝冕、張頤武：《大轉型：後新時期文化研究》，黑龍江教育出版社，1995 年，第 1 版。

13. 曹文軒：《中國八十年代文學現象研究》，北京：作家出版社，2003 年 1 月，第 1 版。

14. 曹文軒：《二十世紀末中國文軒現象研究》，北京：作家出版社，2003 年 1 月，第 1 版。

15. 陳曉明：《不死的純文學》，北京：北京大學出版社，2007 年 6 月，第 1 版。

16. 陳曉明：《中國當代文學主潮》，北京：北京大學出版社，2009 年 4 月，第 1 版。

17. 張頤武：《從現代性到後現代性》，廣西教育出版社，1997 年，第 1 版。

18. 韓毓海：《從「紅玫瑰」到「紅旗」》，上海遠東出版社，1998 年，第 1 版。

19. 程光煒：《文學的今天和過去》，長春：吉林出版集團有限責任公司，2009 年 10 月，第 1 版。

20. 程光煒：《文學講稿：「八十年代」作爲方法》，北京：北京大學出版社，2009 年 9 月，第 1 版。

21. 程光煒：《當代文學的「歷史化」》，北京：北京大學出版社，2011 年 5 月，第 1 版。

22. 李楊：《抗爭宿命之路：「社會主義現實主義」（1942～1976）研究》，時代文藝出版社，1993 年 6 月，第 1 版。

23. 李楊：《文學史寫作中的現代性問題》，太原：山西教育出版社，2006 年 2 月，第 1 版。

24. 賀桂梅：《「新啓蒙」知識檔案：80 年代中國文化研究》，北京大學出版社，2010 年，第 1 版。

25. 高華：《革命年代》，廣州：廣東人民出版社，2010 年 1 月，第 1 版。

26. 汪暉：《去政治化的政治：短 20 世紀的終結與 90 年代》，生活‧讀書‧新知三聯書店，2008 年 5 月，第 1 版。

27. 王培元：《延安魯藝風雲錄》，桂林：廣西師範大學出版社，2004 年 12 月，第 2 版。

28. 王培元：《抗戰時期的延安魯藝》，桂林：廣西師範大學出版社，1999 年，第 1 版。

29. 季劍青：《北平的大學教育與文學生產：1928～1937》，北京：北京大學出版社，2011 年 3 月，第 1 版。

30. 斯炎偉：《全國第一次文代會與新中國文學體制的建構》，北京：人民文學出版社，2008 年 10 月，第 1 版。

31. 羅崗：《危機時刻的文化想像》，南昌：江西教育出版社，2005 年 12 月，第 1 版。

32. 錢振文：《「紅岩」是怎樣煉成的：國家文學的生產和消費》，北京：北京大學出版社，2011 年 5 月，第 1 版。

33. 任麗青：《上海工人階級文藝新軍的形成——暨工人小說家論》，上海：上海大學出版社，2010 年 10 月，第 1 版。

34. 范國英：《新時期以來文學制度研究：以矛盾文學獎爲中心的考察》，成都：四川出版集團巴蜀書社，2010 年 9 月，第 1 版。

35. 陳偉軍：《傳媒視域中的文學：建國後十七年小說的生產機制與傳播方式》，桂林：廣西師範大學出版社，2009 年 5 月，第 1 版。

36. 張均：《中國當代文學制度研究（1949～1976）》，北京：北京大學出版社，2011 年 4 月，第 1 版。

37. 李潔非：《典型文案》，北京：人民文學出版社，2010 年 8 月，第 1 版。

38. 李潔非：《典型文壇》，武漢：湖北人民出版社，2008 年 8 月，第 1 版。

39. 李潔非、楊劼：《解讀延安——文學、知識分子和文化》，當代中國出版社，2010 年 8 月，第 1 版。

40. 李潔非、楊劼：《共和國文學生產方式》，社會科學文獻出版社，2011 年 4 月，第 1 版。

41. 邢小群：《丁玲與文學研究所的興衰》，濟南：山東畫報出版社，2003 年 1 月，第 1 版。

42. 陳徒手：《人有病，天知否》，人民文學出版社，2000 年，第 1 版。

43. 王德領：《重讀八十年代——兼及新世紀文學》，學苑出版社，2009 年 7 月，第 1 版。

44. 趙暉：《海子，一個「80 年代」文學鏡像的生成》，北京：北京大學出版社，2011 年 3 月，第 1 版。

45. 瞿秋白：《論中國文學革命》，上海：海洋書屋，民國三十六年七月，初版。

46. 汪劍釗：《中俄文字之交——俄蘇文學與二十世紀中國新文學》，桂林：灕江出版社，1999 年 3 月，第 1 版。

47. 楊鳳城：《中國共產黨的知識分子理論與政策研究》，北京：中共黨史出版社，2005 年 6 月，第 1 版。

48. 魏天祥：《文藝政策論綱》，北京：中共中央黨校出版社，1993 年 5 月，第 1 版。

49. 張檸：《再生文學巴別塔》，廣州：廣東教育出版社，2009 年 12 月，第 1 版。

50. 陳谷嘉、鄧洪波主編：《中國書院制度研究》，杭州：浙江教育出版社，1997 年 8 月，第 1 版。

51. 黃宗良：《書屋論政：蘇聯模式政治體制及其變易》，北京：人民出版社，2005 年 2 月，第 1 版。

52. 楊慶祥等：《文學史的多重面孔：八十年代文學事件再討論》，北京：北京大學出版社，2009 年 9 月，第 1 版。

論　文

1. 陳建華：《論 50 年代初期的中蘇文學關係》，《外國文學研究》，1995 年第 4 期。

2. 方長安：《論外國文學譯介在十七年語境中的嬗變》，《文學評論》，2002年第6期。

3. 王麗虹：《延安魯藝辦學的根本指導理論》，《黃河論壇》，2010年第4期。

4. 龐海音：《張聞天與延安魯藝前期的文藝教育》，《文藝理論與批評》，2010年第6期。

5. 冉隆中：《魯院聽課記》，《文學自由談》，2005年第4期。

6. 蔡若虹：《創造力的覺醒──回憶延安魯藝的教學生活》，《美苑》，1986年第6期。

7. 吳元邁：《「拉普」文藝思潮簡論》，《文學評論》，1983年第1期。

8. 王晴飛：《通訊員制度與工農兵作家的培養──以孫犁的文學組織活動為中心》，《文藝爭鳴》，2012年第10期。

9. 汪介之：《高爾基的文學理論與批評在中國的接受》，《吉林大學社會科學學報》，2005年第4期。

10. 孔海珠：《中國左翼文學的產生是一種國際現象》，《學術研究》，2006年第8期。

11. 〔德〕彼得‧比格爾著，周憲譯：《文學體制與現代化》，《國外社會科學》，1998年第4期。

12. 余華、楊紹斌：《「我只要寫作，就是回家」》，《當代作家評論》，1999年第1期。

13. 賀桂梅：《「現代文學」的確立與50～60年代的大學教育體制》，《教育學報》，2005年第3期。

14. 任美衡：《文學獎、文學評價與現實效應》，《重慶社會科學》，2012年第3期。

15. 王本朝：《中國當代文學體制建構的蘇聯資源》，《中國文學研究》，2008年第1期。

16. 李楊：《工業題材、工業主義與「社會主義現代性」──〈乘風破浪〉再解讀》，《文學評論》，2010年第6期。

17. 費禮文：《我們那一代工人作家》，《檔案春秋》，2007年第4期。

18. 張鴻聲：《「十七年」與「文革」時期的城市工業題材創作──兼談滬、京、津等地工人作家群》，《社會科學》，2012年第4期。

後　記

如果這本書能夠順利出版，這將是我人生中出版的第一部著作，所以它對於我意義重大。雖然我已經過了不惑之年，但是出版這本由博士論文改編的書仍顯得倉促。博士論文的命運大致有兩種，一種是趁著熱乎勁很快出版；一種是放置很多年，想改又屢次放下，再改就改了個面目全非。我是介於這兩者之間，想改卻終究沒改出自己想要的樣子。

關注「中國當代作家培養制度」這個選題主要是受博士導師李楊教授引導，李老師收我為弟子估計是這輩子最令他後悔的幾件事情之一。我從大學本科的時候就去他課堂上聽課，從考碩士到考博士，前後考了不下 5 次，終於入得李門。導師太瞭解我的平庸資質，不主張我做過於依賴個人才情的論文選題，在打掉了我許多不切實際的想法之後，幫我選定了作家培養這個題目。做這個題目的過程就像是與家長為自己選定的對象談戀愛的過程，起初以為自己是被小瞧了，後來漸漸發現是適合的，再投入一點就更加體會到大人們的良苦用心和眼力、境界。必須要說的是，這個選題可以完成的空間還有很大很大。正如我的博士論文答辯委員會的老師們高遠東、張志忠、楊聯芬等諸位先生所言，這篇論文最多達到及格線。

但是我仍然願意將它以稚嫩的樣子出版，因為這段質樸的研究就是我燕園生活的結語和心情寫照。每當看到它，我就會想起人生中最美好的時光是在北大度過的。我的博士生活可能不像很多研究者一樣，絕大部分精力投注在博士論文的寫作當中，因為我花了大量時間聽課聽講座，我還和年輕時候一樣，那麼輕易地被老師們點燃——曹文軒、戴錦華、張頤武、陳平原、陳曉明、吳曉東、計璧瑞、賀桂梅、邵燕君老師等等。聽課可能會佔用不少研

究時間，但是我至今不後悔，因為現場的儀式感是獨自一個人閱讀沉思所不能替代的。佈道式的教學可能總有一天會消亡，尤其是如今高校上課紛紛要靠「刷臉」點名保證出勤率的形勢下，我卻始終覺得北大課堂是我人生中最難忘的風景。

如今北京的房價高不可攀，所謂非首都功能也在逐漸被轉移出城，我依然堅持留在這座城市，主要目的還是希望離燕園的物理距離更近一些，以便隨時回去補充些精神食糧以抵禦這凡俗人世的侵襲。研究可以持續不斷地做，也許以後等「魯迅文學院」這樣的機構檔案更開放一些，做起來會更順手。

若干年後再回頭看這本小冊子，肯定是特別慚愧的。所以尤其要感謝花木蘭文化事業有限公司給了我們這些窮學子免費出版的機會，感謝花木蘭文化事業有限公司北京辦公室楊嘉樂主任細緻熱心的工作！同時要感謝多位在我求學過程中不斷幫助我的恩師：洪子誠先生、林丹婭、喬以鋼、程光煒、黃景忠、魏赤老師等等；感謝賀桂梅老師多年來溫暖的鼓勵、關愛和言傳身教！感謝發表過我論文的《文藝理論與批評》、《文藝爭鳴》、《南方文壇》、《當代文壇》、《福建論壇》等雜誌的師友們！感謝同窗馬征、牟利鋒、高穎君、陳紅、王適文、高慧芳等！感謝我的父親多年來對我予以期待！感謝妹妹和堂弟畢海！感謝我的丈夫和剛滿週歲的孩子！正因為有你們的支持，我還能愛好和研究著文學，多麼奢侈和幸福！

畢紅霞

2017 年 5 月 1 日